汪元量集校注

〔宋〕汪元量 著
胡才甫 校注

浙江文叢

浙江古籍出版社

圖書在版編目(CIP)數據

汪元量集校注/(宋)汪元量著;胡才甫校注.
—杭州:浙江古籍出版社,2012.11(2022.6 重印)
(浙江文叢)
ISBN 978-7-80715-982-7

Ⅰ.①汪… Ⅱ.①汪… ②胡… Ⅲ.①古典詩歌-詩集-中國-宋代 Ⅳ.①I222

中國版本圖書館 CIP 數據核字(2012)第 266714 號

汪元量集校注

〔宋〕汪元量　著　胡才甫　校注

出版發行　浙江古籍出版社
(杭州市體育場路 347 號　郵編 310006　電話 0571-85176986)
網　　址　https://zjgj.zjcbcm.com
責任編輯　况正兵　徐　碩
封面設計　劉　欣
責任校對　胡亦瀟
責任印務　樓浩凱
照　　排　杭州大漠照排印刷有限公司
印　　刷　浙江新華數碼印務有限公司
開　　本　710mm×1000mm　1/16
印　　張　29.125
字　　數　300 千字
版　　次　2012 年 11 月第 1 版
印　　次　2022 年 6 月第 2 次印刷
書　　號　ISBN 978-7-80715-982-7
定　　價　140.00 圓(精裝)

ISBN 978-7-80715-982-7
9 787807 159827 >

重版説明

胡才甫先生之《汪元量集校注》，一九九九年納入我社『兩浙作家文叢』出版，正文爲簡體横排。此次納入『浙江文叢』再版，一方面依照叢書體例，版式改爲繁體豎排；另一方面，糾正了一九九九年版的一些錯誤，以臻更善。胡才甫先生已於一九九五年歸道山，不能親自修訂此書，書中如有訛誤，自應我社承擔責任。

感謝胡先生對此書所作貢獻。感謝胡先生之子胡家鑫慨然允諾我社重版此書。

浙江古籍出版社

二〇一二年十一月

前言

汪元量爲南宋宫廷琴師，又爲有特色而又傑出之詩人、詞人。近世以來，鮮有人研究其行實著作。清季王國維氏於其所著之《觀堂集林》中始有所論列，亦爲之輯録校勘，其辭既褒亦貶。二十世紀三十年代中期，山東圖書館館長王獻唐氏著《雙行精舍校汪水雲集》，校勘精詳，又精於版本。但以詩爲主，不及其詞。孔凡禮氏於八十年代，在《文學遺産》上發表《關於汪元量的身世、生平及著作》一文。同時，楊積慶氏亦在同一雜誌上發表《論汪元量及其詩》。於是汪元量之行實著作漸在國内引起重視。而孔氏復精研深詣，先後數年，先依據李一氓先生所藏之清代汪森本《湖山類稿》、《湖山外稿》（二者均爲手鈔本），並從明鈔本《詩淵》及複印本《永樂大典》中發掘出汪之佚詩佚詞多首，彙輯而成《增訂湖山類稿》。此書出版，海内風行。

余諷誦之餘，不自量力，爲汪元量全集進行校注。本文分爲六節，即身世概况、詩詞内容、詩詞特點、諸家評論、類稿新編、校注經過。其所以爲此者，欲以表忠義之志節，發潛德之幽光，爰解詁其典實，爲初學作喤引。區區之懷，如是而已。

身世概況

汪元量，字大有，號水雲，別號水雲子、楚狂，自稱江南倦客、江淮倦客，宋末錢塘人。其父名琳，字玉甫，生子七人，元量居第三。元量長身玉立，額顙寬廣，髭髮繁密，而且聲音洪亮。出生於宋理宗淳祐（一二四一——一二五二）初年。景定（一二六〇——一二六四）初年，他二十歲左右就被選列宫廷裏任事，同時學習書史。咸淳年間，開始爲宫廷撰寫詞章，有時候也爲謝太后、王昭儀彈琴，又進太學爲上舍生。

元量善寫詩詞，同時代人有的稱他爲『詩史』，以比唐朝的杜甫。詩的風格，有人説是『快逸奔放』，也有説是『幽憂沉痛』，更有的説是『清麗』。他的詞，才華横溢，當時又有人把他和作《清平調》的李白相比擬。在寫詩填詞之外，亦善作畫，更善彈琴，常以書生或儒者自命。可以説，元量是儒者而精於彈琴作畫之詩詞作家。

宋德祐二年，元世祖至元十三年（一二七六）正月十八日，元軍至皋亭山（離杭三十里），宋時國僅幼君，朝無藎臣，太皇謝太后與幼主向元投降。元主命宋君臣赴燕朝見。這年三月，宋恭帝趙㬎、全太后、福王趙與芮、隆國夫人王昭儀一道離杭北徙。太皇太后謝氏因病暫留，不久，也赴大都，元量隨行。（元量北徙時間有二説，詳後。）

至元十七年（一二八〇），元旦早朝，有詩呈留夢炎，這時已在元廷任職，大約是翰林院供奉。十月，到囚所慰問文天祥。

至元十九年（一二八二），元國主因江南有事，遣宋君臣遷赴上都，元量同行。次年，宋君臣奉命仍回大都。

至元二十三年（一二八六），元量奉元主之命隨嚴學士代祀名山大川及東海。不久宋太皇太后謝氏病逝，趙與芮及王昭儀亦相繼謝世。

至元二十五年（一二八八），元主派遣趙㬎往吐蕃學佛法。全太后到正智寺當尼姑。元量始三次上書，要求南歸，最後得到准許以道士身份成行。别大都時，宋舊宫人和燕趙諸公子爲元量餞行。

至元二十六年（一二八九）春天，元量由江西入浙江，經衢州回到錢塘。到家後，先去看望老友徐宇、林昉和周方、李珏等，又結成詩社。次年赴江西去訪晤馬廷鸞、章鑒、陳傑、曾子良等老友。這年秋天，單身游湖南。第二年又到四川各地訪問，居留兩年回杭。在豐樂橋外建造小樓五間，稱爲湖山隱處。

元成宗元貞年間（一二九五—一二九七）元量依舊健在，除往湖南、四川參觀訪問之外，還多次到匡廬、彭蠡一帶漫游。行蹤飄忽，時人不了解他，江西人稱他神仙，還有人畫他的像供奉起來。他的卒年大約在元仁宗年間（一三一二—一三二〇），存年約七十七、八歲。

詩詞内容

汪元量集共有詩四百八十首，詞五十二首。詩中有四組比較重要：

（一）《湖州歌》九十八首。所叙從元兵至皋亭山直至南朝駙馬投元。詩中寫元兵入杭，宋室投降，三宫北徙途中經過及抵燕京後受到優待之情況。《湖州歌》九十八首，從六十八首起即叙元人優待三宫，筵開十次。其所以爲此者，除了籠絡勝國歸降之人心，亦所以掩飾其詔諭江南不殺一人之謊言。元量身當其境，不能不作正面之頌贊，其用心良苦。元量於三宫凄凉冷落之中，伴之慰之於生死之際，實爲留燕十二年之心迹所在。詩並非作於一時，至燕京後集其成。因此，詩之先後時間不盡相合。所謂《湖州歌》者，孔凡禮氏以爲伯顔駐軍湖州市爲指揮中心，故名。實際上所謂湖州並非今之湖州市，乃指杭州北關外湖墅一帶地方。

（二）《越州歌》二十首。主要記載元兵入杭情況，回憶南宋朝廷舊事及揭露賈似道之流擅權誤國。孔氏認爲越州指紹興六陵所在而言，實際上二者均爲眷念故國而作。

（三）《醉歌》十首。以親身經歷，寫宋室投降，元兵巡城入宫事實。劉辰翁批云：『此十首真江南野史。』元量與林石田詩，亦自稱野史。

（四）《杭州雜詩和林石田》，共二十三首。劉辰翁批云：『此數詩，老杜秦州體。』雖以和林石田爲名，却是借古傷今之作，語意比較隱晦。

詞共五十二首，多半爲集句。其中《太常引》、《滿江紅》、《鶯啼序》較爲特出。元量每到一處，每遇一事，或有所聞所見，無不記之以詩，頗有爲《宋史》、《元史》所未載者。當時劉辰翁等均以詩史目之。南歸以後曾漫游江西、湖南及四川各處，亦多感時傷事之作。

詩詞特點

自來評論詩詞，多以思想性及藝術性並提。經過對元量詩詞多年學習，並加深入體會和研究，我認爲汪元量確係突出的愛國主義作家。他的忠義之衷懷與詩詞之卓越成就，實兼而有之。詩中對朝政不當、奸臣專横、官吏失職及民間疾苦都能直言指出。三宫被擄北徙，後來受到殘酷的待遇等等，均有委婉的記述。竊以爲元量詩詞之思想、藝術有下列各特點：

（一）學有淵源，格律嚴謹

如前一節所言，元量弱冠入宫廷任事，學習書史，並在太學爲上舍生，可知他並非一般琴師，而是有學問的儒者。所以他寫的詩詞，憂國土之淪胥，哀三宫之播越，情辭凄楚，而且正氣磅礴，哀怨備呈，並非一般詩人所能達到。他吟詩填詞，對平仄對仗嚴守格律，並無失粘失對及出韻等病。劉將孫稱道：『盛年以詞章給事宫掖，如沉香亭北太白；中歲從八駿宴瑶池，如奉天陸九、鳳翔韓致堯；燕雲朔雪，抱琴來歸，如還自會稽之庾肩吾；繩橋棧道，使禱群望，又如乘槎之博望侯。』在詩詞中，用典使事，更是博聞賅識。例如《草地寒甚氈帳中讀杜詩》『耿耿不圓卿，寧方自如皂』兩句，係出自元結《惡圓説》：『寧方如皂，不圓爲卿。』又如《錦城秋暮海棠》詩中有『草堂無詩花無德』之句，亦是僻典，後查《詞林典腋》，始得其解。又如《光相寺》詩有『五十三參』一句，出於《華嚴經》，乃屬佛典。僅此數例，可見他是一個博學多才的人。

（二）調護三宫，同蒙苦難

元量抵燕後，周旋於太皇太后謝氏、太后全氏、幼主趙㬎及福王與芮之間，使各得安居無事。一二八三年，文丞相就義後，其時有江南起義消息，元主遣宋三宫等徙居於離燕京數千里、氣候嚴寒之上都，沙塞冱寒，艱危並歷。元量有《寰州道中》詩：

窮荒六月天，地有一尺雪。孤兒可憐人，哀哀淚流血。
書生不忍啼，尸坐愁欲絶。鼙鼓夜達明，角笳競於邑。
此時入骨寒，指墮膚亦裂。萬里不同天，江南正炎熱。

孤兒指幼主趙㬎。書生，作者自指。元主陰險猜忌，江南有事，遷怒於孤兒寡婦。越一年，復下令遷故宋宗室及其大臣於内地。元量有《開平》詩：

冷霰撒行車，呻吟獨搔首。須臾大如席，風卷半空走。
母子鼻酸辛，依依自相守。書生倒行囊，沽來一尊酒。
暫時借温和，耳熱豈長久。萬木號陰風，言語冰在口。
氈房耿無眠，兀兀聽刁斗。

母子自然是全太后和幼主，在寒風朔雪中，難度長夜。元量借酒驅寒，何能長久。悽苦的情況可想而知。其後趙福王與芮逝世，元量有《平原郡公趙福王挽章》詩云：

大王無起日，草木盡傷悲。生在太平世，死當離亂時。
南冠流遠路，北面幸全屍。舊客行霜霰，呼天淚濕麾。

福王死了，不説人悲傷而説草木盡傷悲，可見福王北行，身同俘虜，元人哪有同情的心！『南冠』句説明福王以囚犯身份，流離於數千里道路之中。『北面』句説，由於福王能及早北面投降，幸而免於身首異處。作者對福王之死，抒寫傷痛之懷。又如《瀛國公入西域爲僧號木波講師》詩云：

木老西天去，袈裟説梵文。生前從此別，去後不相聞。
忍聽北方雁，愁看西域雲。永懷心未已，梁月白紛紛。

按幼主七歲，被擄北行，在燕京十餘年，元主還不放心，令其隻身赴西藏學習佛法。趙㬎長期在西藏，從事佛經翻譯，著有《因明入正理論》和《百法明門》兩書。直至元英宗至治三年（一三二三），仍不免被殺於河西。元量在宫掖及抵燕後教趙㬎學習詩文，名爲君臣，誼同師徒。從『生前』『死後』二語，可見兩人情誼深厚，所以有『忍聽』『愁看』的别後繫念。

元量和王昭儀既是詩友，又爲琴侣。王昭儀死時，元量有《女道士王昭儀仙游詞》：

吴國生如夢，幽州死未寒。金閨詩卷在，玉案道書閒。
苦霧蒙丹旐，酸風射素棺。人間無葬地，海上有仙山。

王昭儀宋時封隆國夫人，名秋兒。因爲擅長文墨，常代度宗批閲章奏。宋亡，隨三宫北徙。在燕京時，與元量常有唱和。自被遣内地歸來後，爲女道士。這首仙游詞，稱『霧』爲『苦』，稱『風』爲『酸』，又稱『棺』爲『素』，只此數字，就可以想到昭儀死時的寒傖情況和元人薄待到如此地步。結處兩句，尤爲沉痛。由於國破家亡，哪有土地可以安葬；因爲曾經入道，乃妄托仙山，於無可奈何之中，别寓深痛悲酸之思。

（三）激勵正氣，囹圄陳詞

元量居燕時，自文丞相被囚至就義數年間，曾多次到锒鐺所慰問，當面作《妾薄命呈文山道人》一首，勉勵文天祥保持忠義大節。這首詩較長，而且落字亦多，現引其警句：

自服嫁時衣，荆釵淡爲容。誓以守貞潔，與君生死同。
君當立高節，殺身以爲忠。豈無春秋筆，爲君紀其功。

元量又有《讀文山詩稿》，詩云：

一朝禽獐海，孤影落窮荒。恨極心難雪，愁濃鬢易霜。
燕荆歌易水，蘇李泣河粱。讀到艱難際，梅花鐵石腸。

天祥就義後，元量又有《文山道人事畢壬午臘月初九日》：

崖山禽得到燕山，此老從容就義難。
生愧夷齊尚周粟，死同巡遠只唐官。
雪平絶塞魂何往，月滿通衢骨未寒。
一劍固知公所欠，要留青史與人看。

文山被囚數年，元廷多次勸降，文山作《正氣歌》以答。元量多次至鋃鐺所慰問，他只提忠義，不説其他，兩人之心正同。丞相從容就義，這首詩表現了深摯的悼念和敬佩之情。

（四）失地重臨，黍離悽感

元量奉命降香，到過黄河南北，南歸以後，又重游湘蜀，有不少故土淪亡、黍離傷感之作。

如《潼關》詩：

蔽日烏雲撥不開，昏昏勒馬度關來。緑蕪徑路人千里，黄葉郵亭酒一杯。

事去空垂悲國淚，愁來莫上望鄉臺。桃林塞外秋風起，大漠天寒鬼哭哀。

又有《歲暮過信州靈溪》：

不彈長鋏嘆無車，獨倚孤筇面碧虛。兵破鄉村人住少，火燒橋道客行疏。

雲低天闊鷹呼隼，水落溪喧獺趁魚。東騖西馳歸未得，明朝又是歲將除。

尤其值得一提的，元量有《鶯啼序·重過金陵》詞：

金陵故都最好，有朱樓迢遞。嗟倦客、又此憑高，檻外已少佳致。更落盡梨花，飛盡楊花，春也成憔悴。問青山、三國英雄，六朝奇偉。　麥甸葵丘，荒臺敗壘，鹿豕銜枯薺。正潮打孤城，寂寞斜陽影裏。聽樓頭、哀笳怨角，未把酒、愁心先醉。漸夜深，月滿秦淮，煙籠寒水。　凄凄慘慘，冷冷清清，燈火渡頭市。慨商女不知興廢，隔江猶唱《庭花》，餘音亹亹。傷心千古，淚痕如洗。烏衣巷口青蕪路，認依稀、王謝舊鄰里。臨春結綺，可憐紅粉成灰，蕭瑟白楊風起。　因思疇昔，鐵索千尋，漫沉江底。揮羽扇、障西塵，便好角巾私第。清談到底成何事，回首新亭，風景今如此。楚囚對泣何時已，嘆人間、今古真兒戲。東風歲歲還來，吹入鍾山，幾重蒼翠。

按『蒼』字原缺，今從《全宋詞》。此詞應作於南歸後，從『金陵故都最好』，轉而爲『麥甸葵丘，荒臺敗壘』，以至於『凄凄慘慘，冷冷清清……』，至『楚囚對泣』、『回首新亭』結束，可見元軍鐵蹄所到，城邑墟丘，自不免有黍離之感也。

（五）痛斥姦佞，情詞憤慨

元量對姦佞大臣，譴責不遺餘力，不避權貴之家。南宋之亡，應以賈似道爲禍首。元量有《賈魏公雪中下湖》詩：

凍木號風雪滿天，平章猶放下湖船。獸爐金帳羔兒美，不念襄陽已六年。

平章指賈似道。以姊爲理宗妃，依仗皇親關係，官位直陞至平章軍國重事，封魏國公。似道擅權納賄，恣意淫樂，而且蒙上壓下，不理政事。襄陽被元軍圍困，不發援兵，以致襄陽失守，危及臨安。元量又用揶揄反語進行譴責，如《越州歌》其十：

賈廟巍巍盡敕封，秦齊兩國受恩同。木綿庵下無依鬼，合策麒麟第一功。

《越州歌》其十一：

集芳園裏策奇功，丞相南行面發紅。留得紫綿三百曲，風吹雨打並成空。

譏刺似道被革職放逐，在木綿庵被殺的可恥下場。另外還有《讀李鶴田錢唐百詠》詩：

南浦亭邊話別時，扁舟東下浙江湄。偏將越國千年事，吟作錢唐百詠詩。

無火可能燒莽卓，有刀恨不斬高斯。五陵佳氣飛揚盡，淚灑西風兩鬢絲。

（六）關心民瘼，反對凌虐

元量雖久居宫禁，但也關心民間疾苦，尤其是南歸後赴湘入蜀，道途所經，目見耳聞，發爲憂國哀民之作。如《興元府》詩：

秋風吹我入興元，下馬荒郵倚竹門。詩句未成雲度水，酒杯方舉月臨軒。

山川寂寞非常態，市井蕭條似破村。官吏不仁多酷虐，逃民餓死棄兒孫。

官吏不仁，酷虐多端，使農民丢棄兒孫，逃入他鄉求食。又如《利州》詩：

雲棧摇摇馬不前，風吹紅樹帶青煙。城因兵破慳歌舞，民爲官差失井田。

巖谷搜羅追獵户，江湖刻剥及漁船。酒邊父老猶能説，五十年前好四川。

宋末元初，對民間剥削嚴重。《隆州》詩：

歇馬隆州借夕凉，壺中薄酒似酸湯。城壕寨屋偏栽柳，市井人家却種桑。

官逼稅糧多作孽，民窮田土盡拋荒。年來士子多差役，隸籍鹽場與錦坊。

如上所説，元量久居宫禁，隨三宫抵燕後，曾被遣居開平苦寒之地，旋奉命代祀嶽瀆，行迹遍歷大河南北與湘陝兩省，南歸後又有湘蜀之行，其所見聞，收拾於詩，官吏酷虐、民不堪命情況，可以概見。

諸家評論

元量之爲人與著作，宋亡以後，前人評論滋多，兹擇要迻録如下：

劉辰翁《湖山類稿序》云：

杭汪水雲，以布衣攜琴渡易水，上燕臺。侍禁時，爲太皇、王昭儀鼓琴奉巵酒。又或至文丞相銀鐺所，爲之作《拘幽》以下十操，文山亦倚歌而和之……歸江南，入名山，著黄冠，據槁梧以終，又起而出乎江湖。邇者，名人勝士以詩見。其詩自奉使出疆，三宫去國，凡都人憂悲恨嘆無不有。及過河所歷皇王帝伯之故都遺迹，凡可喜、可詫、可驚、可痛哭而流涕者，皆收拾於詩。解其囊，南吟北嘯，如賦史傳，亦自有可喜。余蓋不忍觀之。孰不游也，以琴遇少，琴能詩又少，余欲盡其卷計之，而不勝其壹鬱也，則復使之進琴焉。

趙文《書汪水雲詩後》云：

讀汪水雲詩而不墮淚者，殆不名人矣。水雲，杭人。善琴，嘗以琴事謝后及王昭儀。暨國亡，親見蒼黄歸附，又展轉北行，道途所歷，痛心駭目，不可具道。留燕日久，尚能和王昭儀歌詩，訪文丞相於囚中。三宫幸得不死，没者爲青冢，存者爲浮屠，皆史記所未有。

李玨《書汪水雲詩後》云：

（水雲詩）紀其亡國之戚，去國之苦，間關愁嘆之狀，備見於詩……唐之事紀於草堂，後人以詩史目之。水雲之詩亦亡宋之詩史也，其詩亦鼓吹草堂者也。其愁思抑鬱，不可復伸，則又有甚於草堂者也。噫！水雲留詩與後人哀耶，留詩與後人愁耶？可感也，重可感也！

汪森《湖山類稿後序》云：

水雲先生遭時改，步隨三宫北徙，瑣尾流離，冰天沙塞，魂銷骨折，九死而不一生。其見諸詩歌，怨而不怒，憐而不激，憂愁摧敗，而舊國故都不忘寤寐，一篇之中三致意焉。可謂有守不辱之士矣……先生由杭入燕，道里所經皆百戰之地，黄塵白月，敗垣蔽棘，對之而傷心，言之而隕涕。去國千里，留身一紀，嘆瀛公之説梵，哀王母之空門。謝后挽章，提刑哀些，金閨之詩卷何存，玉案之道書長在。以至南冠遠路，北面全屍，月滿通衢，雪平絶塞之作，不待搔首問天、椎心泣血者矣……當時號爲詩史，夫豈吾欺！

清季王國維《湖山類稿水雲集跋》云：

汪水雲以宋室小臣，國亡北徙，侍三宫於燕邸，從幼主於龍荒。其時大臣如留夢炎輩當爲愧死。後人多以完人目之。然中間亦爲元官，且供奉翰林，其詩具在，不必諱也。……然水雲本以琴師，出入宫禁，乃倡優卜祝之流，與委質爲臣者有别。其仕元亦别有用意。少帝西行之後，水雲亦即南歸，與方（鳳）謝（翱）龔（開）諸賢，迹異而心則同。有宋近臣，一人而已。

今人楊積慶《論汪元量及其詩》云：

……誰知就在南宋，小朝廷沉湎於『醉裏君王宣樂部』的歡娱時刻，元兵已入古杭，而對着『國母已無心聽政』，『滿朝朱紫盡降臣』，國破家亡，大勢已去的局面，元量一面憤激地『聲聲駡殺賈平章』，一面又無可奈何地慨嘆『書生空有淚千行』。一個宫禁琴師有心救國，無力回天，却用自己的血和淚寫出充滿愛國激情的琴曲。……當宋三宫、大臣北上的情景，抵達燕京後，謁見元主賜宴封賞之經過，及幼主爲僧，太后爲尼，太皇嬪御相繼凋零之情事，既不見於正史，亦不見於私家論述，而偏偏爲一個供奉琴師用血淚寫了這一時的傷心野史。《湖州歌》九十八首，則是奮筆直書，細寫南宋臨安失陷，君臣歸降，三宫北徙時之沿途所見，抵燕時元主燕賞之經過，絮絮娓娓，如泣如訴，愁思壹鬱，不可復伸。

『靠着篷窗垂兩目，船頭船尾爛弓刀』，『官兵兩岸護龍舟，麥飯魚羹進不休』，這是三宮北行時之非人待遇；船上武裝押運，沿河戒備森嚴。而沿途所見，更是一番兵燹之後的悲涼慘狀。抵達燕京以後，元廷賜宴達十次之多。儘管『賜予意無窮』，可是買不了『萬里孤羈夜憶家』的緬懷祖國家園的深厚感情。因此九十八首最後嘆道：『杭州萬里到幽州，百詠歌成意未休！』正由於詩人意猶未休，所以他『我更傷心成野史』，用自己的詩寫下三宮的結局，隨侍宮人的分嫁，文丞相死事等南宋覆亡的一代野史，彌補了宋元史書所未曾有的空缺。當奉使代祀時，經歷萬五千里，也走遍大河南北的名山大瀆和歷代帝王之都，撫今思昔，睹物傷情，自不免激起對祖國深沉懷念。過阿房故基，感慨『乾坤反掌間，山河淚如雨』，經洛陽橋畔，他喟嘆『紅紫已無花爛漫，青黄只有草縱横』。夜宿終南，勒馬潼關，他悲憤地寫道：『千古傷心南渡曲，一襟清淚北征詩』，『事去空垂悲國淚，愁來莫上望鄉臺』。身臨黄河渡口，他慷慨自誓：『狂來拔劍斫河水，欲與祖逖争雄鞭！』到達汴梁城下的《夷山醉歌》，詩人更是感情激越，從艮嶽凄凉，故宫禾黍，追憶到徽欽北狩，六龍難返，進而叙寫『鳩居鵲構蒼隼入，蛇出燕幕白狐立』的臨安之陷落，二王之入閩，三宫之北遷。這根本不是什麼醺醺醉歌，而是清醒地概括了自靖康以來南宋一代的消亡史，是詩人愛國情懷的真實表露。他藉助『有客』的感嘆，道出了内心的憤懣不平：『如此河山落人手！』然而繁華如夢，回天無力，汪元量和他同時的亡國遺民一樣，最後只能意志消沉，及時行樂對待現實人生。

在結束這一節時，引孔凡禮氏在《汪元量事迹紀年》裏的一段評論。其言曰：

《湖州歌》其八十：『一人不殺謝乾坤，萬里來來謁帝閽。高下受官隨品從，九流藝術亦沾恩。』入大都之初，元量或得某種封授，其詳已不可考。此種封授，實與宋幼主趙㬎之封瀛國公、福王趙與芮之封平原郡公有相類處。此種封授，不過羈縻舊朝君臣之心，示新朝寬大之政而已。元統治者予元量某種官職，亦可於此理解。論人之出處大節，首當論其心迹。元量素以淡泊爲懷，其友劉辰翁《湖山類稿序》、兜率長老《題汪水雲詩卷》皆以爲言。由於處於特殊之歷史環境，特殊之地位，其任元職，有無窮之隱衷在。《答徐雪江》叙及任元官時，有『只今對客難爲答』之句，約略透露出此種心境。平情而論，元量以元官爲掩護，有便於訪慰文天祥於縲絏之中，有便於周旋宋太皇太后謝氏、皇太后全氏、幼主趙㬎、福王趙與芮之間，後者更爲元量用心所在。此種心迹，不獨見之於行動，亦見之於詩篇。略舉數例。一，《南嶽道中》詩有『三宫萬里知安否，何日團欒把壽觴』之句。時元量使祭衡嶽，如此繫念宋三宫，固知其心無時無刻不在宋室。他人不能如此表白，元量表白之。二，《平原郡公趙福王挽章》中，有『北面幸全屍』之句，何等悲痛，何等憤怒。悲痛者，謂福王如此下場；憤怒者，謂元統治者如此殘忍兇惡，其未身首分離，乃偶幸耳。他人不能言，元量言之。三，元量訪文天祥於囚室之中，作《妾薄命呈文山道人》，以忠貞大節相勉。如元量矢心爲元，尚有何面目見文天祥，更何論其他，文天祥亦何得以知交視之，爲之作《胡笳十八拍》。他例尚多。綜觀宋季忠義之士，文天祥慷慨就義爲忠，謝枋得不食而死爲忠，方鳳、謝翺、龔開以不仕爲忠，元量於三宫凄凉冷落之中，伴之慰之於生死之際，亦得爲忠。王國維氏於此，一則謂元量『與方、謝、龔諸賢，迹異而心則同』，此言良是。一則以元量嘗任元官，謂不得與謝、龔並列，自爲矛盾。揆其故，在王氏以所謂正統儒者自命，以得所謂聖賢之忠之真諦自命，不願進而分析元量所處之時代環境，實屬偏見。王氏視元量爲『倡優卜祝之流』。誠然，元量在宋宫中，地位低微，宋統治者視之以『倡優卜祝』，猶有可言，在後世則斷不可。而事實乃是，不獨後世，即在元量當時，在宋季至今數百年間，人皆以『詩史』目元量之作品，以詩人、詞人目元量，從未以『倡優卜祝』相目，公論具在！王氏鄙薄『倡優卜祝』，殊不知『倡優卜祝』之中，大有忠義之士在。其人品，其才華，往往高出於士大夫。惜王氏見不及此。要之，元量所持之立場，乃愛國主義之具體表現。由於忠宋立場之堅定，故於謝后去世、少主西行、全后爲尼之後，即黄冠南歸，地老天荒，抱恨於無窮，蕭然雲水之間，以明心迹於天下。任元官問題，有關元量大節，故爲辯之如此。

關於元量生平之忠義事迹與夫詩詞之卓越成就已可了然。以上已列舉評論八家，不再繁徵博引。

類稿新編

孔凡禮氏在《文學遺産》上發表論文之外，繼續精心鑽研，先依據李一氓先生所收藏之清人所輯之《湖山類稿》及《湖山外稿》（兩書均係手鈔本），復得到中華書局古典文學編輯室之熱情支持，更在明刊本《詩淵》及影印本《永樂大典》中，輯録出汪詩汪詞多首。費時數年，殫精竭力，編成《增訂湖山類稿》。書中校勘，引用葉時疇鈔本《汪水雲詩鈔》，簡稱葉本；清康熙刊吴之振等所編選之《宋詩鈔·水雲詩鈔》，簡稱吴本；李木齋藏其曾祖李有大鈔《汪水雲詩》，簡稱李本；乾隆間鮑廷博刊《湖山類稿》，簡稱鮑本，以及其他有關材料。又根據資料，證明《湖山類稿》爲水雲自編；《湖山類稿》之名，乃元量自定；劉辰翁選本係就元量自編之本選出，選本爲詩詞合刊，元量自編之本當亦爲詩詞合刊。孔氏爲了表示對汪元量的尊重，仍沿用《湖山類稿》之名。由於新輯之書搜輯汪元量現存的全部作品，較之劉選本，詩多出一倍，詞接近一倍，故於《湖山類稿》之上冠以《增訂》二字，成爲《增訂湖山類稿》。又因劉選本爲編年體，如丙子赴燕前，留燕期間，南歸及南歸後，脈絡分明，因而孔氏在編次中分爲四個時期：（一）卷一收德祐二年離杭前詩作；（二）卷二收至元十三年赴燕至該年年底詩作；（三）卷三收至元十四年至至元廿五年南歸前詩作；（四）卷四收至元廿五年南歸及南歸後詩作；

（五）卷五收詞五十二首。孔氏並在每組詩或每首詩之後列有編年，歷叙當時與元量友好之人士往來及其詩作。在考證詩詞内容及寫作年代時，遍查各家詩文集以及省、府、州、縣志書，於是是非分清，真僞明辨，至此，元量之身世、著作始有完整而翔實之介紹，便利後人學習鑽研，厥功至偉，爲前所未有者。（又按：王獻唐《雙行精舍校汪水雲集》收録詩僅二百四十餘首，附有『校勘記』、『版本考』及事輯等等，其校勘記及版本考頗詳。版本考中認爲元代汪集三本並行，一爲全稿，一爲選本，其後又有劉辰翁之批選本。對於版本，則又以跋語不同、多寡不同、附録不同及標題不同，分門別類，多至數千字，辭長不具録。）

孔氏新編之《增訂湖山類稿》，從汪本《湖山類稿》收詩二百三首，汪本《湖山外稿》收詩一百七十六首（鮑本《水雲集》收詩二百四十六首，除去重複，實際爲一百七十七首，其多出一首，乃輯自《元詩體要》），自明鈔本《詩淵》及影印本《永樂大典》等書新輯詩一百首，合共四百八十首。又從汪本《湖山類稿》收詞二十八首，《湖山外稿》收詞一首，自《詩淵》等書新輯詞二十三首，合共詞五十二首。孔氏於書末有附録三大類。一爲《汪元量研究資料彙輯》，包括：序跋之屬，有劉辰翁《湖山類稿序》等十八家；傳記軼事之屬，有文天祥《胡笳曲序》等十種；詩詞之屬，有《亡宋宫人詩》等共五十五家。二爲《汪元量事迹紀年》。三爲《汪元量著述略考》。本書酌將其中部分資料，附於書末，並分別作出説明，以備讀者參考。

校注經過

一九八四年，《增訂湖山類稿》出版發行，即購置案頭，朝夕誦讀，已三盡其卷。不僅欣賞其詩詞之才華橫溢，更欽佩其愛國憂民之高尚精神與實際表現。自前年春夏間起，即思爲之校注。先函約蘭溪章壽眉君協作，章復函慨然應允，並先開始注釋前數卷，注稿陸續寄來。其餘各卷自力先後注完，並經過詳細修訂、增補及改錯，最後謄正。書中校勘及編年以《增訂湖山類稿》爲依據，亦間附以己見。增訂本亦有誤字，同樣予以校出。詩詞中偶有僻典或難以考查之史實，則以『不詳』或『待考』表示。又成書時久，注釋頗有重複者，姑并存之，或便初學。在校注之初，首先得本館兩位館長之大力支持，承陳望椿先生謄清全稿，館友胡學彦、姚士彦兩兄爲再度審核，在此一並致以衷心誠摯的感謝！

惟是年事已高，學植荒落，謬誤之處，實所難免，幸海内外賢達進而斧正，實爲感幸！

一九九五年初春

胡才甫　於省文史館　年九十三

目録

卷二　古今體詩　一百四十六首

卷三　古今體詩　一百一十首

卷四　古今體詩　一百四十六首

卷五　詞　五十二首

卷一

古今體詩　七十八首

居擬蘇武　四首

其一

棠棣本同根〔一〕，芳葩亦相聯。誰謂忽遠役，懷抱無由宣。况我骨肉親，與子枝葉連。昔爲雙飛鳧，今爲孤飛鳶。徘徊復傍徨，感激涕泗漣。道路阻且遠，四海霏塵煙。鶺鴒恐失群〔二〕，繞樹何翩翩。我有一斗酒，可以同笑言。去去從此辭，努力雲中鞭。

校注

〔一〕棠棣：木名。本作『常棣』。《詩·小雅·常棣》：『常棣之華，鄂不韡韡。』舊説以爲周公宴飲兄弟的樂歌。後世即以棠棣比喻兄弟。

〔二〕鶺鴒：鳴禽類。《詩·小雅·常棣》：『鶺鴒在原，兄弟急難。』後世亦以鶺鴒喻兄弟。

其　二

黄鶴一遠舉，千年方始歸。衆鳥念其群，哀鳴亦相依。彼美雙鴛鴦，一旦生乖離。幸有盈樽酒，聊以與子違。請歌遠游吟〔一〕，慷慨聲以悲。清商咽絲竹〔二〕，激烈愴復淒。行人不可留，萬里將何之〔三〕？念子日以遠，會念未有期〔四〕。俯首長嘆息，淚下霑我衣。安得生羽翰〔五〕，與子成雙飛。

校　注

〔一〕遠游吟：即『遠游篇』，樂府雜曲歌辭，曹植所作。楚辭有屈原《遠游》，曲名本此。

〔二〕清商：清商樂，亦稱清樂。其始即相和三調也。王僧虔論三調歌曰：『今云清商，實由銅雀。魏氏三祖，風流可懷。後世之吴歌、子夜歌皆屬焉。』

〔三〕何之：何往。

〔四〕會念：『念』疑誤，似應作『晤』。

〔五〕羽翰：羽翼。

其　三

結髮爲新婚，恩愛將匹儔〔一〕。歡樂殊未央，征夫忽西游。中夜起徬徨，仰視天漢流〔二〕。衆星正縱横，皓月澄中州。明發臨古道〔三〕，古道何悠悠。生死從此辭，握手淚不收。勉哉惜芳姿，毋使懷百憂。丈夫抱赤心，婦女安可留。

校　注

〔一〕匹儔：伴侣。

〔二〕天漢：天河。

〔三〕明發：黎明。《詩・小雅・小宛》：『明發不寐，有懷二人。』朱熹集傳：『明發，謂將旦而光明開發也。』

其　四

皎皎雲間月，灼灼我室閭。酣歌美長夜，清輝麗高隅。征夫許報國，將使萬里途。是時吹寒風，晨起驅行車。仰視天文乖，俯視長江殊〔一〕。良友惜遠别，執手相踟蹰〔二〕。清時不屢好〔三〕，嘉會難再娱。萬里一失所，中道將何如？願子著明誓，善保千金軀。

校　注

〔一〕『仰視』二句：因爲遠行出使，情懷凄楚，似乎天上星象與長江東流都有所不同。天文，天空中日月星辰之自然現象。

〔二〕踟躕：心中猶豫，進退不定。

〔三〕清時：清平的時代。

按，蘇武有詩四首收入《文選》，首章别兄弟，次章别妻，三四章别友。此詩四首則首章别兄弟，二三章别妻，四章别友。立意遣辭，與蘇武原作頗相似。又按孔凡禮編年（以下簡稱『孔編』）此詩當作於早期，其時或在理宗末。

月夜擬李陵詩傳〔一〕　三首

其一

清時難再得，離别安可留。出門望西北，欲往還綢繆〔二〕。俯視長河奔，方舟激中流〔三〕。驚波一何駭，返顧令人憂。天風吹枯桑，日暮寒颼颼。何當從此别，送子狐白裘。

校　注

〔一〕李陵：字少卿，西漢隴西成紀人，名將李廣之孫。武帝時任騎都尉。天漢二年，率步兵五千人擊匈奴，兵少戰敗投降。

〔二〕綢繆：指情意殷勤。

〔三〕方舟：兩船相並。

其　二

嘉會不可再，聚散空徬徨。臨流歌長吟，送子游遠方。悲風來天末，圓月流景光〔一〕。行人駕言邁〔二〕，令我結中腸。豈無一尊酒，與子發慨慷。

校　注

〔一〕景光：光陰。《文選·蘇子卿詩》：『願君崇令德，隨時愛景光。』注：景光，即光景也。

〔二〕駕言邁：乘車前進。言，助詞，無義。

其　三

河梁日將暮〔一〕，游子安所從？執手古路側，征裾飄長風。行行忽已遠，眇若孤飛鴻。人生非松喬〔二〕，代謝自有終。長當崇令名，赤心以爲忠。

校注

〔一〕河梁：河上的橋。按李陵《與蘇子卿詩》有『攜手上河梁，游子暮何之』句，後世因用爲送別之處的代稱。

〔二〕松喬：赤松子和王子喬，古仙人。

按，李陵有《與蘇子卿詩》三首，收入《文選》，此三首模仿其意，文筆宛然。按孔編此詩爲汪元量早期作品，其時當在理宗末。

柴秋堂越上寄詩就韻柬奚秋崖〔一〕

越王臺上我同游〔二〕，越女樓中君獨留〔三〕。燕子日長宜把酒，鯉魚風起莫行舟〔四〕。江山有待偉人出，天地不仁前輩休。何處如今覓巢許〔五〕，欲將心事與渠謀。

校注

〔一〕柴秋堂：名望，字仲山，號秋堂。負有時望。當咸淳初，元兵日熾，國事窮蹙，輒彷徨流涕。當途屢薦之；以賈似道專政，遂弗起。乃肆意名勝，遨游四方。（據孔氏所輯蘇幼安撰寫的柴秋堂墓誌銘。）其游越時，寄詩元量，元量依其韻作詩代柬，轉寄奚秋崖。

〔二〕越王臺：會稽（今浙江紹興）名勝。

〔三〕越女樓：會稽名勝。越女，原指西施，此係泛稱。

〔四〕鯉魚風：九月風。唐李賀《江樓曲》：『樓前流水江陵道，鯉魚風起芙蓉老。』

〔五〕巢許：巢父與許由，古之高士。相傳爲堯時隱士，堯欲讓位於二人，皆不受。

慈元殿賜牡丹〔一〕

九重羯鼓聲動地〔二〕，萬年枝上回春意〔三〕。天遣姮娥散一枝〔四〕，一枝先到山人家。焚香再拜睹國色〔五〕，雨露霑濡知帝力〔六〕。我願人間春不老，長對此花顔色好。

校注

〔一〕慈元殿：謝太后所居宫殿。参見《武林舊事》卷四《故都宫殿·後殿》。

〔二〕羯鼓：古羯族樂器。

〔三〕萬年枝：即冬青樹。

〔四〕姮娥：神話中的月中女神，后羿妻。漢時因避文帝（名恒）諱，改稱嫦娥。這裏指宫人。

〔五〕國色：指牡丹。極言牡丹色之可貴，堪爲國選者。常與天香並稱曰『國色天香』。

〔六〕『雨露』句：意謂花是皇家栽培出來的。帝力，帝王的作用。古傳《擊壤歌》：『帝力於我何有哉！』

按孔編，時元量給事宫中，侍謝太后於慈元殿。

題王導像〔一〕

秦淮浪白蔣山青〔二〕，西望神州草木腥。江左夷吾甘半壁〔三〕，只緣無淚灑新亭〔四〕。

校注

〔一〕王導：晋臨沂人，字茂弘，少有識量，才智過人。元帝爲琅琊王，居建康，導知天下已亂，勸王招攬賢俊，以結人心。元帝即位，以導爲丞相，歷事元帝、明帝、成帝三朝，出將入相，官至太傅。

〔二〕秦淮：秦淮河。源出句容、溧水二縣，西流經南京市，北入長江。　蔣山：即鍾山，又名紫金山，在南京市東北。

〔三〕江左夷吾：晋懷、愍二帝被虜，元帝渡江，在南京建立東晋王朝，以王導爲丞相。右司馬温嶠入朝見導，曾謂人曰：『江左自有管夷吾，此復何憂。』按管夷吾，字仲，佐齊桓公成霸業。此處借指南宋大臣，以褒爲貶。　甘半壁：指南宋偏安江左，僅有中原之一半。吕頤浩《送張德遠宣撫川陜》：『每憤中原淪半壁，擬將孤劍斬長鯨。』

〔四〕新亭：亭名。故址在江寧縣南，三國吴建立，晋安帝時重修。元帝渡江，北方士族隨之南遷，丞相王導嘗與諸人士飲宴於亭中，周顗中坐而嘆曰：『風景不殊，正自有山河之異。』皆相視流涕。惟王導愀然變色曰：『當共戮力王室，克復神州，何至作楚囚相對！』句中反用其意。

孔編以爲此詩作於咸淳中期。時國事日非，四川大部地區已爲元人所據，『西望』句當指此。

賈魏公雪中下湖[一]

凍木號風雪滿天，平章猶放下湖船。獸爐金帳羔兒美[二]，不念襄陽已六年。

校注

〔一〕賈魏公：宋度宗時，外戚賈似道（理宗妻舅）專政，爲平章軍國重事，封魏國公。　下湖：指游西湖。

〔二〕獸爐：獸形的香爐。　羔兒：指羊羔酒，用肥羊肉和糯米、面等釀製而成。

按，《宋史·度宗紀》：『咸淳九年（一二七三），樊城破。吕文焕以襄陽府降元。』當時有詔云：『襄陽六年之守，一旦而失。』此詩當作於咸淳八年（一二七二）襄陽降元前夕。作者痛斥賈似道專權自私，一心淫樂，對襄陽被圍，隱匿不報，亦不發援兵，終於失守，深爲扼腕。

賈魏公出師

奏罷出師表[一]，翻然辭廟堂[二]。千艘空寶玉[三]，萬馬下錢唐。□許命真主[四]，欺孤欲假王[五]。可能清海岱，宗社再昌唐[六]？

校注

〔一〕出師表：出征前上呈皇帝的表文。按諸葛亮伐魏，出兵前有《出師表》上後主。此係借用。

〔二〕翻然：本作態度轉變貌。按此時情勢甚迫，身居宰輔，有不能不勉强引軍前綫抗擊强敵之意。廟堂：朝廷。

〔三〕『千艘』句：騰空裝載寶玉的許多船隻充當軍艦。

〔四〕『□許』句：缺字若爲『妄』字，妄許，意爲妄自許命。真主指皇帝。全句大概説：妄自許命於皇帝。即虚托皇帝的命令，恣其所爲。

〔五〕『欺孤』句：孤，指新立的恭帝；假王，假立爲王。按韓信故事：韓信在楚漢戰爭中，欲爲假王，沛公即與。此當指似道出師上表，求爲太師，仍欲總攬大權。

〔六〕『可能』二句：可能肅清海宇，使國家昌盛起來像盛唐時期一樣？海岱：東海與泰山間之地。泛指疆土。宗社：宗廟社稷，代表國家。

按《宋季三朝政要》德祐元年（一二七五）正月紀事：『丁亥，賈似道出師建督。』此詩當作於其時。據《宋史》載：度宗崩，幼主立，朝命似道出師禦敵，似道拖延甚久，朝廷乃除似道太師平章軍國重事，始與孫虎臣出師，兵敗，以單舸逃揚州。在這種情況下，是否有却敵復國的可能呢？作者嚴峻地提出了疑問。

孫殿帥從魏公出師〔一〕

我宋麒麟閣〔二〕，公當向上名〔三〕。出師休背主，誓死莫偷生。社稷逢今日，英雄在此行〔四〕。勿爲兒女態〔五〕，一笑欲傾城〔六〕。

校注

〔一〕孫殿帥：即孫虎臣。按《宋史·瀛國公紀》，咸淳十年（一二七四）十二月，詔令賈似道都督諸路軍馬，以步兵指揮使孫虎臣總統諸軍，故稱殿帥。

〔二〕麒麟閣：漢未央宫閣名，畫漢代諸功臣圖像於内，以資表彰。這裏借用。

〔三〕公：吴之振本（以下簡稱吴本）作『功』。

〔四〕『社稷』二句：當前强敵壓境，形勢危急，作爲統帥，應該竭盡忠勇，抗禦强敵。

〔五〕『勿爲』句：説出師之時，家人送别，勿爲兒女態而臨歧霑巾。王勃《送杜少府之任蜀州》：『無爲在歧路，兒女共霑巾。』勿：鮑本作『忽』。

〔六〕傾城：形容女子絶色之足以傾覆邦國者。《漢書·外戚傳》載李延年歌：『北方有佳人，絶世而獨立。一顧傾人城，再顧傾人國。寧不知傾城與傾國，佳人難再得。』這裏似乎是勖勉孫殿帥和勸孫加意警惕。兩句意謂：須知一顧可以傾城，切勿因兒女情長而自毁其前程。

按，當元兵逼近時，宋廷始以賈似道出師建督，而以孫虎臣統領諸軍。作者在詩中猶寄予厚望，勖勉有加。按孔編，此詩當作於德祐元年（一二七五）正月。

魯港敗北〔一〕

夜半撾金鼓〔二〕，南邊事已休。三軍坑魯港〔三〕，一舸走揚州。星殞天應泣，江喧地欲流〔四〕。欺孤生異志，回首愧巢由〔五〕。

校注

〔一〕魯港：在今安徽蕪湖市南，漳河入長江的港口。

〔二〕撾金鼓：古代戰争訊號，擊鼓進軍，鳴金收兵。此言戰敗鳴金退却，複詞偏義。撾，敲打。

〔三〕坑：活埋，這裏指三軍潰於戰場。《平宋録》云：『宋兵大敗，追殺數十里，江面流屍，水爲之赤。』

〔四〕『星殞』二句：比喻失敗慘重，天地皆爲之哭泣。應：《類稿》鮑廷博校（以下簡稱鮑本）作『行』。

〔五〕巢由：巢父與許由。見本卷《柴秋堂越上寄詩就韻柬奚秋崖》注〔五〕。句意不知何指。上句『欺孤生異志』，説似道上表乞爲太師，或别有所指。鮑本『巢由』作『東□』。

按，據《宋史·瀛國公紀》德祐元年二月紀事：『賈似道督軍江北，孫虎臣與元兵戰於丁家洲，敗績，奔魯港。賈似道、孫虎臣以單舸走揚州，諸軍盡潰。』此詩應作於德祐元年（一二七五）二月間。

北師駐臯亭山〔一〕

錢唐江上雨初乾，風入端門陣陣酸〔二〕。萬馬亂嘶臨警蹕〔三〕，三宫垂淚濕鈴鸞〔四〕。童兒空想追徐福〔五〕，厲鬼終當滅賀蘭〔六〕。若議和親休練卒〔七〕，嬋娟剩遣嫁呼韓〔八〕。

校注

〔一〕此詩除見於《輟耕録》外，尚見於元鄭元祐之《遂昌雜録》、明田汝成之《西湖游覽志餘》。臯亭山：

在浙江杭州市西北艮山門外，離杭州三十里。

〔二〕端門：宮殿南面正門。

〔三〕警蹕：古代帝王出入，戒備森嚴，叫警蹕，左右侍衛爲警，止人清道爲蹕，以戒止行人。句意謂元軍騎兵萬人至宮廷。

〔四〕三宮：指太皇太后謝氏（理宗后）、皇太后全氏（度宗后）及恭帝㬎。垂：《輟耕録》等三書作『灑』。鈴鑾：人君所乘的掛有鈴鐺的鑾車。鑾亦作鑾。

〔五〕徐福：秦方士。嘗上書秦始皇，謂海上有蓬萊、方丈、瀛洲三神山，仙人居之。始皇因遣徐福發童男女數千人入海求仙。這裏借指駙馬楊鎮。因當時楊鎮送二王（趙昰、趙昺）出奔，由浙經海入閩。而元兵正在追殺。空想：《輟耕録》等三書作『剩遣』。

〔六〕賀蘭：指賀蘭進明。南霽雲與張巡守睢陽，爲安禄山所困，巡使霽雲向賀蘭進明求救，賀蘭進明不肯發兵。霽雲拔刀斷指，不食而去，出門箭射浮圖曰：『破敵後，吾當先滅賀蘭！』厲鬼本張巡罵敵之語，這裏兩典合用。當：鮑本作『朝』。

〔七〕『若議』句：原校一作『若説和親能活國』。《輟耕録》等三書均作『若説和親能活國』。若：鮑本作『苦』。

〔八〕嬋娟：美女。此指宋宮女。呼韓：即呼韓邪，匈奴單于名號。漢元帝時，遣王嬙嫁呼韓邪和親。句意謂元兵索宮女，因引用其事。剩遣：原校一作『應是』。《輟耕録》等三書均作『應是』。

按元軍丙子正月十八日至皋亭山。此詩當作於德祐二年（一二七六）正月。

佚　題〔一〕

□□□□□□□，□□□□□□□。□□□□□地動，兵前草木挾風寒。計窮但覺歸降易，事定方知進退難。獻宅乞爲祈請使〔二〕，酣歌食肉愧田單〔三〕。

校　注

〔一〕此詩底本題已脱去，今加『佚題』二字爲題。

〔二〕『獻宅』句：劉辰翁批：辱哉！

〔三〕食肉：指享有厚禄的朝廷官員。《左傳・莊十年》：『肉食者鄙，未能遠謀。』田單：戰國齊人。燕將樂毅來侵，下七十餘城，惟莒與即墨未下，燕軍並圍之。田單用反間計制勝，收復七十餘城，以功封安平君。句意謂南宋朝廷肉食者愧與田單相比。

按孔編：《文山先生全集・文山先生紀年録》德祐二年正月疏：『二十一日，宰相吴堅、賈餘慶等以國降，且降詔副以省札，俾各州縣歸附。左丞相吴堅等五人，捧表獻土北庭，號祈請使。』此詩作於德祐二年（一二七六）正月間。

和徐雪江即事〔一〕

萬里起青煙，旌旗若涌泉。國家開氣數〔二〕，陵谷見推遷〔三〕。避難渾無地〔四〕，媮生賴有天。夜來聞大母〔五〕，已自納降箋。

校注

〔一〕徐雪江：名宇，作者友人，善琴及詩畫。

〔二〕開氣數：原意謂國運盛衰變化，此指元兵滅宋，再開氣數。

〔三〕陵谷：原指地面高低地勢的變動，後世亦用以喻世事的變化。句意謂遭國亡家破之巨變。

〔四〕渾：全，竟。

〔五〕大母：宋時稱太后爲大母。此指謝太后。按謝后名道清，浙江天台人。

這首詩是元量在宋室受降時酬和徐雪江之作。鑒於元軍勢盛，朝廷已納降表，表示悲憤之情。據『夜來』二句，此詩當作於德祐二年（一二七六）正月，謝后命監察御史楊應奎上傳國璽（皇印）時。

二月初八日左丞相吴堅右丞相賈餘慶樞密使謝堂參政密〔一〕

□□□□□，□□□□□。□□□□□，□□□□危。江蛟海□□〔二〕，□□母子悲。□□□□□，□□□□征詩。

校注

〔一〕詩題『丞相賈餘慶』五字原缺，據《宋季三朝政要》卷五補。參政密：參與機密政要。

〔二〕蛟海：鮑本作『海蛟』。

孔編：此詩作於德祐二年（一二七六）二月。

望海樓獨立〔一〕

風吹腥氣滿樓臺〔二〕，獨倚闌干十二回。天入越江龍逝去，雨昏吴市燕飛來〔三〕。旌旗閃閃千帆過，簾幕重重一笛哀。惆悵玉環何處在〔四〕，海棠猶自向人開。

校注

〔一〕趙萬里引《詩淵》校此詩，謂詩題『樓』字後有『臺』字。

〔二〕腥氣：古人貶稱蠻夷爲膻腥，以其服食牛羊，氣味膻腥。

〔三〕『天入』二句：抒寫帝座消亡之荒凉情景。天和雨上下句互用。龍，象徵皇帝。越江、吴市，泛指吴越一帶的江河和城市。『越江龍』三字原缺，各本皆同，今據趙校補。

〔四〕玉環：唐玄宗貴妃楊玉環。此係借用。

孔編此詩作於德祐二年（一二七六）二三月間。

吴山曉望〔一〕

城南城北草芊芊〔二〕，滿地干戈已惘然〔三〕。燕燕鶯鶯隨戰馬〔四〕，風風雨雨渡江船〔五〕。小儒愁劇吟如哭〔六〕，老子歌闌醉欲眠〔七〕。一夜春寒花命薄，亂飄紅紫下平川〔八〕。

校注

〔一〕吴山：在杭州市西湖東南，俗稱城隍山。
〔二〕芊芊：草木茂盛貌。亦可作濃緑解。宋玉《高唐賦》：『仰視山巔，肅何芊芊。』
〔三〕惘然：失意貌，不知所以。
〔四〕燕燕鶯鶯：應指被元軍擄去的婦女，隨戰馬北去。
〔五〕『風風』句：是時久雨不止，元軍有渡江北行者。
〔六〕小儒：作者自指。
〔七〕老子：或指老友徐雪江、林石田等。
〔八〕『一夜』二句：借春寒花薄、紅紫亂飄隱寓元人索宫女北去之事。

按孔編，此詩作於德祐二年（一二七六）二三月間。

吴山

海枯龍去雨淋淋〔一〕，羯鼓喧嘩山禁林〔二〕。虎士墮韜兵力倦〔三〕，鷄人罷箭漏聲沉〔四〕。鶯摇御柳春猶鬧，燕蹴宫花霧轉深。腸斷木綿庵裏客〔五〕，可鄰郿塢築黄金〔六〕。

校注

〔一〕『海枯』句：喻南宋滅亡後三宫北徙。史載當年春雨連綿，數月不止。

〔二〕羯鼓：見前注。這裏指元軍戰鼓。　禁林：帝王的園囿、苑林。

〔三〕韜：弓袋。這裏指弓。

〔四〕鷄人罷箭：報時官停止傳漏奏時的工作。鷄人，古代報時的官。箭，古代置於漏（古計時器）下用以標記時刻者。

〔五〕『腸斷』句：指賈似道被殺死在漳州木綿庵。

〔六〕郿塢：在陝西眉縣（古郿縣）北。東漢董卓築塢於郿，高與長安城相等，積穀爲三十年儲。這裏借指賈似道在西湖葛嶺大修私人第宅，積儲大量資財。

按孔編，此詩當作於德祐二年（一二七六）二三月間。

同毛敏仲出湖上由萬松嶺過浙江亭〔一〕

錢唐門外看新晴，舞蝶游蜂没一星〔二〕。風挾斷雲横北巘〔三〕，煙隨飛雨渡南屏〔四〕。蘇堤柳樹照波緑，吴苑麥苗連地青。邂逅尋詩過嶺去〔五〕，鼓鞞聲震浙江亭〔六〕。

校注

〔一〕毛敏仲：浙江衢州人，精通琴理，爲元量之前輩。元軍佔領臨安後，作者與毛敏仲同過湖山作此詩。

萬松嶺：在杭州市南鳳山門外。　浙江亭：故址在杭州市南星橋附近。凡大臣遷徙或辭退，均在此亭候旨。

〔二〕一星：可能指游人。

〔三〕北巘：指杭州城北諸高峰。

〔四〕南屏：杭州城南南屏山。

〔五〕邂逅：没約會而遇到。

〔六〕鼓鞞：鞞，鼓之一種，爲軍中所用，同『鼙』。杜甫《暮歸》：『南渡桂水闕舟楫，北歸秦川多鼓鼙。』句意謂元軍遍地，鼓鞞聲徹湖濱。

此詩抒寫元軍入杭城後的一片凄凉情景。時當德祐二年（一二七六）二三月間。

客感和林石田〔一〕

細柳和煙舞濕雲，落花隨水送歸春。門東□□□應噪，江上白鷗誰肯馴〔二〕。朱子不仁唐逆賊〔三〕，□□□誑漢忠臣。離亭一笛悲風急，君賦秦州□□□〔四〕。

校　注

〔一〕林石田：林昉，字景初，號石田，粤人。寓杭有年，善詩，與元量友好。查《宋詩鈔·補鈔》未有林昉詩。孔凡禮氏有云：林昉詩世稀見，《詩淵》引有數首，疑當日或有集行世。

〔二〕肯：原作『背』，據鮑本改。句意謂江上鷗鳥不受馴服。出杜詩『白鷗没浩蕩，萬里誰能馴』。

〔三〕『朱子』句：朱子，後梁朱温，又名朱全忠，初參加黄巢起義，後叛變降唐，任河中行營招討使。及黄巢失敗，逐漸擴張勢力，併吞諸鎮，控制唐中央政權。後來殺死唐昭宗，奪取帝位。句意或痛斥當時宋廷投元的逆臣。

〔四〕秦州：指『秦州體』詩。唐杜甫於肅宗乾元二年從華州棄官，流寓秦州（今甘肅天水市），先後作《秦州雜詩》二十首，感時傷事，慷慨蒼涼，人謂之『秦州體』。

按孔編，此詩當作於德祐二年（一二七六）二三月間。

感慈元殿事〔一〕

翠華扶輦出彤庭〔二〕，密炬星繁天未明。鵷鷺分行江上别〔三〕，熊羆從駕雨中行〔四〕。緑波渺渺浮三殿〔五〕，紫禁沉沉斷六更〔六〕。惟有周遭山似洛〔七〕，不堪回首淚縱横〔八〕。

校注

〔一〕明弘治間趙秉善所輯《忠義集》有此詩。《忠義集》題無『事』字。　慈元殿：見本卷《慈元殿賜牡丹》注〔一〕。

〔二〕翠華：用翠羽飾的旗，爲帝后儀仗。　輦：天子乘坐的車。　彤庭：漢皇宫用朱紅色漆中庭，因稱彤庭。後泛稱皇宫。《忠義集》作『龍亭』。

〔三〕鵷鷺：鵷鷺二鳥群飛有序，因以喻百官班行。《北齊書·文苑傳序》：『於是辭人才子，振鵷鷺之羽儀，縱雕龍之符采。』《忠義集》作『貔貅』。

〔四〕熊羆：比喻勇士。《書·牧誓》：『如虎如貔，如熊如羆。』此指元軍。

〔五〕『緑波』句：形容三宫航行海上。

〔六〕六更：按自古以來，夜間只有五更。宋太祖問國家休咎（吉凶）於陳摶，答曰：『最怕五庚頭。』（宋太祖以五更爲五庚）因於五更之後，天未大明，再轉一更，是爲六更。句意謂宫中混亂，無人奏時。前面《吴山》詩亦有『鷄人罷箭漏聲沉』之句。

〔七〕洛：指洛陽。按洛陽山四圍，金陵亦山四圍，故許渾《金陵懷古》：『英雄一去豪華盡，惟有青山似洛中。』這裏説西湖亦四面環山，似洛中情景。

〔八〕淚：《忠義集》作『涕』。

此詩描述三宫及百官被元軍監送去燕情景，結句云山川似洛，念及國亡君徙，情詞凄楚。按孔編詩當作於德祐二年（一二七六）二三月間。又按此詩首兩句叙謝后離慈元殿，三句叙百官送行，四句叙元軍護衛監視。以下『緑波渺渺』、『紫禁沉沉』各句，與謝后北行及三宫北徙，時間不合。按伯顏正月十八巡城，全后、幼主至三月間始以肩輿出宫，至北關外直接上船赴燕。此詩當是作者在謝后簽署降表後懸揣以後的必然景況而作，並非當時事實。

錢唐歌〔一〕

錢唐江上龍光死〔二〕，錢王宫闕今如此〔三〕。白髮宫娃作遠游，漠漠平沙千萬里。西北高樓白雲齊〔四〕，欲落未落日已低。古人不見今人去〔五〕，江水東流烏夜啼〔六〕。

校注

〔一〕按劉辰翁批：『此詩脱老杜「顯慶年中越王作」，又超出。』實際上杜詩題是《越王樓歌》，『顯慶』句爲詩的第二句。原詩有『孤城西北起高樓，碧瓦朱甍照城郭。樓下長江百丈清，山頭落日半輪明。君王舊迹今人賞，轉見千秋萬古情』等句。

〔二〕龍光死：謂皇帝北徙。

〔三〕錢王宫闕：吴越國王錢鏐建都臨安，宫闕壯麗，這裏借指南宋宫闕。

〔四〕『西北』句：或指所思之人。《古詩十九首》：『西北有高樓，上與浮雲齊。……上有弦歌聲，音響一何悲。……不惜歌者苦，但傷知音稀。』汪詩句似亦隱括此意。

〔五〕『古人』句：唐陳子昂《登幽州臺歌》：『前不見古人，後不見來者。』

〔六〕烏夜啼：相傳南朝宋臨川王劉義慶被廢，侍妾夜聞烏啼聲，扣齋閣曰：『明日應有赦。』因製《烏夜啼》曲。詩意似又指往事縱如江水東流，猶望有挽回之日。

作者鑒於宋室降元以後，皇恩斷絶，宫娥及相知者隨駕北去，不得相見，故爲此歌以寄慨思。按孔編此詩作於德祐二年（一二七六）二三月間。

别楊駙馬〔一〕

去去馬空冀北〔二〕，行行鶴度遼東〔三〕。彈鋏三千客裏〔四〕，囊錐十九人中〔五〕。杜子肯依嚴武〔六〕，孔融不下曹公〔七〕。南八男兒如此，殺身方是英雄〔八〕。

校注

〔一〕楊駙馬：名鎮，字子仁，嚴陵人。節度使蕃孫之子，尚理宗女周漢國公主。後至燕京投元。

〔二〕馬空冀北：唐韓愈《送温處士赴河陽軍序》：『伯樂一至冀北之野而馬群遂空……伯樂知馬，遇其良，輒取之，群無留良焉。』句意説楊駙馬才能出衆，去國後將被選用。

〔三〕鶴度遼東：指重游舊地。舊題晋陶潛《搜神後記》謂丁令威本遼東人，學道於靈虚山，後化鶴歸遼。周邦彦《傷感詞》：『遼鶴歸來，故鄉多少傷心地。』

〔四〕『彈鋏』句：用《戰國策》馮諼客孟嘗君故事。比喻擁有才能而有所希求於人。陶弘景《答趙英才書》：『不肯掃門覓仕，復懶彈鋏求通。』

〔五〕『囊錐』句：用毛遂故事，見《史記·平原君傳》。此喻楊駙馬北去後必能脱穎而出。

〔六〕『杜子』句：杜甫在蜀，依劍南節度使嚴武，於成都西郭築草堂以居。武又薦其爲檢校工部員外郎。

〔七〕『孔融』句：東漢獻帝時，孔融爲北海相，後又入朝爲太中大夫，自恃高門貴族，對曹操多所非議。終爲曹操所殺。

〔八〕『南八』二句：南八即南霽雲。唐安史之亂，張巡、許遠等守睢陽，南霽雲爲部將，城陷被圍，皆誓死不降。巡將斬時，呼霽雲曰：『南八！男兒死耳，不可爲不義屈！』見唐韓愈《張中丞傳後序》。

按：此詩可與《湖州歌》第九十七首對看。當作於德祐二年（一二七六）二三月間。當時，伯顔破杭，文武百官有先降元者。一説楊駙馬護送二王入海後，即北行降元。孔編：《别楊駙馬》當爲離杭前夕作。

清　明

避難不知寒食〔一〕，知愁又過清明。都下紛紛躍馬〔二〕，湖邊恰恰啼鶯〔三〕。

校　注

〔一〕寒食：節氣名。在清明前一日或二日。相傳爲紀念春秋時介之推，民間有禁火冷食的習俗。

〔二〕躍馬：形容元軍耀武揚威的氣勢。

〔三〕恰恰：自然，和諧，此形容鶯啼聲。杜甫《江畔獨步尋花》之六：『自在嬌鶯恰恰啼。』

讀　史

餓死首陽二子〔一〕，婾生商嶺四翁〔二〕。劉項稱王稱霸〔三〕，關張無命無功〔四〕。

校注

〔一〕首陽二子：商孤竹國君二子伯夷、叔齊。孤竹君將死，欲立叔齊，叔齊讓伯夷，伯夷亦不肯立。遂相偕逃去。及周武王克商有天下，夷、齊恥食周粟，隱於首陽山，采薇而食，遂餓死。

〔二〕商嶺四翁：亦稱商山四皓，即東園公、角里先生、綺里季、夏黃公，秦末避亂，隱於商山。漢立，不應高祖召。後呂后用張良計迎之，使輔太子。

〔三〕『劉項』句：劉邦、項羽興兵破秦。秦滅後，項羽統治天下，封邦爲漢王，自號西楚霸王，引兵東歸。後劉邦聯合韓信、彭越，擊敗項羽，羽自殺。

〔四〕關張：謂關羽、張飛。赤壁戰後，曹操北歸，劉備據荆州，令關羽鎮守。羽疏於防守，爲吕蒙襲破荆州，羽被執，孫權殺之。張飛聞關羽之死，報仇心急，爲戰備欲攻吴，待部屬過嚴，爲部下所刺殺。出李商隱詩『關張無命復何如』。

廢宅

王侯多宅第，草滿玉闌干。縱有春光在，人誰看牡丹。

按，《詩淵》第十七册引此詩，詩題爲『題廢宅』。

越女

越女爲軀口〔一〕，朝來攬鏡慵。欲梳新墮馬〔二〕，忍□□□□□。□□□□□，□□□□□。

□□□□□，□□□□□。

校　注

〔一〕驅口：猶言奔走求食。口，鮑本作『虜』。

〔二〕新墮馬：新型的墮馬髻，髻側在一邊者。

兵後登大内芙蓉閣宫人梳洗處〔一〕

粲粲芙蓉閣〔二〕，我登雙眼明。手拊沉香闌〔三〕，美人已東征〔四〕。美人未去時，朝理緑雲鬟，暮吹紫鸞笙。美人既去時，閣下麋鹿走，閣上鴟梟鳴〔五〕。江山咫尺生煙霧，萬年枝上悲風生。空有遺鈿碎珥狼藉堆玉案〔六〕，空有金蓮寶炬錯落懸珠楹〔七〕。楊柳兮青青，芙蓉兮冥冥〔八〕，美人不見空淚零。錦梁雙燕來又去，夜夜蟾蜍窺玉屏〔九〕。

校　注

〔一〕大内：皇宫總稱。　芙蓉閣：宫人住處。

〔二〕粲粲：光彩鮮明貌。

〔三〕沉香闌：用沉香木做的闌干。

〔四〕東征：實指北徙。　已東：二字原缺，今據趙校補。

〔五〕鵋鵂：猛禽。前人以鵋鵂鳴聲爲不祥。

〔六〕遺鈿碎珥：遺棄的首飾。鈿，古代一種嵌金花的首飾。珥，耳環。

〔七〕金蓮寶炬：金飾蓮花形火炬。亦稱金蓮花炬。

〔八〕冥冥：昏闇。

〔九〕蟾蜍：指月亮。　窺：孔氏引趙校：『窺』作『見』。義相似。

此詩從美人梳洗處反映兵後宮廷蕭索景況。孔編以此詩當作於德祐二年（一二七六）二三月間。

廢苑見牡丹黄色者

西園兵後草茫茫〔一〕，亭北猶存御愛黄〔二〕。晴日暖風生百媚，不知作意爲誰香。

校注

〔一〕西園：原在鄴都，漢末曹操所建。這裏泛指宫廷園囿。

〔二〕御愛黄：皇上喜愛的黄牡丹。御，凡皇帝所行事皆稱御。

此詩以花事反映宫廷冷落景象。按孔編，此詩當亦作於德祐二年（一二七六）二三月間。

醉歌　十首

其一

吕將軍在守襄陽〔一〕，十載襄陽鐵脊梁〔二〕。望斷援兵無信息，聲聲駡殺賈平章〔三〕。

校注

〔一〕吕將軍：吕文焕。原以知襄陽府兼西京安撫副使守襄陽，爲元軍所困，向朝廷求援，賈似道不發兵。元軍砲攻襄陽，相持逾五年，文焕援斷糧絶，乃向元投降。

〔二〕鐵脊梁：指吕文焕，言其脊梁如鐵，能孤城抗元數倍之敵。

〔三〕賈平章：指賈似道。賈爲平章軍國重事。詳前注。

其二

援兵不遣事堪哀，食肉權臣大不才〔一〕。見説襄陽投拜了〔二〕，千軍萬馬過江來。

校注

〔一〕食肉：見本卷《佚題》注〔三〕。

〔二〕見説：聽説。唐時方言。　襄陽：按鮑本『陽』作『樊』，是。襄樊失陷，元軍沿江而下，直至臨安。

其　三

淮襄州郡盡歸降，鞞鼓喧天入古杭。國母已無心聽政〔一〕，書生空有淚成行。〔二〕

校　注

〔一〕國母：指謝太后。

〔二〕書生：作者自指。　成行：鮑本《水雲集》校：吴本『成』作『千』。較勝。

其　四

六宫宫女淚漣漣〔一〕，事主誰知不盡年〔二〕。太后傳宣許降國〔三〕，伯顔丞相到簾前〔四〕。

校　注

〔一〕六宫：古代天子有六宫。後世泛稱皇后妃嬪居住之處。

〔二〕事主：事奉皇帝。

〔三〕傳宣：鮑本作『宣傳』。

〔四〕伯顔：蒙文譯音，亦作巴延。按《平宋録》即作巴延。蒙古八鄰部人，元世祖忽必烈時任中書左丞相，爲南下滅宋的主帥。謝后稱降，伯顔整軍入宫，促三宫北去。

其五

亂點連聲殺六更〔一〕，熒熒庭燎待天明〔二〕。侍臣已寫歸降表〔三〕，臣妾僉名謝道清〔四〕。

校注

〔一〕亂點連聲：鮑本《水雲集》校：一作『花底傳籌』。　殺六更：殺，停止。六更，見前注。句意謂更鼓雜亂，旋即停止。

〔二〕『熒熒』句：鮑校一作『風吹庭燎滅還明』。　庭燎：庭中照明的火炬。

〔三〕『侍臣』句：鮑校一作『侍臣奏罷降元表』。

〔四〕僉：通『簽』。　謝道清：謝太后名道清，見本卷《和徐雪江即事》注〔六〕。當時謝太后主國政，現向元投降，自稱『臣妾』，可憐亦可悲。

其六

衣冠不改只如先，關會通行滿市廛〔一〕。北客南人成買賣，京師依舊使銅錢〔二〕。

校注

〔一〕闗會：南宋紙幣名，或稱闗子、會子。　市廛：商店集中的區域。

〔二〕銅錢：也叫時錢，南宋通行的錢幣。　鮑校云：吴本『銅』作『時』。

其七

北師要討撒花銀〔一〕，官府行移逼市民〔二〕。丞相伯顔猶有語，學中要揀秀才人〔三〕。

校注

〔一〕撒花銀：碎銀。爲當時民間自由鑄造的銀塊之一種，使用方便，隨身可帶。

〔二〕行移：鮑本《水雲集》校：吴本『行移』作『移行』。

〔三〕秀才：指應舉的秀才，或才能秀異的人。

其八

涌金門外雨晴初，多少紅船上下趨〔一〕。龍管鳳笙無韻調〔二〕，却撾戰鼓下西湖。

校注

〔一〕紅船：紅色的彩船。宋蘇軾《與胡祠部游法華山》詩：『使君年老尚兒戲，緑棹紅船舞澎湃。』

〔二〕龍管鳳笙：龍管即龍笛，以笛聲似水中龍吟故名。鳳笙，長四寸，像鳳之身。李白《襄陽歌》：『車旁側掛一壺酒，鳳笙龍笛行相催。』

其 九

南苑西宫棘露芽〔一〕，萬年枝上亂啼鴉。北人環立闌干曲〔二〕，手指紅梅作杏花。

校 注

〔一〕棘：泛指有刺的草木，如酸棗樹之類。

〔二〕曲：彎曲之處。

其 十

伯顏丞相吕將軍，收了江南不殺人〔一〕。昨日太皇請茶飯〔二〕，滿朝朱紫盡降臣〔三〕。

校 注

〔一〕『伯顏』二句：當年伯顏秉承元主之意，南下不可殺人，故云。按《平宋録》至元十一年元主諭巴延云：『古之善取江南者，惟曹彬一人。汝能不殺，是亦曹彬也。』

〔二〕太皇：謂太皇太后謝氏。

〔三〕朱紫：古代高級官員以朱紫爲服色，因以朱紫爲高級官員代稱。

劉辰翁批：『此十首真江南野史。』孔編：『此十詩以親身經歷寫宋室投降、元兵入城事實，作於德祐二年（一二七六）二三月間。』綜上十首，作者借醉歌詠元兵入臨安城後朝廷受降、市場交易、西湖罹亂、宮廷冷落等情況以及元人所採取的種種籠絡百姓措施，此皆正史所未盡載者。故劉辰翁有『江南野史』的佳評。

賈魏公府　三首

其一

葛嶺當年宰相家〔一〕，游人不敢此行過。柳陰夾道鶯成市，花影壓闌蜂報衙〔二〕。六載襄陽圍已解〔三〕，三更魯港事如何〔四〕。棟梁今日皆焦土，新有園丁種火蔴〔五〕。

校注

〔一〕葛嶺：在杭州西湖西北。賈似道爲相，賜第葛嶺。

〔二〕蜂報衙：群蜂向游人報道賈府衙門所在地。按宋陸佃《埤雅·釋蟲》：『蜂有兩衙應朝，其主之所在，衆蜂爲之旋繞如衛。』此處應作鬧衙較合事實。鮑本『報』作『鬧』，應是。按蜂群每日紛飛繞『王』，在蜂桶上下，如群臣朝天一樣。

〔三〕『六載』句：元軍自咸淳四年（一二六八）包圍襄陽，至咸淳九年（一二七三）始破，首尾凡六年。參見卷一《醉歌》其一注〔一〕。

〔四〕『三更』句：指賈似道魯港軍潰，單舸逃走。參見本卷《魯港敗北》。以『如何』兩字反問，深責似道之禍國殃民。

〔五〕火蘇：大蘇，中藥名。

其　二

重門猶釘舊桃牌〔一〕，惆悵行人去不回。萬種好花環曲徑，一泓流水繞香階〔二〕。高臺已見胡羊走〔三〕，喬木惟聞蜀鳥哀〔四〕。檐外竹梅森似束，鄰翁時剪作燒柴〔五〕。

校　注

〔一〕桃牌：即桃符。古時新年以桃木板懸門上，上書『神荼』、『鬱壘』二神名，用以壓邪。後來演變爲春聯。

〔二〕泓：水深清澈貌。句意謂一條清澈的溪水，依然繞香階而流。

〔三〕胡羊走：比喻元軍踐踏相府。

〔四〕蜀鳥：杜鵑鳥。相傳爲古蜀帝杜宇死後所化，啼聲悽切。

〔五〕鄰翁：《詩淵》作『鄰公』。二者義相似。

其　三

湖邊不見碾香車〔一〕，斷珥遺鈿落路途。門徑風輕飛野馬〔二〕，亭臺火殃及池魚〔三〕。海棠花下生青杞〔四〕，石竹叢邊出紫蘇。却憶相公游賞日，三千衛士立階除。

校　注

〔一〕碾香車：這種車大約裝有香料，車行時落於路上，滚壓而過。

〔二〕野馬：田野間蒸騰的水氣。《莊子·逍遥游》：『野馬也，塵埃也，生物之以息相吹也。』

〔三〕『亭臺』句：古語云：『城門失火，殃及池魚。』常指喻無辜而被牽連致禍。

〔四〕青杞：泛指雜木。亦指枸杞，野枸杞雜生荒地，俗稱夜明菜。下文紫蘇泛指雜草。

杭州雜詩和林石田〔一〕　二十三首

三首詩將賈府豪華與衰敗兩種情况作了鮮明對比，給佞臣以無情的諷刺和抨擊。按孔編，詩當作於德祐二年（一二七六）二三月間。

其　一

石田林處士，吟境静無塵〔二〕。亂後長如醉，愁來不爲貧。飯蔬留好客，筆硯老斯人〔三〕。

近法秦州體〔四〕，篇篇妙入神。

校　注

〔一〕林石田：見本卷《客感和林石田》注〔一〕。

〔二〕境：鮑本《水雲集》校云：吴本『境』作『鏡』。

〔三〕斯人：指林石田。

〔四〕秦州體：指杜甫秦州詩。見本卷《客感和林石田》注〔四〕。

其　二

先生忘富貴，久客幸平安。髮已千莖白，心猶一寸丹〔一〕。衣冠前進士，家世舊郎官〔二〕。醉入烏程里〔三〕，吟登李杜壇〔四〕。

校　注

〔一〕一寸丹：一顆赤誠的心。

〔二〕郎官：官名，爲中郎、侍郎、郎中諸官的通稱。林家上代曾爲郎官。

〔三〕烏程里：烏程秦時置縣，有烏、程二氏善釀酒，故名。後世即以烏程指酒國。

〔四〕『吟登』句：謂林石田作詩追法李白、杜甫。

其　三

逃難藏深隱，重逢出近詩〔一〕。乾坤一反掌〔二〕，今古兩愁眉。我作新亭泣〔三〕，君生舊國悲。向來行樂地，夜雨走狐狸〔四〕。

校　注

〔一〕逢：鮑本《水雲集》校：吴本「逢」作「游」。

〔二〕反掌：喻事情變化遽易。

〔三〕新亭泣：見本卷《題王導像》注〔四〕。鮑本《水雲集》校云：吴本「泣」作「淚」。

〔四〕狐狸：狐性狡猾多變，亦以比喻姦佞之人。

其　四

獨也吞聲哭〔一〕，潛行到水頭。人誰包馬革〔二〕？子獨衣羊裘〔三〕。北面生何益〔四〕，南冠死則休〔五〕。百年如過翼〔六〕，撫掌笑孫劉〔七〕。

校　注

〔一〕獨：吴本、鮑本均作「蠋」。按古有王蠋及顔斶，均戰國齊人，隱居不出。王蠋，齊晝邑人。燕初破齊，樂毅聞蠋賢，令軍環畫三十里無入。備禮請蠋，蠋辭不受。燕人劫之，乃自經死。事見《戰國策》。顔斶見宣王，以禮自恃，宣王請爲弟子，欲寵貴之，斶再拜辭去。此處如作『獨』，無義。應作『蠋』或『斶』，而以石田隱士當之。

〔二〕包馬革：謂誓死殺敵。《後漢書·馬援傳》引援語：『男兒要當死於邊野，以馬革裹屍還葬耳。』句意謂南宋諸將並無奮勇殺敵而死事的人。

〔三〕衣羊裘：指歸隱江湖。嚴子陵少與漢光武帝同游學，光武稱帝，召至京師，除諫議大夫。不受，旋退隱富春江，披羊裘持釣終世。衣。讀仄聲。

〔四〕北面：指投元。舊時君見臣，南面而坐。句意謂即使降元爲官，有何裨益？

〔五〕南冠：羈囚的代稱。原係春秋楚冠名。《左傳》：『晋侯觀於軍府，見鍾儀，問之曰：「有南冠而縶者誰也？」有司對曰：「鄭人所獻楚囚也。」』後人就把南冠作爲羈囚的代稱。唐駱賓王《在獄詠蟬》：『西陸蟬聲唱，南冠客思深。』句意謂如果南冠投元，生不如死。

〔六〕過翼：謂星馳，喻時間迅速。翼，星名。

〔七〕撫掌：鼓掌。這裏撫掌而笑。表示嘲諷。　孫劉：三國鼎立時，孫權與劉備争天下。當曹操大軍南下，孫權約劉備破之於赤壁。操北返後，劉備取荆州，令關羽鎮守，吕蒙襲關羽，羽敗被執，孫權殺之。備傾國率師東下以攻吴，吴陸遜破之於秭歸，備兵敗，旋死於白帝城。數十年間，此興彼滅，寧不可笑！

其　五

一春雲冪冪[一]，三月雨淋淋。魚菜不歸市，鶯花空滿林。人行官巷口[二]，軍簇御街心[三]。老子猖狂甚[四]，猶歌梁甫吟[五]。

校　注

〔一〕冪冪：雲盛貌。

〔二〕官巷口：杭州街道名，自宋有之，今仍爲鬧市。

〔三〕軍：鮑本《水雲集》校：吴本『軍』作『兵』。義同。御街：京城中皇帝巡行的街道。杭州宋時有此街。

〔四〕老子：作者自謂。

〔五〕梁甫吟：樂府相和歌辭。《樂府詩集》中作者頗多。諸葛亮所作有二首，其一爲挽歌。另一首辭曰：『步出齊城門，遥望蕩陰里。里中有三墳，纍纍正相似。問是誰家墓，田疆古冶子。力能排南山，文能絶地紀。一朝被讒言，二桃殺三士。誰能爲此謀，國相齊晏子。』按齊景公時，有公孫接、田開疆及古冶子，三人恃功驕傲，不敬君上，晏嬰勸景公除去三人。於是設計，由景公送桃二枚給三人，要他們憑功大小食桃。三人互不相讓。争鬥起來，先後自殺。後人因此比喻施用陰謀殺害志士。按此組詩第十六首末聯云：『如何秦相國，昨夜鴆韓非。』雖説懷古之作，可能借此並有譏諷之意。

其　六

烽火來千里，狼煙度六橋〔一〕。嶺寒蒼兕叫，江曉白魚跳〔二〕。壯士披金甲，佳人弄玉簫。偶餘樽酒在，聊以永今朝〔三〕。

校　注

〔一〕狼煙：烽火。古代用狼糞燃煙，其煙直上，百里外可見。

〔二〕曉：李本亦作『曉』，朱書『晚』。

〔三〕永今朝：《詩·小雅·白駒》：『以永今朝。』永，作動詞用，有長時間可以消磨之意。

其　七

有客腸回九〔一〕，無人髮握三〔二〕。關中新約法〔三〕，江左舊清談〔四〕。鐵騎來天北，樓船過海南〔五〕。一枝巢越鳥〔六〕，八繭熟吴蠶〔七〕。

校　注

〔一〕腸回九：腸回轉多次，比喻愁思輾轉不解。漢司馬遷《報任少卿書》：『是以腸一日而九回。』

〔二〕髮握三：《韓詩外傳》謂周公『一沐三握髮，一飯三吐哺。猶恐失天下之士』。後世以『三握髮』和『三吐哺』比喻爲國勤勞，待士殷切。

〔三〕『關中』句：漢高祖入關前，與諸侯約法三章。此指元人南下制約宋人之法。

〔四〕『江左』句：三國魏末竹林七賢常宴集清談。此指亡宋遺臣清談誤國。

〔五〕『樓船』句：指當時趙昰、趙昺向南避地。參見本卷《别楊駙馬》注〔一〕。

〔六〕『一枝』句：按《莊子·逍遥游》：『鷦鷯巢於深林，不過一枝。』石田粤人，久客臨安，故以爲喻。

〔七〕『八繭』句：吴蠶一年八熟。意爲流光迅速一年年地過去。熟：王國維校：《永樂大典》引此詩，『熟』作『孰』。誤。

其八

躡足封韓信〔一〕，剖心嗔比干〔二〕。河山千古淚，風雨一番寒。世指鹿爲馬〔三〕，人呼烏作鸞〔四〕。江頭潮洶洶，城脚水漫漫。

校注

〔一〕『躡足』句：躡足，踩脚。韓信平定齊地，遣使求封假齊王，漢王劉邦不許。張良和陳平暗中踩劉邦的脚，示意他順水推舟，顧全大局。劉邦悟，就派張良準備王印，去封韓信爲齊王。

〔二〕『剖心』句：傳説紂王淫亂，比干犯顔强諫，紂王怒，剖其心而死。

〔三〕指鹿爲馬：趙高故事。高欲爲亂，恐群臣不服，持鹿獻於二世，曰：馬也。二世笑曰，丞相誤耶，謂鹿爲馬。問左右，或言馬以阿順趙高。見《史記》。後世比喻故意顛倒是非，欲擅作威福。

〔四〕烏：原作『鳥』，今從《詩淵》、鮑本。鸞：古人認爲是鳳凰之類的神鳥。呼烏爲鸞，亦是顛倒是非之事。

其九

吟身春共瘦，獨立望江亭。越水荒荒白〔一〕，吴山了了青〔二〕。軍降欣解甲，民喜罷抽丁。拍碎闌干曲，吞聲血淚零。

校注

〔一〕荒荒：黯淡無際貌。

〔二〕了了：清晰貌。

其十

天也今如此，人乎可奈何！臺邊西子去〔一〕，宫裏北人過。玉樹歌方歇〔二〕，金銅淚已多〔三〕。旌旗遮御路，舟楫滿官河。

校注

〔一〕西子：即西施。吴越戰争中，越向吴求和，送西子入吴宫。這裏借指宋宫人被擄北去。

〔二〕玉樹：指《玉樹後庭花》，爲陳後主所作之亡國歌曲。這裏借指南宋君臣荒淫燕樂。歇：鮑本作『息』。義相似。

〔三〕金銅：指銅人。漢武帝好仙術，在建章宫建金人承露盤，謂以露水和玉屑服之，可以長生。漢滅後，魏明帝派人撤去，相傳銅人爲之下淚。句意指亡國之痛。

其十一

此夕知何夕〔一〕？游船雜戰船。山河空百二〔二〕，宫闕謾三千〔三〕。雨歇雲垂地，潮平水接天。惜哉無祖逖〔四〕，誰肯著先鞭〔五〕。

校注

〔一〕何：鮑本《水雲集》作『誰』。

〔二〕『山河』句：據山河險固之地，二萬人足當敵人一百萬人。一説百之二倍，謂多數。句意謂雖有百二山河，無濟於事。

〔三〕『宫闕』句：雖有宫闕三千，國亡了，一切皆空。謾，亦作漫，徒然。

〔四〕祖逖：字士權。輕財好俠，慷慨有節操。時晉室大亂，逖率部衆渡江，中流擊楫而誓曰：『祖逖不能清中原而復濟者，有如大江。』句意謂朝廷無人，誰能如祖逖，有澄清天下之志。

〔五〕著先鞭：佔先一著。劉琨與親舊書曰：『吾枕戈待旦，志梟逆虜，常恐祖生先吾著鞭耳！』按祖生指祖逖。

其十二

陵廟成焦土，宫墻没野蒿。亡秦皆趙李〔一〕，佐漢獨蕭曹〔二〕。國子乘黄貴〔三〕，山人著白高〔四〕。飛埃猶黯黯，逝水正滔滔〔五〕。

校注

〔一〕趙李：指趙高和李斯。皆秦之佞臣，擅自廢立，促使秦亡。

〔二〕蕭曹：指蕭何、曹參，二人佐漢高祖成帝業。

〔三〕國子：本指公卿大夫的子弟。這裏應指唐肅宗。　乘黄：四匹黄馬之車。《詩·秦風·渭陽》：『何以贈之？路車乘黄。』

〔四〕『山人』句：李泌字長源，歷任唐代玄、肅、代、德四朝，而多爲權臣所嫉，往往歸隱。肅宗以賓友處之，常著白衣與帝同乘。百姓見者，謂黄衣者爲天子，白衣者爲山人。著：鮑本《水雲集》校云，吴本『著』作『衣』。

〔五〕『飛埃』二句：意謂敵氛仍盛，歲月流逝。黯黯：昏闇，慘淡。

其十三

静看從衡士〔一〕，番成買賣兒〔二〕。禁中驚戰鼓，城上出降旗。魏操非無漢，唐淵不有隋〔三〕。從茲更革後，寧復太平期〔四〕？

校注

〔一〕從衡士：即縱横士，古時審察時勢以事游説之徒。戰國時蘇秦以合縱之策説齊楚燕韓趙魏同盟拒秦，而張儀以連横之策説六國，使背縱約而事秦。衡：鮑本《水雲集》校云：吴本作『横』。

〔二〕番：更换。買賣兒，原指經營買賣的人，這裏指投降賣國者。

〔三〕『魏操』二句：意謂並不是像曹操擅權維持漢室，而是像唐李淵一舉取代了隋的帝業。淵：鮑本《水雲集》校云：吴本作『高』。

〔四〕『從茲』二句：意謂雖然代宋爲元，而政治黑闇，豈能恢復太平世界。

其十四

偶出西湖上，新蒲緑未齊〔一〕。攜來鯿縮項〔二〕，買得蟹團臍〔三〕。問酒入新店，唤船行舊堤。亂離多殺戮，水畔幾人啼。

校注

〔一〕新蒲：新長出的蒲草。杜甫《哀江頭》：『細柳新蒲爲誰緑？』

〔二〕鯿縮項：指縮項鯿，一種肥美的鯿魚。

〔三〕『買得』句：買來的是團臍的蟹。按蟹以團臍者有蟹黄，俗有『九月團臍十月尖』之語。

其十五

天目絲絲雨〔一〕，江頭剪剪風〔二〕。鼓鼙千艇合〔三〕，刁斗萬家同。金馬憐焦土，銅駝壓草叢〔四〕。杞天愁欲墮，黑入太陰中〔五〕。

校注

〔一〕天目：天目山，在杭州市西北。　絲絲雨：南宋亡國時，雨數月不止。

〔二〕剪剪：形容寒風削面。唐韓偓《寒食夜》詩：『惻惻輕寒剪剪風，杏花飄雪小桃紅。』

〔三〕鼓鼙：見本卷《同毛敏仲出湖上由萬松嶺過浙江亭》注〔六〕。　刁斗：行軍用具，晝炊飯食，夜代更鼓。

〔四〕『金馬』二句：漢武帝得大宛馬後，以銅鑄像立馬於魯班門外，因稱金馬門。金馬本此。晉索靖有遠見，知天下將亂，指洛陽宫門銅駝，嘆曰：『會見汝在荆棘中耳！』兩句形容元軍入城，河山殘破。

〔五〕『杞天』二句：杞天，用『杞人憂天』故事，見《列子・天瑞》。太陰，后妃之象。兩句意謂大宋皇朝正如杞人所憂一樣，真的崩墜下來。元軍統帥直入宮闈簾下，促上降表。其時國僅幼君，朝無蓋臣，謝后無可奈何地以太皇太后身份出面簽署降表。參見《醉歌》第五首及《湖州歌》第三、四首。太：《詩淵》作『大』。

其十六

日月往來轂〔一〕，乾坤生殺機。江春蛟妾舞〔二〕，塞暖雁奴歸〔三〕。逆旅詩添債，愁城酒破圍。如何秦相國，昨夜鴆韓非〔四〕？

校注

〔一〕轂：車輪中空處。此指車輪。句意謂日月往來，如車輪運行。

〔二〕蛟妾：相傳夏桀時宮中有女子化龍，忽而又爲婦人，甚麗而食人。桀命爲蛟妾，告吉凶之事。見南朝梁任昉《述異記》。

〔三〕雁奴：雁栖宿時千百成群，周圍有警戒之雁，叫雁奴。

〔四〕『如何』二句：秦相國，指李斯。韓非，戰國韓人，與李斯同學。韓後使秦，李自以爲不如，深忌之，乃入韓於獄而與之鴆酒，非遂自殺。按賈似道以佞幸擅國。對直諫之臣以及有武功諸將，與之異見者，排斥陷害殆盡。作者可能借此託諷。

其十七

如此只如此，無聊酒一尊。江山猶昨日，笳鼓又新元〔一〕。黑潦迷行路，黄埃入禁門〔二〕。臯亭山頂上〔三〕，百萬漢軍屯〔四〕。

校注

〔一〕『江山』二句：意謂江山依舊，而元人笳鼓迭奏，又是一新紀元。

〔二〕『黑潦』二句：説兵後到處荒凉，宫廷寥落。

〔三〕臯亭山：見本卷《北師駐臯亭山》注〔二〕。

〔四〕漢軍：實指元軍。用楚漢戰争中項羽在垓下被漢軍包圍故事。當時的臨安城，正處於四面楚歌之中。

其十八

世變長椎髻〔一〕，時更短後衣〔二〕。魏庭翁仲泣〔三〕，唐殿子孫非〔四〕。樹秃雅争集〔五〕，梁空燕自歸。斷橋春已暮，無賴柳花飛〔六〕。

校注

〔一〕椎髻：束着一撮像椎似的髮髻。鮑本《水雲集》校：吴本「椎」作「垂」。較勝。

〔二〕短後衣：衣之後幅較短者。

〔三〕翁仲：魏明帝時，以銅鑄二金人，置於司馬門外，號曰翁仲。

〔四〕『唐殿』句：按杜甫《哀王孫》云：『可憐王孫泣路隅……王孫善保千金軀。』這裏以唐喻宋。

〔五〕雅：通『鴉』。

〔六〕賴：鮑本《水雲集》校云：吴本作『限』。較勝。李本亦作『限』。

其十九

春去雨方歇〔一〕，水流花自飛。人生螻蟻夢〔二〕，世道犬羊衣〔三〕。日月東西驛，乾坤闔闢扉。斯今無二子，空有首陽薇〔四〕。

校注

〔一〕『春去』句：按德祐二年春天多雨，直至春盡。

〔二〕螻蟻夢：螻蛄與蟻，常喻爲微賤的生命。句意謂人生如一場螻蟻之夢。

〔三〕犬羊衣：犬羊賤畜，句意謂世人如穿衣之犬羊。『犬羊』二字原缺，據吴本、鮑本補。比喻任人宰割者。李白詩『公卿如犬羊』。

〔四〕『斯今』二句：意謂國亡時有臣投降，而無臣歸隱。斯今：二字原缺，據王國維校引《永樂大典》補。鮑本作『斯令』。二子：謂伯夷叔齊，見卷一《讀史》注〔一〕。

其二十

假途虞滅虢〔一〕，嘗膽越吞吴〔二〕。黑白一棋局，方圓八陣圖〔三〕。是翁猶矍鑠〔四〕，諸老自揶揄〔五〕。喟嘆投麟筆〔六〕，悲歌擊唾壺〔七〕。

校注

〔一〕『假途』句：春秋時，晋假途（借路）於虞以滅虢。軍還又滅虞。

〔二〕『嘗膽』句：吴越戰争中，越戰敗後，勾踐卧薪嘗膽，廿年生聚教訓，最後滅吴。

〔三〕『黑白』二句：世事如圍棋一局，一方黑一方白而已。八陣圖亦不過方圓排列而有八門。

〔四〕是翁：指林石田。　矍鑠：老人清健貌。

〔五〕諸老：指包括作者在内的其他老人。　揶揄：嘲笑戲弄。

〔六〕『喟嘆』句：《公羊傳》哀公十四年：西狩獲麟。孔子曰：『吾道窮矣！』傳説孔子作《春秋》，絶筆於此。按劉辰翁對《醉歌》十首批云：『此十首真江南野史。』又按作者有《答林石田》云：『我更傷心成野史，人看野史更傷心。』作者屢稱自成野史，可能有自命之意。

〔七〕『悲歌』句：慷慨悲歌，擊打唾壺以爲節拍。據《世説新語》記載，晋王敦酒後輒詠魏武帝『老驥伏櫪，志在千里』等句，以鐵如意擊唾壺爲節奏。

其二十一

竟夕柴門掩，無心接縉紳〔一〕。山中多樂事，世上少全人〔二〕。諸吕幾亡漢〔三〕，商翁不仕秦〔四〕。柴桑深僻處〔五〕，亦有晋遺民。

校注

〔一〕縉紳：指士大夫。縉同『搢』。紳，束腰之帶。按古之仕者垂紳插笏，故稱。

〔二〕全：《詩淵》作『金』，誤。

〔三〕『諸吕』句：漢惠帝死，吕后臨朝主政，排擠舊臣，分立其姪吕産、吕禄爲王。后卒，諸吕欲謀反，爲周勃、陳平等所滅。

〔四〕商翁：指商山四皓。見卷一《讀史》注〔二〕。

〔五〕柴桑：古縣名，在今江西九江市西南。晋陶潛故里與柴桑鄰近，其所構想之桃花源，即以此爲背景。石田隱居不出，故以爲喻。

其二十二

天下愁無盡，生前樂有涯〔一〕。文章一小技，富貴總虚花。塵入金張宅〔二〕，草生王謝家〔三〕。可憐三月火〔四〕，不見八姨車〔五〕。

校注

〔一〕『天下』二句：意謂人間愁多樂少。

〔二〕金張：漢代金日磾及張湯，兩家世代爲大官。後以金張爲功臣世族的代稱。

〔三〕王謝：六朝時王導及謝安，世代爲望族。後以王謝爲高門望族的代稱。

〔四〕三月火：項羽燒秦宫室，火三月不滅。見《史記》。月：李本作『日』。

〔五〕八姨車：《明皇雜録》：『貴妃有妹，稱爲八姨。』

其二十三

休休休休休〔一〕，干戈白盡頭〔二〕。諸公雲北去〔三〕，萬事水東流〔四〕。春雨不知止，晚山相對愁。呼童攜斗酒，我欲一登樓。

校注

〔一〕『休休』句：猶云：罷了罷了。

〔二〕白盡：吴本、鮑本作『盡白』。

〔三〕『諸公』句：喻朝廷王公大臣像雲一樣紛紛北去投元。

〔四〕『萬事』句：喻家國覆亡如水東流，一去不返。

這組和詩除了詠嘆林石田的身世、抱負以及作者個人對時局的深沉感喟，亦多懷古喻今之作，音節蒼涼沉鬱。據孔編，詩當作於德祐二年（一二七六）二三月間。

送琴師毛敏仲北行　三首

其　一〔一〕

西塞山前日落處〔二〕，北關門外雨來天。南人墮淚北人笑〔三〕，臣甫低頭拜杜鵑〔四〕。

校注

〔一〕葉本、李本、鮑本爲《錢唐歌》之『又』，即第二首。

〔二〕前：葉本、李本、鮑本作『邊』。

〔三〕『南人』句：指元軍入杭州情景。

〔四〕『臣甫』句：用杜甫《杜鵑》詩意。杜詩云：『杜鵑暮春至，哀哀叫其間。我見常再拜，重是古帝魂……身病不能拜，淚下如迸泉。』

其　二

五里十里亭長短〔一〕，千帆萬帆船去來。請君收淚向前去，要看幽州金築臺〔二〕。

校　注

〔一〕五里十里：指路亭。古時五里設短亭，十里設長亭，作爲行人休憩之處。

〔二〕金築臺：又名黄金臺，簡稱金臺，故址在今河北易縣東南。相傳戰國燕昭王築臺於此，置千金於臺上，延請天下賢士。句意勸毛敏仲抵燕京後，還須求取功名。

其　三

蘇子瞻吃惠州飯〔一〕，黄魯直度鬼門關〔二〕。今日君行清淚落，他年勛業勒燕山〔三〕。

校　注

〔一〕『蘇子』句：蘇軾，字子瞻。初直史館，因上書神宗忤王安石，出知杭州，後徙惠州。出黄庭堅詩『飽喫惠州飯，細和淵的詩』。

〔二〕『黄魯』句：黄庭堅，字魯直。紹聖初知鄂州，因被蔡京等所惡，貶宜州，卒。鬼門關在廣西北流、玉林間，黄庭堅貶廣西宜州，詞作中多及之，如《定風波》、《浪淘沙》諸作。

〔三〕燕山：即燕然山，今蒙古杭愛山。後漢竇憲破北單于，登燕然山，刻石紀功而還。

孔編：毛敏仲，蓋先元量赴燕者。此三詩當作於離杭前不久。

短歌

腰寶劍，背瑶琴，燕雲萬里金門深〔一〕。斬邪誅佞拱北極〔二〕，阜財解愠歌南音〔三〕。駕騂騮〔四〕，御狐貉〔五〕；度關山，望河洛。况是東南宇宙窄，桑田變海風濤惡。勸君一醉千日醒〔六〕，世事花開又花落。

校注

〔一〕金門：金馬門之簡稱。漢時爲大臣待詔處。參見本卷《杭州雜詩和林石田》其十五注〔五〕。

〔二〕北極：北極星，指帝座。

〔三〕阜財解愠：阜財，使財富殷盛；解愠，消除愠怒。據《孔子家語》記載，舜造《南風》之詩曰：『南風之薰兮，可以解吾民之愠兮。南風之時兮，可以阜吾民之財兮。』

〔四〕騂騮：良馬。

〔五〕御狐貉：穿着狐貉皮製的衣服。狐，原誤作『孤』，今正。

〔六〕一醉千日醒：傳説古代中山人狄希能製造千日酒，飲後一醉千日始醒。

孔編：味詩意，此詩當作於元兵入城後，元量贈與某琴友赴燕者。

吴兒

玉貌兒童淚盈把，辮髮垂肩行酒斝〔一〕。將軍又去打姑蘇，出門指使教牽馬。

校注

〔一〕斝：玉酒器。

答林石田〔一〕

南朝千古傷心事，每閲陳編淚滿襟〔二〕。我更傷心成野史〔三〕，人看野史更傷心。

校注

〔一〕鮑本《水雲集》校：吴本題作《答方石田》。誤。林石田，見前注。

〔二〕陳編：指舊史書。

〔三〕野史：私家編撰的史書。也稱稗史。

按，南朝宋、齊、梁、陳四代，享國日淺，干戈相尋，民生涂炭，乃成爲千古傷心之事。降至南宋，自康王南渡至恭帝遜國，亦不過百餘年，作者又寫了這部傷心野史，怪不得人們看了更加傷心了。孔編以以上兩詩皆作於德祐二年(一二七六)二三月間。

浙江亭別客[一]

諸公來此欲憑欄，禿樹黏雲濕不乾。小燕正嫌三月雨，老鶯又受一春寒。樓頭呼酒盡情飲，江上遇花隨意看。莫怨人生有離別，人生到此別離難！

校　注

〔一〕浙江亭：見本卷《同毛敏仲出湖上由萬松嶺過浙江亭》注〔一〕。此詩描述在浙江亭告別友人赴燕情景。按孔編，詩當作於德祐二年(一二七六)二三月間。

江　上

太學諸齋揀秀才[一]，出門何處是金臺？楝花風緊子規急，楊柳煙昏黄鳥哀。潮落潮生天外去，人歌人哭水邊來。推篷坐對吳山月，幾度關門擊柝回[二]。

校注

〔一〕齋：太學生住的學舍書房。原作『生』，今從鮑本。　秀才：童生經考試合格，録取爲秀才，入太學傳授儒家經典。此爲漢以來之舉士科目，宋代承之。伯顔到太學揀選秀才北徙，在啓行時，有的不願上船，有的半路逃亡，有的被捶打而死。

〔二〕擊柝：打更巡夜。

按孔編，詩當作於德祐二年（一二七六）三月、閏三月間。

曉行

癡坐書窗待曉鐘，背燈無語意無窮。一家骨肉正愁絶，四海弟兄如夢同。西舍東鄰今日别，北魚南雁幾時通〔一〕？行行忍見御溝水，流出滿江花片紅。

校注

〔一〕南魚北雁：指南北書信來往。古傳魚雁都能傳遞書信，後即用以指代書信。

按孔編，此詩爲作者告别家人親友、離杭赴燕時所作，當作於德祐二年（一二七六）三月、閏三月間。

社牲〔一〕

年登斂牲錢，日吉視牢筴〔二〕。烹庖香滿村，未覺膰脤窄〔三〕。餕餘果青蒻〔四〕，籬落笑言啞。咄哉陳孺子〔五〕，乃有天下責。

校注

〔一〕社牲：社日供祭祀的牛羊豕之類。

〔二〕牢筴：欄圈，飼養牛羊的地方。

〔三〕膰脤：宗廟祭祀用肉，生的叫脤，熟的叫膰。『脤』，孔本作『脈』，誤。

〔四〕『餕餘』句：按『蒻』當是『箬』字之誤。『果』應是『裹』字之省。喫了祭祀的肉，多餘的可以包好帶回家。按《夢粱録》有南宋時在食店喫餘可以裹拿回家的記載。餕，喫剩的食物。青箬，青色的箬葉。

〔五〕陳孺子：指陳平。平嘗爲里社分肉甚公，父老善之。平曰：『使平得宰天下，亦如是肉矣。』

據孔編，詩或作於德祐之變前。

卷二

古今體詩　一百四十六首

北征

北師有嚴程〔一〕，挽我投燕京。挾此萬卷書，明發萬里行〔二〕。出門隔山嶽，未知死與生。三宮錦帆張〔三〕，粉陣吹鸞笙〔四〕。遺氓拜路旁〔五〕，號哭皆失聲。吴山何青青，吴水何泠泠。山水豈有極，天地終無情。回首叫重華〔六〕，蒼梧雲正横。

校注

〔一〕師：鮑本《水雲集》校云，吴本作『帥』。王國維校『師』亦作『帥』。　嚴程：期限緊迫的行程。

〔二〕明發：明日。見前注。

〔三〕三宮：指幼主及謝、全二后。　錦帆張：鮑本《水雲集》校云，吴本作『張錦帆』。

〔四〕粉陣：指宮女，猶言紅陣。　鸞笙：形制如鸞的笙。

〔五〕氓：鮑本《水雲集》校云，吴本作『民』。

〔六〕重華：虞舜名。受禪繼堯位，南巡時崩於蒼梧之野。杜詩『回首叫虞舜，蒼梧雲正愁』。

此詩繼上卷《浙江亭别客》、《江山》、《曉行》之後，爲赴燕途中之作。孔編謂當作於至元十三年（一二七六）。

吴　江〔一〕

吴江潮水化蟲沙，兩岸垂楊噪亂鴉。舟子魚羹分宰相，路人麥飯進官家〔二〕。莫思後事悲前事〔三〕，且向天涯到海涯。回首尚憐西去路〔四〕，臨平山下有荷花〔五〕。

校　注

〔一〕吴江：太湖最大的支流，其下游即吴淞江。　蟲沙：比喻戰死的士兵或遇難的群衆。語本《抱朴子》：『周穆王南征，一朝盡化，君子爲猿爲鶴，小人爲蟲爲沙。』

〔二〕官家：宋時對皇帝的稱謂。

〔三〕後事：原作『事後』，今從鮑本。

〔四〕『回首』句：劉辰翁批云：『用老杜「尚憐終南山」之意。』

〔五〕臨平：在杭州市西北。此當指北行所經過之處。

此詩寫途中所見平民百姓對君相北徙的關心。按孔編，此詩作於赴燕途中。

蘇　臺〔一〕

闔閭門外草如霜〔二〕，到此躊躇欲斷腸。紅陣教成人已去〔三〕，黄池會罷事堪傷〔四〕。將雛野鹿銜枯薺，挾子宫烏噪夕陽〔五〕。越蠡扁舟漭無所，五湖風浪白茫茫〔六〕。

校注

〔一〕蘇臺：在江蘇吴縣西南姑蘇山上，相傳爲吴王闔閭所築。

〔二〕闔閭門：蘇州城門之一。

〔三〕紅陣：指吴王闔閭命孫武教練由宫女組成的軍隊。事見《史記·孫武吴起列傳》。

〔四〕『黄池』句：公元前四八二年黄池會盟中，吴、晉争爲盟主，越王勾踐乘隙襲吴，吴王夫差被迫求和。其後，吴即爲越所滅，夫差自殺。黄池，在今河南省封丘縣南。

〔五〕『將雛』二句：描述蘇臺古迹荒凉景象。將，帶着。薺，薺菜。

〔六〕『越蠡』二句：越國范蠡，事勾踐復國後，以勾踐不可共安樂，扁舟泛五湖而去。漭：水廣闊無邊。

蘇臺懷古

靈巖寺古樹森羅〔一〕，滿目興亡落逝波〔二〕。越相舟中西子去〔三〕，楚王宫裏北人過〔四〕。歌臺日暖游麋鹿〔五〕，禁苑風高走駱駝。却羨老僧無一事，自擕瓶錫入煙蘿〔六〕。

校注

〔一〕靈巖：寺名。在吴縣西，又名研石山。吴王置館娃宫於此。　森羅：森然羅列，言樹之多。

〔二〕逝波：過去的光陰。

〔三〕『越相』句：借越相送西施入吴宫喻宋宫人北徙。

〔四〕『楚王』句：指蘇臺爲元兵所占。

〔五〕『歌臺』句：《漢書·伍被傳》：『臣今見麋鹿游姑蘇之臺也。』

〔六〕瓶錫：僧人隨身攜帶的汲瓶和錫杖。

孔編以爲詩中所寫，乃元兵初入景象。此詩當與《蘇臺》同作於赴燕途中。

虎　丘〔一〕

維舟與客訪興亡，寺有殘僧説故王〔二〕。寶物已銷龍虎氣〔三〕，奎章猶射斗牛光〔四〕。爲妖真女花藏墓〔五〕，説法生公月滿堂〔六〕。邂逅一尊歸路遠，樵歌牧笛送斜陽。

校注

〔一〕虎丘：山名，在蘇州閶門外。相傳春秋時吴王闔閭葬於此。

〔二〕故王：指吴王闔閭。

〔三〕寶物：或指藏劍。
〔四〕奎章：帝王所書之字。　斗牛：星象名。即二十八宿中的斗宿和牛宿。
〔五〕真女：即真娘。唐時吴妓，其墓在虎丘劍池之西。爲妖花藏墓事不詳。
〔六〕生公：晋末高僧竺道生。有生公説法、頑石點頭的故事。

惠山值雨〔一〕

惠山寺裏北人過，古柏莖莖伐盡柯。三世佛身猶破相〔二〕，一泓泉水亦生波。山林雖樂元非樂，塵世多魔未是魔〔三〕。舉似於人何以故〔四〕，坐檐閒看雨滂沱。

校注

〔一〕惠山：即慧山，在今無錫市西。
〔二〕『三世』句：佛家以過去世、現在世、未來世爲三世。佛家修道，旨在滅相。這裏破相應作佛像殘破解。
〔三〕魔：佛教指妨礙修行、破壞佛法的邪惡之神。相傳鳩摩羅什初學放光經，魔來蔽之，唯見空牘，什知魔所爲，誓心更固，魔去字顯。
〔四〕何以故：什麼緣故。佛經中在宣教時常用之語。

畫溪酒邊〔一〕

夜來飲酒醉如何〔二〕，酒醒方知事轉多。趙國未衰廉藺在〔三〕，齊城將下酈韓過〔四〕。鵲飛月樹無依所〔五〕，龍入風江謾作波〔六〕。忽有好詩來眼底，畫溪榔板唱漁歌〔七〕。

校注

〔一〕畫溪：不知所指。按詩之排序而論，應在無錫、常州一帶，爲小地名。又浙江省有畫溪，應與此無關。

〔二〕醉：鮑本《水雲集》校云，吴本作『更』。

〔三〕廉藺：廉頗與藺相如。廉頗，趙之武將，藺相如，趙之文臣。因有二人在，强秦不敢加兵於趙。

〔四〕酈韓：酈食其和韓信。史載，劉邦至高陽，酈食其獻計攻下陳留，因封廣野君。常爲説客，説齊，下齊七十餘城。及韓信攻齊，齊王以食其賣己，遂烹之。

〔五〕『鵲飛』句：用曹操《短歌行》『月明星稀，烏鵲南飛。繞樹三匝，無枝可依』句意。

〔六〕『龍入』句：按龍當游大海，如入風江，有何作用？故云『謾作波』。謾同『漫』。當時幼主趙㬎已在北徙中，或指趙昰、趙昺二王。

〔七〕榔板：漁人驅魚的用具。漁人敲擊榔板捕魚，亦時唱漁歌。

常州〔一〕

渡頭風起柳摇絲，丁卯橋邊屋已稀〔二〕。河草青青淮馬健，江花冉冉海鷗肥〔三〕。一尊酒對三人飲〔四〕，八字帆分兩岸飛。天末有人難問訊〔五〕，仲連東去不須歸〔六〕。

校注

〔一〕常州：地名，今江蘇省常州市。

〔二〕丁卯橋：橋名。在今鎮江城南丁卯港。

〔三〕冉冉：柔弱下垂貌。

〔四〕『一尊』句：按李白《月下獨酌》有『花間一壺酒，獨酌無相親。舉杯邀明月，對影成三人』之句，此處隱括其意。

〔五〕天末：天邊，指極遠的地方。杜甫《天末懷李白》：『凉風起天末，君子意如何？』訊：鮑本《水雲集》作『信』。

〔六〕『仲連』句：魯仲連，戰國齊人，游於趙，適秦圍趙急，魏使新垣衍入趙，請尊秦爲帝，以求罷兵。仲連力言不可。後燕將據聊城，齊攻之歲餘，不能下，仲連遺書燕將，聊城乃下。齊王欲爵之，仲連逃隱海上。

重游甘露寺〔一〕

小留甘露莫開船，我欲題詩寄佛軒。犬下修廊迎宿客〔二〕，僧歸曲巷背欞門〔三〕。梅邊拂石安棋局，竹外鳴琴薦酒尊。却憶市朝無事日，笙歌日日醉昏昏。

校注

〔一〕甘露寺：在鎮江北固山。孫吴置。

〔二〕宿客：舊客。

〔三〕欞：同『門』。這裏用作動詞。

多景樓〔一〕

多景樓中晝掩扉，畫梁不敢住烏衣〔二〕。禪房花木兵燒殺，佛寺干戈僧怕歸。山雨欲來淮樹立，潮風初起海雲飛。酒尊未盡登舟急，更過金焦看落暉〔三〕。

校注

〔一〕多景樓：古樓名。在今江蘇省鎮江北固山甘露寺内。

〔二〕烏衣：指燕子。

〔三〕金焦：金山和焦山。詳後注。　落暉：夕陽。

金　山〔一〕

楊柳堤邊看渡船，金山山上訪金仙〔二〕。一江風起塵揚海，兩岸潮來浪拍天。龍化老人頻問法〔三〕，狐爲少婦竊聽禪〔四〕。此機何與書生事，且借方床熟晝眠。

校注

〔一〕金山：在鎮江市西北。

〔二〕金仙：佛家謂如來之身，金色微妙，因稱「金仙」。

〔三〕『龍化』句：《幽怪録》：『無言和尚講《法華經》，有老翁立聽畢，乘風雲而去。衆驚問之，曰：「洱水龍也。」』

〔四〕狐爲少婦：不詳。

焦　山〔一〕

焦山寺裏白雲堆，百尺危樓百尺臺。持咒聖僧飄海去〔二〕，尋詩閒客渡江來。雷轟古樹蜈公出，日轉虚檐燕子回。案上《楞嚴》都好在〔三〕，昆明又見有新灰〔四〕。

校注

〔一〕焦山：在鎮江市丹徒區東九里，孤峙大江中，與金山對峙，相距十里許。

〔二〕持咒聖僧：不詳。　飄：原作『漂』，今從《詩淵》。

〔三〕《楞嚴》：《楞嚴經》，佛經名。闡明心性本體，屬大乘秘密部。　在：原作『住』，今從《詩淵》、鮑本。

〔四〕『昆明』句：意謂劫難又至。按《高僧傳·竺法蘭》：漢武帝掘昆明池，得黑灰，以問東方朔。朔曰：『不委，可問西域人。』後法蘭既至，衆人追以問之。法蘭曰：『世界終盡，劫火洞燒，此灰是也。』明：原作『州』，今從《詩淵》、鮑本。

京口野望〔一〕

傍岸人家插酒旗，受降城下客行稀〔二〕。南徐白晝虎成陣，北固黄昏鴉打圍〔三〕。亂後江山元歷歷〔四〕，愁邊楊柳極依依〔五〕。棹歌漁子無些事，網得時魚换酒歸。

校注

〔一〕京口：與詩中南徐皆江蘇鎮江市舊稱。

〔二〕受降城：按漢武帝時及唐代所築受降城皆在北方。此或指降元之京口城。

〔三〕北固：山名。在鎮江市北。　鴉打圍：謂烏鴉之多。

〔四〕歷歷：清楚在目。

〔五〕依依：茂盛貌。《詩·小雅·采薇》：『昔我往矣，楊柳依依。』

揚子江〔一〕

揚子津頭客子愁〔二〕，孤舟欲渡意綢繆〔三〕。蛟龍洶洶争新穴，鷗鷺輕輕下故洲〔四〕。水卷岸沙連地去，風掀江浪接天流〔五〕。試披陸羽圖經看〔六〕，洗鼎煎茶更少留。

校注

〔一〕揚子江：長江之通稱。稱揚子者，以江都南之揚子津而得名。

〔二〕津：渡口。

〔三〕綢繆：固結不解。此謂考慮不定。

〔四〕『蛟龍』二句：劉辰翁批云：兩句簡齋舊語。引用恰到好處，意在象徵元人争奪天下得逞，而宋人則輕易棄守。　洶洶：原作『匈匈』，今從鮑本。

〔五〕『水卷』二句：描繪出長江奔騰浩渺之勢。

〔六〕陸羽：唐竟陵人，隱居苕溪，閉户著書。性嗜茶，著有《茶經》三卷，後世奉爲茶神。　圖經：文字外附有圖畫的書籍，此指《茶經》。

揚州

江都王氣逐浮漚〔一〕，舊説維揚第一州〔二〕。銀燭夜攢喧鳳吹〔三〕，金鞍曉織衛龍舟〔四〕。緑蕪城上軍聲合〔五〕，紅藥階前客淚收〔六〕。雲散月明天在水，誤疑身世落瀛洲〔七〕。

校注

〔一〕江都：揚州别名。五代吴定都揚州，陞爲江都府。　王氣：舊時稱象徵帝王運數的祥瑞之氣。後人常有東南王氣之説。　浮漚：水面的氣泡，比喻世事變化迅速無常。

〔二〕維揚：揚州别稱。

〔三〕『銀燭』句：意謂銀燭夜燃，宫樂喧鬧。　均指往事。　鳳吹：指笙簫等細樂。

〔四〕『金鞍』句：金鞍，指元軍。句謂元兵監衛北行的船隻。

〔五〕緑蕪城：鮑照有《蕪城賦》，寫揚州屢遭兵亂的破敗景象。這裏借用，句意謂元兵佔領揚州。

〔六〕紅藥：指紅芍藥。揚州以紅芍藥著名，如今零落略盡，客游爲之傷感。

〔七〕瀛洲：傳説海上神山名。句意謂作者至此，幾疑人在仙山。

淮安水驛〔一〕

薄暮舟維楊柳堤，手攀楊柳立多時。漢兒快意歌荷葉〔二〕，越女含悲舞柘枝〔三〕。月濕江花和露泫〔四〕，潮摇淮樹帶風悲。長亭一夜渾無寐，與客傳杯更和詩。

校注

〔一〕淮安：地名，今江蘇省淮安縣。南宋時設淮安軍。地當運河東岸，寶應縣西北。

〔二〕歌荷葉：荷葉，當是『荷葉杯』之省文，爲詞調名，本教坊曲名。句中漢兒應指元兵。歌：《詩淵》作『取』。

〔三〕柘枝：舞曲名。當指北行歌妓被迫而舞。

〔四〕泫：淚珠下滴。

邳州〔一〕

身如傳舍任西東〔二〕，夜榻荒郵四壁空〔三〕。鄉夢漸生燈影外，客愁多在雨聲中。淮南火後居民少，河北兵前戰鼓雄。萬里別離心正苦，帛書何日寄歸鴻〔四〕。

校注

〔一〕邳州：州名，在今江蘇睢寧北。

〔二〕如傳舍：投宿旅舍。如，往。

〔三〕荒郵：荒凉的郵亭。郵亭即驛館，遞送文書投止之所。

〔四〕帛書：寫在帛上的文字，指書信。

徐　州〔一〕

白楊獵獵起悲風〔二〕，滿目黄埃漲太空。野壁山墻彭祖宅〔三〕，壓花糞草項王宫〔四〕。古今盡付三杯外，豪傑同歸一夢中。更上層樓見城郭，亂鴉古木夕陽紅。

校　注

〔一〕徐州：古九州之一，漢以後各代皆置徐州，多以彭城下邳爲治所。
〔二〕獵獵：風聲。
〔三〕彭祖：傳説顓頊帝的後代，堯封之於彭城（即今徐州），年八百歲。
〔四〕壓花糞草：花上染塵，草上着糞。壓，微塵，原作『歷』，今從鮑本。項王宫：項羽起兵下相之處。

按，這是途次徐州懷古之作。

戲馬臺〔一〕

臺空馬盡始知休，枳棘叢邊鹿自游〔二〕。泗水不關興廢事〔三〕，佛峰空鎖古今愁〔四〕。風吹野甸稻花晚，雨暗山城楓葉秋。欲吊英靈何處在〔五〕，髑髏無數滿長洲〔六〕。

校注

〔一〕戲馬臺：古迹名。在江蘇省徐州市銅山區南，即項羽掠馬臺。

〔二〕枳棘：木名，多刺。

〔三〕泗水：即泗河，在今蘇北。又亭名，漢高祖微時，曾爲泗上亭長。

〔四〕佛峰：不詳，似指當地的山。但下有『空鎖』二字，則又似塔名。

〔五〕英靈：當指項羽、劉邦。

〔六〕髑髏：死人的頭骨。

燕子樓〔一〕

樓顛瓦解草如鬣〔二〕，燕子不來風獵獵。倚筇搔首重徘徊〔三〕，野花叢裏飛蝴蝶。

校注

〔一〕燕子樓：樓名，在今江蘇徐州市。唐貞元中，張建封鎮徐州，築此樓以居愛妾關盼盼。

〔二〕鬣：獸類頸領上之毛。

〔三〕筇：一種可以做手杖的竹子，因以筇名杖。

吕　梁〔一〕

吕梁三十仞〔二〕，懸水莫知源。雨歇山如沃〔三〕，波狂岸欲翻。黄雲撲古塞，青草織平原。最是關情處，秋霜一夜猿。

校　注

〔一〕吕梁：在徐州市東南。《水經注》：泗水過吕縣南，水上有石梁，故曰吕梁。

〔二〕仞：古制八尺或七尺爲一仞。

〔三〕沃：澆灌。

歌風臺〔一〕

百尺荒臺禾黍悲〔二〕，沉思往事似輪飛。洛中車駕秦皇去〔三〕，沛上風雲漢帝歸〔四〕。鷹入塞榆衝雁陣，鵲穿城樹破鴉圍〔五〕。東徐多少英雄恨，留與行人歌是非。

校　注

〔一〕歌風臺：臺名。相傳爲漢高祖作《大風歌》處。故址在今沛縣東泗水西岸。

〔二〕禾黍悲：故國之悲。《詩·王風》有『黍離』篇，舊説爲周既東遷，大夫行役至於宗周，見故宗廟宫室盡爲禾黍，憫周室之顛覆，而作是詩。

〔三〕『洛中』句：洛中即洛陽。秦皇，秦始皇。句意或指始皇南巡後經由洛中北去，死於沙丘。

〔四〕『沛上』句：指漢高祖功成衣錦還鄉。

〔五〕『鷹入』二句：鷹入雁陣、鶻穿鴉圍，似説元人南侵，寄托興亡之感。

觀魚臺〔一〕

高臺留古迹，不見隱公游。白日悲風起，清河逆水流〔二〕。潛魚投别浦，狡兔據荒丘。應笑臧僖伯〔三〕，何如諫得休。

校注

〔一〕觀魚臺：在山東省魚臺縣北，爲春秋魯隱公觀魚處。按《春秋·隱五年》：『公矢魚於棠。』

〔二〕逆：原作『迎』，今從鮑本。《詩淵》作『通』。

〔三〕臧僖伯：魯大夫。魯隱公去棠地（即今魚臺縣）參觀捕魚的工具，僖伯認爲非關國家大事，非國君所應與者，諫之不從。結句即據此意。

東平官舍〔一〕

曉鞭驛馬入東州，瘦骨稜嶒怯素秋〔二〕。天地不仁人去國，江山如待客登樓。市沽魯酒難爲醉〔三〕，座咽胡笳易得愁。日暮憑欄窮目力，一行征雁塞邊頭。

校注

〔一〕東平：屬山東省。宋初稱鄆州，後陞東平府。首句東州即東平。

〔二〕稜嶒：山勢高聳貌。這裏形容消瘦露骨。素秋：猶言凉秋。

〔三〕魯酒：薄酒。按《莊子》有『魯酒薄而邯鄲圍』之句，後以魯酒稱薄酒。

通州道中〔一〕

一片秋雲好太虛〔二〕，窮荒漠漠走群狐〔三〕。西瓜黄處藤如織，北棗紅時樹若屠〔四〕。雪塞搗砧人戍遠，霜營吹角客愁孤。幾回兀坐穹廬下，賴有葡萄酒熟初。

校注

〔一〕通州：州名，即今北京通州區。金天德三年置，元屬大都路。俗稱北通州。

〔二〕妬：本作妬忌講。這裏應是遮蓋之意。太虛：等於説太空，即天空。

〔三〕走：葉本、吴本作『亂』。

〔四〕『西瓜』二句：説西瓜黄時被採而遺藤遍露如織，北棗成熟滿樹通紅好像被宰殺流血一樣。劉辰翁批云：『西瓜北棗，眼前便是，詩貴其真故也。』

孔編云：自《虎丘》至《通州道中》皆作於至元十三年（一二七六）赴燕途中。

湖州歌　九十八首

其一

丙子正月十有三[一]，撾鞞伐鼓下江南。皋亭山上青煙起[二]，宰執相看似醉酣[三]。

校注

〔一〕丙子：即公元一二七六年，宋恭帝德祐二年。元世祖至元十三年。

〔二〕皋亭山：在杭州西北艮山門外，離杭州三十里。參見《北師駐皋亭山》注。皋：《詩淵》作『高』。上：鮑校作『下』，義相似。

〔三〕宰執：宰相及宫廷執政官員的合稱。

按，《湖州歌》九十八首，並非一時之作，其中多處與史書及本書所述不合。孔凡禮氏在《編年》中指出，組詩的『其一』至『其六』，寫元兵入杭，宋室投降；『其七』至『其六十八』寫赴燕及赴燕途中情況；『其六十九』至『其九十八』寫抵燕後之情况。詩非作於一時，至燕後集其成。又按《平宋録》記載：宋恭帝趙㬎德祐二年（一二七六）三月，元遷三宫出城，止宿北新橋舟中。旋即乘船由運河出發，經過湖州境内（按此湖州，非現今湖州市，指杭州湖墅一帶地區），一路抵元都燕京；而湖州又是南下統帥伯顔的指揮中心，元量此歌，以湖州立題，當與此二事有關。

此詩描述元軍南下，直逼臨安，烽煙陡起時，南宋小朝廷執政的官員如醉如癡，面面相覷，無所措置的情景。

其　二

萬馬如雲在外間，玉階仙仗罷趨班〔一〕。三宫北面議方定〔二〕，遣使皋亭慰伯顔〔三〕。

校　注

〔一〕玉階：帝王的殿階，也稱玉陛。　仙仗：侍衛皇帝的儀仗。　罷趨班：停止了排班侍衛皇帝的任務。

〔二〕北面：皇帝向來南面而坐接見官員，如今却要北面稱臣，一字之易，足見分量。

〔三〕伯顔：元軍南侵的統帥。見《醉歌》其四注〔四〕。

其　三

殿上群臣默不言，伯顔丞相趣降箋〔一〕。三宫共在珠簾下〔二〕，萬騎虬鬚繞殿前〔三〕。

校　注

〔一〕趣：催促。

〔二〕珠簾：用珍珠綴飾的簾子，用以障目。
〔三〕虬鬚：蜷曲的胡鬚。指元方官兵。

其　四

謝了天恩出内門〔一〕，駕前喝道上將軍〔二〕。白旄黄鉞分行立〔三〕，一點猩紅是幼君〔四〕。

校　注

〔一〕内門：内宫的門。
〔二〕駕前：帝后乘坐的車駕前。
〔三〕白旄黄鉞：指帝王儀仗。白旄，頂部用白牦牛尾作飾物的旗幟。黄鉞，金斧，古代武器。《書·牧誓》：『王左杖黄鉞，右秉白旄。』
〔四〕猩紅：指服色。　幼君：謂幼主恭帝趙㬎。咸淳十年度宗卒，趙㬎即位，年纔四歲。　是：吴本、鮑本作『似』。

其　五

一掬吴山在眼中〔一〕，樓臺疊疊間青紅〔二〕。錦帆後夜煙江上，手抱琵琶憶故宫〔三〕。

校注

〔一〕一掬：一捧。

〔二〕疊疊：鮑本作『纍纍』。

〔三〕『手抱』句：引昭君出塞故事，比喻宮女一去不復返。抱：原作『把』，今從《詩淵》、葉本、吴本、鮑本。

其六

北望燕雲不盡頭〔一〕，大江東去水悠悠。夕陽一片寒鴉外，目斷東西四百州〔二〕。

校注

〔一〕『北望』句：謂北方疆域遼闊。

〔二〕四百州：指南宋擁有的疆土。州，宋時地方行政單位，上屬各路，下轄諸縣。西：《詩淵》作『南』。

其七

十數年來國事乖〔一〕，大臣無計逐時挨。三宫今日燕山去，春草萋萋上玉階〔二〕。

校注

〔一〕乖：不順遂。

〔二〕萋萋：茂盛貌。　玉階：宫殿的臺階。

其　八

錦帆高揭綉簾開，鼉鼓聲悲鳳管哀〔一〕。月子纖纖雲裏見〔二〕，吴江不盡暮潮來。

校　注

〔一〕鼉鼓：用鼉皮蒙的鼓。鼉，鰐魚的一種。　鳳管：即鳳笙，其形如鳳之身，有十二簧。

〔二〕纖纖：形容月光微弱。

其　九

一出宫門上畫船，紅紅白白艷神仙。山長水遠愁無那〔一〕，又見江南月上弦〔二〕。

校　注

〔一〕無那：無奈。

〔二〕月上弦：即上弦月。月半圓時，其狀如弓，叫做弦。農曆初七、八爲上弦，二十二、三爲下弦。

其　十

太湖風起浪頭高〔一〕，錦柁摇摇坐不牢〔二〕。靠着篷窗垂兩目，船頭船尾爛弓刀〔三〕。

校　注

〔一〕太：《詩淵》、李本作『大』。　起：鮑校：吴本作『卷』。

〔二〕錦柁：柁的美稱。柁同『舵』。

〔三〕爛弓刀：形容弓刀閃亮。爛，明晃晃。

以上兩首描寫宫女被羈束船艙中的愁苦情狀。

其十一

昨夜三更淚濕腮，伍胥何事夢中來〔一〕。三宫從此相分别，自勒潮頭白馬回〔二〕。

校　注

〔一〕伍胥：即伍子胥，名員，春秋楚人。其父奢被殺，入吴國爲大夫，興兵伐楚報仇。及吴王夫差敗越，越請和，子胥諫之不從，被迫自殺。

〔二〕白馬：傳説子胥死後，其魂魄乘素車白馬，隨錢塘江潮來去，民間奉爲潮神。杭州吴山有伍胥廟。

這是作者的記夢詩。詩中追念伍胥之忠烈，或對三宫有所隱刺。

其十二

受降城下草離離〔一〕，寒食清明只自悲。漢寢秦陵何處在〔二〕？鶯花無主雨如絲〔三〕。

校注

〔一〕受降城：參見本卷《京口野望》注〔二〕。這裏借指臨安。離離：草盛貌。
〔二〕漢寢秦陵：秦漢時期帝王陵墓。
〔三〕鶯花：鶯啼花開。泛指春景。

其十三

金陵昨夜有降書，更説揚州一戰輸。淮北淮南清未了〔一〕，又添軍馬下東吴〔二〕。

校注

〔一〕清未了：局勢未平静。
〔二〕東吴：泛指江南。江蘇吴縣舊亦稱東吴。

其十四

鐵甕城頭馬亂嘶[一]，金陵城下砲如飛。黑風卷地鼓鞞急，昨夜常州又受圍。

校注

〔一〕鐵甕城：指江蘇鎮江。舊有子城，相傳爲吴孫權所建，内外皆甃以甓，其堅固如金城，因稱鐵甕城。

以上兩首寫各路抗擊元軍失利情況。

其十五

曉來官棹去如飛[一]，掠削鬟雲淺畫眉[二]。風雨凄凄能自遣，三三五五坐彈棋[三]。

校注

〔一〕官：《詩淵》、吴本、鮑本作『宫』。

〔二〕掠削：簡單地梳妝一下。鮑校：吴本『削』作『髮』。鬟雲：喻婦女髮如雲。淺畫眉：隨便地畫幾筆眉毛。

〔三〕彈棋：古代的一種博戲。

其十六

暮雨瀟瀟洒力微[一]，江頭楊柳正依依[二]。宫娥抱膝船窗坐，紅淚千行濕綉衣。

校注

[一]瀟瀟：風雨聲。

[二]依依：見本卷《京口野望》注[五]。

其十七

曉鬟鬅鬆懶不梳[一]，忽聽人説是南徐[二]。手中明鏡抛船上，半揭篷窗看打魚。

校注

[一]鬅鬆：髮散亂貌。

[二]南徐：州名，今江蘇鎮江市。

以上三首寫宫女在舟中生活情況。

其十八

京口沿河賣酒家[一]，東邊楊柳北邊花。柳摇花謝人分散，一向天涯一海涯。

校注

[一]京口：古城名，今江蘇鎮江市。參見本卷《京口野望》注[一]。

其十九

滿船明月夜鳴梆[一]，船上宫人燒夜香。好是燒香得神力，片帆穩送到漁陽[二]。

校注

[一]鳴梆：參見本卷《畫溪酒邊》注[七]。

[二]漁陽：古地名，在今北京市密雲縣西南。

其二十

一片淮山落照中，開船忽遇打頭風[一]。行軍元帥傳言語，别撥官軍下浙東。

校注

〔一〕打頭風：逆風。唐白居易《小舫》詩：『黄柳影籠隨棹月，白蘋香起打頭風。』按，此詩從結句看，當時浙東一帶尚有抗元兵力。

其二十一

揚子江頭潮退遲，三宫船傍釣魚磯。須臾風定過江去，不奈林間杜宇啼〔一〕。

校注

〔一〕『不奈』句：吴本作『新鬼啾啾舊鬼啼』。不奈：無奈。杜宇：即杜鵑鳥，見卷一《賈魏公府》其二注〔四〕。

其二十二

一半淮江半浙江，怒潮日夜自相撞〔一〕。揚州昨夜軍書至，説道淮安未肯降〔二〕。

校注

〔一〕『一半』二句：説在運河航行，日夜聽見怒潮相激撞。運河南段一部分在浙江境内，從杭州啓程後，此時已行到流經江淮流域的一段。

〔二〕淮安：地名。見本卷《淮安水驛》注〔一〕。

其二十三

曉來潮信暫相留〔一〕，滿耳驚濤愁復愁。月殿不知何處在〔二〕，錦帆摇曳到揚州。

校注

〔一〕潮信：潮水漲落有定期，稱爲潮信。

〔二〕月殿：猶月宫，借指故宋宫殿。

其二十四

金屋煌煌麗九天〔一〕，朝歌夜舞艶神仙。尋常只道西湖好，不識淮南是極邊〔二〕。

校注

〔一〕煌煌：光輝貌。

〔二〕極邊：指邊疆。以淮南爲極邊，剩下來只有東南四百州了。

其二十五

風雨聲中聽棹歌，山炰野饌奈愁何〔一〕！雪花淮白甜如蜜，不減江珧滋味多〔二〕。

校注

〔一〕山炰野饌：指山野人烹製的粗惡食物。炰，烹煮。

〔二〕『雪花』二句：鮑校，吴本『淮』作『堆』。『江』原作『紅』，今從《詩淵》、吴本、鮑本。淮白：魚名。宋楊萬里《初食淮白》詩：『淮白須將淮水煮，江南水煮正相違。』江珧：貝類。其肉味極鮮美，爲海味珍品。

其二十六

九出瓊花一夜開〔一〕，無雙亭曲小徘徊〔二〕。可憐后土空祠宇〔三〕，望斷韋郎不見來〔四〕。

校注

〔一〕九出瓊花：相傳爲唐人所植的珍異植物。詳參卷五《瑶花》注〔一〕。出：鮑校：吴本『出』作『尺』。

〔二〕無雙亭：亭名。在江都東蕃釐觀，以護蓋自后土祠移植之瓊花。此花古稱天下無雙，亭名本此。

〔三〕后土：土神，後人稱爲土地神。后土祠在揚州城内。祠内原有九出瓊花一株。

〔四〕『望斷』句：《太平廣記·廣陵妖異志》記載后土夫人訪嫁韋郎的故事，有《后土夫人傳》。句中及此意。

其二十七

兩淮戰鼓不停撾，萬騎精兵賽夜叉〔一〕。破陣焚舟彈指頃〔二〕，漢人猶懼夏爺爺〔三〕。

校注

〔一〕夜叉：梵語，佛教中一種兇惡的鬼。後人常用以比喻兇暴醜惡的人。

〔二〕焚舟：燒船。《左傳·文公三年》：『秦伯伐晉，濟河焚舟。』

〔三〕人：《詩淵》作『軍』。　懼：鮑本作『惧』。　夏爺爺：指夏貴。初爲宋將，屯兵淮上。似道出兵江上，貴來會，似道敗，貴即別去。自言當死守淮西。德祐二年，以淮西叛降元。

其二十八

官軍兩岸護龍舟〔一〕，麥飯魚羹進不休。宮女垂頭空作惡〔二〕，暗拋珠淚落船頭。

校注

〔一〕官軍：指元軍。

〔二〕作惡：憂鬱，煩悶。陸游《梅花絶句》：『漸老情懷多作惡，不堪還作送梅詩。』

此詩反映元軍護持龍舟和供食的情景，而嬌生慣養的宮女却不習慣於飲食，細節描寫逼真。

其二十九

都人不識有干戈，羅綺叢中樂事多〔一〕。一夜月明天漠漠〔二〕，漢人歌罷楚人歌〔三〕。

校注

〔一〕『羅綺』句：指都人奢靡的生活。

〔二〕漠漠：寂静。

〔三〕『漢人』句：或引用楚漢戰争中漢軍在垓下包圍楚軍故事。先是漢軍作四面楚歌，項王知漢已得楚，乃作《垓下歌》。參見卷一《杭州雜詩和林石田》其十七注〔四〕。

其三十

太皇太后過江都，遥指淮山似畫圖〔一〕。抛却故家風雨外，夜來歸夢繞西湖。

校注

〔一〕淮山：指淮南一帶的山。　似：鮑校：吴本『似』作『是』。

按，三宫北徙首途時，太皇太后暫以疾留杭。此時纔得趕到江都，故獨寫一首，似欲慎重其事。前此有關詩作，均以『三宫』云者，當屬概指。而論者多爲之質疑，不免拘泥。

其三十一

萬騎横江泣鼓鞞〔一〕，千枝畫角一行吹〔二〕。淮南今夜好明月〔三〕，船上美人空淚垂。

校注

〔一〕鼓鞞：見前注。

〔二〕畫角：軍中吹器，長五尺，形如竹筒，本細末大，以竹木或皮革等爲之。

〔三〕淮南：指淮河以南地區。

其三十二

蘆荻颼颼風亂吹，戰場白骨暴沙泥。淮南兵後人煙絶，新鬼啾啾舊鬼啼〔一〕。

校注

〔一〕『新鬼』句：隱括杜甫《兵車行》『新鬼煩冤舊鬼哭，天陰雨濕聲啾啾』之意，極言戰争之殘酷。吴本作『新雨燈前醉玉妃』。

其三十三

不堪回首淚盈盈，萬里淮河聽雨聲。莫問萍齏並豆粥〔一〕，且餐麥飯與魚羹。

校　注

〔一〕萍齏：以萍蓬果實與細切鹹菜合成的粗糲食物。齏，細切的鹹菜或醬菜。　豆粥：豆製的粥。《後漢書·馮異傳》：『光武自薊東南馳……至饒陽無蔞亭。時天寒烈，衆皆飢疲，異上豆粥。明旦，光武謂諸將曰：「昨得公孫（異字）豆粥，飢寒俱解。」』可見豆粥與萍齏，還是比麥飯魚羹差勝的食物，故『莫問』云云。

其三十四

辛執連鑣向北行〔一〕，淮南夜夜鬼燈青。雖然適意無南北〔二〕，生死難逃篩下星〔三〕。

校　注

〔一〕連鑣：乘馬相並而行。鑣，馬勒，用以御馬。

〔二〕適意無南北：意謂人生得志，無論到哪兒都可發迹。南：鮑校：吳本作『西』。

〔三〕篩下星：過篩後落下的星星點點。

作者以爲執政官員紛紛北降，使淮南戰場上那些犧牲者的陰魂也不安，故夜夜出現鬼燈。那些官員貪生怕死，即使眼前得志，最終還是逃不過時勢的淘汰。

其三十五

更闌炙燭綉檐遮〔一〕，卸却金鈿與翠花〔二〕。心似亂絲眠不得，江樓中夜咽悲笳〔三〕。

校　注

〔一〕檐：鮑校：吴本作『簷』。誤，今正。

〔二〕金鈿與翠花：皆婦女首飾。

〔三〕笳：古代軍用管樂器，竹製。笳聲淒楚悲咽。

這首詩寫宫女卸裝就寢後聽到笳聲的煩亂悲抑的心情。

其三十六

兩淮極目草芊芊〔一〕，野渡灰餘屋數椽。兵馬渡江人走盡，民船拘斂作官船〔二〕。

校　注

〔一〕芊芊：草木荒蕪貌。

〔二〕拘斂：扣留没收。

其三十七

宫人清夜按瑶琴〔一〕，不識明妃出塞心〔二〕。十八拍中無限恨〔三〕，轉弦又奏廣陵音〔四〕。

校注

〔一〕瑶琴：有美玉裝飾的琴。

〔二〕明妃出塞：明妃姓王名嫱，字昭君，漢元帝宫人。匈奴呼韓邪單于入朝，求美人爲閼氏（妻妾），帝予昭君，以結和親。昭君戎服乘馬，抱琵琶出塞。

〔三〕十八拍：即《胡笳十八拍》，古樂府琴曲歌辭，相傳爲漢末蔡邕女蔡琰所作。漢末群雄割據，中原混亂，蔡琰没入南匈奴，爲左賢王妻。後被曹操贖歸，又改嫁董祀。《十八拍》即寫她這一段歷程中的悲歡離合。

〔四〕廣陵音：即《廣陵散》，琴曲名。三國魏嵇康善鼓琴，景元三年被殺，臨刑索琴奏《廣陵散》。

這首詩寫宫女彈琴，以王嫱、蔡琰、嵇康之事相映襯，宣泄心中怨憤。

其三十八

青天澹澹月荒荒〔一〕，兩岸淮田盡戰場。宫女不眠開眼坐，更聽人唱哭襄陽〔二〕。

校注

〔一〕澮澮：廣漠貌。　荒荒：見前注。

〔二〕哭襄陽：爲當時民間流行痛哭襄陽失守的歌。

其三十九

翠鬟半嚲倦梳妝〔一〕，楊柳風前陣陣凉。弦索懶拈縮纖手〔二〕，龍涎猶嚼口脂香〔三〕。

校注

〔一〕嚲：下垂。

〔二〕縮纖手：黄丕烈校：王迺昭本作『纖手縮』。

〔三〕龍涎：香名。爲抹香鯨腸内之分泌物，和以其他香物，其香加烈，久而不散。　口脂：滋潤皮膚防止凍裂的唇膏，製時加入龍涎一類香料。杜甫《臘日》詩有『口脂面藥承恩澤』之句。

其四十

鳳管龍笙處處吹，都民欣樂太平時〔一〕。宫娥不識興亡事，猶唱宣和御製詞〔二〕。

校　注

〔一〕都民：指舊都汴京的人民。　欣樂：鮑校：吴本作『歡喜』。

〔二〕宣和御製詞：宋徽宗宣和年間所作之宫廷詞曲。

其四十一

可憐河畔草青青，錦纜牽江且緩行〔一〕。愛此淮南山水好，問天乞得半時晴〔二〕。

校　注

〔一〕錦纜：船纜的美稱。

〔二〕半：鮑本、吴本作『片』。

其四十二

丞相催人急放舟〔一〕，舟中兒女淚交流。淮南漸遠波聲小，猶見揚州望火樓〔二〕。

校　注

〔一〕丞相：指伯顔。參見前注。

〔二〕望火樓：邊防烽火報警之樓。

按，自宋金和議以後，劃疆而治，昔時繁盛揚州，已成邊防之地。

其四十三

撥盡琵琶意欲悲，新愁舊夢兩依依。江樓吹笛三更後〔一〕，細雨燈前醉玉妃〔二〕。

校注

〔一〕吹笛：宋人常作吟詩解。

〔二〕『細雨』句：吴本作『細奈林間杜宇啼』。李本『醉』旁朱書『見』。玉妃：本指唐楊貴妃玉環，此指船上宫女。北徙途中，船上宫女可能有作者參加之晚間詩酒之會。

其四十四

篷窗倚坐酒微酣，淮水無波似蔚藍〔一〕。雙櫓咿啞摇不住〔二〕，望中猶自是江南。

校注

〔一〕蔚藍：深藍色。《詩淵》、葉本『蔚』作『尉』。黄丕烈校：王迺昭本『蔚』作『尉』。均誤。

〔二〕咿啞：摇櫓發出的聲音。啞，讀平聲。

其四十五

銷金帳下忽天明〔一〕，夢裏無情亦有情。何處亂山可埋骨〔二〕，暫時相對坐調笙。

校注

〔一〕銷金帳：用金或金綫裝飾的帳子。

〔二〕埋：鮑校：吴本『埋』作『堆』。應作『埋』。

其四十六

宮船夜泊近人家〔一〕，瞥見紅榴三四丫〔二〕。猶説初離行在所〔三〕，玉闌無數牡丹花。

校注

〔一〕宮船：原作『宮人』，今從《詩淵》。

〔二〕瞥：鮑校：吴本作『忽』。

〔三〕説：鮑校：吴本作『記』。較勝。　行在所：皇帝巡幸所至之地。也稱行在。這裏有行都之意，指臨安城。

其四十七

絲雨綿雲五月寒〔一〕，淮堧遺老笑儒冠〔二〕。行軍元帥來相探，折送駝峰炙一盤〔三〕。

校注

〔一〕絲雨綿雲：雨如絲雲如綿。

〔二〕堧：河邊。　儒冠：猶言儒生。

〔三〕折送：猶屈送。　駝峰炙：駝峰肉燒炙的菜餚。

其四十八

江頭楊柳舞婆娑〔一〕，萬馬成群齧短莎。北客醉中齊拍手〔二〕，隔船又唱采茶歌〔三〕。

校注

〔一〕頭：鮑校：吴本作『南』。

〔二〕手：《詩淵》作『掌』。

〔三〕又：鮑校：吴本作『猶』。

其四十九

長淮風定浪濤寬，錦棹摇摇上下灣。兵後人煙絶稀少，可勝戰骨白如山！

其五十

使臣開閘過高郵[一]，楊柳絲絲拂去舟。宫女開篷猶自笑，閒抛金彈打沙鷗。

校注

〔一〕開閘：放開閘門。宋時已有這種水利設施。范仲淹《上吕相公並呈中丞諮目》：『新導之河，必設諸閘，常時扃之，禦其來潮，沙不能塞也。』開：鮑校：吴本作『推』。　高郵：宋置高郵軍，今縣名，屬江蘇省。

其五十一

邵伯津頭閘未開[一]，山城鼓角不勝哀[二]。一川霞錦供行客[三]，且掬荷香進酒杯。

校注

〔一〕邵伯：鎮名，在揚州之北，運河東岸。　津頭：渡口。

〔二〕角：《詩淵》、李本作『悲』。如此不僅不協平仄，句亦不通。

〔三〕霞錦：映入河中的彩霞。

其五十二

北風吹雨入篷間，宮女腰肢瘦怯寒。阿監隔船相借問〔一〕，計程今日到淮安〔二〕。

校注

〔一〕阿監：指同遣宮中女官。白居易《長恨歌》：『梨園子弟白髮新，椒房阿監青娥老。』

〔二〕日：《詩淵》、李本作『夜』。淮安：參見本卷《淮安水驛》注〔一〕。

其五十三

寶應城南柳數株〔一〕，葭墻艾席是民居〔二〕。眼前境逆没詩興〔三〕，忽有小舟來賣魚。

校注

〔一〕寶應：宋時爲州，後改軍。今縣名，屬江蘇省，在運河東岸，淮安西南。株：原作『枝』，據《詩淵》、鮑校引吴本改。

〔二〕葭墻艾席：以蘆葦爲墻，艾草爲席，形容居民窮困。

〔三〕没：鮑校：吴本作『無』。

其五十四

船泊邳州古岸旁〔一〕，斜風細雨送昏黄。美人十十船中坐〔二〕，猶把金猊炷好香〔三〕。

校注

〔一〕邳州：參見本卷《邳州》注〔一〕。

〔二〕十十：十個十個一群的意思。原作『十二』，《詩淵》作『十十』。鮑校：吴本『十二』作『十十』。按『十十』較勝，據改。

〔三〕金猊：香爐。作狻猊狀，飾以金色。狻猊是獅子一類的動物。

前面已寫了不少關於宫女的詩。她們被押在船中，很是苦惱，有哭的、笑的、彈的、唱的、閒眺的、投彈的，活動頻繁。可能要嚴加管束，叫她們十個十個地坐起來，不許動彈。但是那些宫女並不示弱，還是我行我素，且供着『好香』。

其五十五

徐州城上覓黄樓〔一〕，四壁詩章讀不休。更欲登臺看戲馬〔二〕，州官攜酒共嬉游。

校注

〔一〕黄樓：宋代黄河决於澶淵，水至彭城。太守蘇軾使民蓄土積石爲備，水退增築徐城，即城之東門爲大樓，粉以黄土，稱爲黄樓。當時蘇轍、秦觀皆作有《黄樓賦》。

〔二〕『更欲』句：參見本卷《戲馬臺》注〔一〕。

其五十六

歌風臺畔水沄沄〔一〕，地面官人饋酒葷。宫女上船嬉一霎，不禁塵土污衣裙。

校注

〔一〕歌風臺：參見本卷《歌風臺》注〔一〕。　沄沄：水流洶涌貌。

其五十七

新濟州來舊濟州〔一〕，柳門西畔兩三鷗。酒邊笑謔消長日，弄竹彈絲盡勝流〔二〕。

校注

〔一〕濟州：今山東省濟寧市。此地設州，歷代屢置屢廢，句意或本此。

〔二〕絲：原作『詩』，今從鮑本。　勝流：名流、好手。

其五十八

一更船泊鄆州城〔一〕，城外巡軍夜柝鳴。如此月圓如此客〔二〕，猶能把酒到天明。

校注

〔一〕鄆州：今山東鄆城縣。

〔二〕客：作者自指。

其五十九

琵琶切切更嘈嘈〔一〕，高柳群蟬遂不號〔二〕。一片夕陽無限好，汶河西上酒樓高〔三〕。

校注

〔一〕切切：形容聲音細小。嘈嘈：形容聲音衆多。白居易《琵琶行》：『大弦嘈嘈如急雨，小弦切切如私語。』

〔二〕遂：鮑校：吴本作『逐』。

〔三〕汶河：水名，在山東省境内。

其六十

錦帆百幅礙斜陽〔一〕，遥望陵州里許長〔二〕。車馬争馳迎把盞，走來船上看花娘〔三〕。

校注

〔一〕礙：按黄丕烈校：一本作『爛』。王國維校：王迺昭本『礙』作『礫』。作『礙』勝。

〔二〕陵州：今山東陵縣。

〔三〕花娘：當指宫女。

其六十一

兀兀篷窗坐似禪〔一〕，景州城外更凄然〔二〕。官河宛轉無風力，馬曳驢拖鼓子船〔三〕。

校注

〔一〕兀兀：静止貌。　坐似禪：意謂如禪家静坐一般。

〔二〕景州：今河北省景縣。

〔三〕曳：《詩淵》作『拽』。　鼓子船：應是船名，餘不詳。

其六十二

灌州河水曲如弓〔一〕，青草坪邊路向東。船過州南忽奇絶，一如湖上藕花風〔二〕。

校注

〔一〕灌州：應即灌雲縣。

〔二〕湖：指西湖。

其六十三

船到滄州且少留〔一〕，客來同上酒家樓。沿河樹折棗初剥，滿地藤枯瓜未收。

校注

〔一〕滄州：今河北滄州市。　少：《詩淵》作『小』。

其六十四

牙檣暫住獻州城〔一〕，鷺去鷗來管送迎。卧笑宫人擲骰子〔二〕，金錢癡咒卜輸贏。

校　注

〔一〕牙檣：用象牙裝飾的桅杆。這裏指代帆船。杜甫《秋興》：『珠簾綉柱圍黄鵠，錦纜牙檣起白鷗。』獻州：今河北獻縣。

〔二〕擲骰子：一種博戲。

其六十五

日中轉柁到河間〔一〕，萬里羈人强自寬。此夜此歌如此酒，長安月色好誰看。

校　注

〔一〕日：《詩淵》作『月』。　河間：縣名，今屬河北省。

其六十六

長蘆轉柁是通津〔一〕，盡是東西南北人。日暮煙花簫鼓鬧〔二〕，紅樓爛醉楚州春〔三〕。

校　注

〔一〕長蘆：地名。在今河北省滄縣境内。　通津：或爲滄州附近之重要渡口。

〔二〕煙花：妓館。

〔三〕楚州春：當是一種酒名。

其六十七

恰到楊村舊馬頭〔一〕，北風吹雨便成秋。嗚嗚鬼物敗人興〔二〕，掩却篷窗且睡休。

校　注

〔一〕楊村：在天津市武清區東南，瀕臨運河。馬頭：即碼頭。《資治通鑑》唐長慶二年：『又於黎陽築馬頭，爲渡河之勢。』

〔二〕物：鮑校：吴本作『哭』。

從五十七起至本首止，作者寫他隨三宫繼續舟行，經濟州、鄆州、陵州、景州、滄州、獻州、河間而至楊村，歷時大約已兩個多月。一路流連光景，觸物抒懷，未如離宫初期那樣凄然魂斷，憂思難遣，而往往與酒朋詩侣開懷暢飲，或托興於絲竹，或爛醉於紅樓，恰如他自己所詠的，『萬里羈人强自寬』了。但是當他過滄州、楊村等地，看到戰後的荒凉冷落，仍用重筆作了點染，有『滿地藤枯瓜未收』、『嗚嗚鬼物敗人興』之句。當船過灌河時，看到州南奇絶，也勾起了對『湖上藕花風』的回憶。

其六十八

滿朝宰相出通州〔一〕，迎接三宫宴不休。六十里天圍錦帳〔二〕，素車白馬月中游〔三〕。

校注

〔一〕通州：今北京市通州區。參前注。

〔二〕錦帳：指錦綉的行幕，用以遮蔽風塵。

〔三〕素車白馬：白色的車馬，古代用於凶喪之事。《史記·高祖紀》：『秦王子嬰素車白馬，繫頸以組，封皇帝璽符節，降軹道旁。』此指三宮國亡出降，至燕參拜。

其六十九

會同館裏紫蒙茸〔一〕，蘭麝飄來陣陣風〔二〕。簫鼓沸天回雁舞〔三〕，黄羅帳幔燕三宫〔四〕。

校注

〔一〕會同館：官署名，掌管接待外國使節及翻譯語言文字等職務。　裏：《詩淵》、李本作『驛』。　紫蒙茸：指紫色蓬鬆的帳幔。

〔二〕蘭麝：指蘭與麝香，兩者皆爲香料。

〔三〕回雁舞：舞名。

〔四〕燕：宴飲。

其七十

皇帝初開第一筵，天顏問勞思綿綿〔一〕。大元皇后同茶飯〔二〕，宴罷歸來月滿天。

校注

〔一〕思：《詩淵》、葉本、李本均作「意」。鮑校：吴本「思」作「意」。以「意」爲勝。

〔二〕大元皇后：元世祖忽必烈后，名宏吉剌，居心仁慈，見三宫在燕，生活不慣，水土不服，曾建議元主放三宫仍回江南，元主不許。

其七十一

第二筵開入九重〔一〕，君王把酒勸三宫。駝峰割罷行酥酪〔二〕，又進雕盤嫩韭葱〔三〕。

校注

〔一〕九重：天子居處用九重門，故稱九重。《楚辭·九辯》：「豈不鬱陶而思君兮，君之門以九重。」

〔二〕酥酪：牛羊馬的乳漿。

〔三〕雕：《詩淵》、李本作「辛」。鮑校：吴本「雕」作「椒」。　嫩韭：《詩淵》、李本「嫩」作「蔌」。鮑校：吴本「嫩韭」作「剥嫩」。

其七十二

第三筵開在蓬萊〔一〕，丞相行杯不放杯。割馬燒羊熬解粥〔二〕，三宫宴罷謝恩回。

校注

〔一〕蓬萊：宫名。

〔二〕解：同『蟹』。

其七十三

第四排筵在廣寒〔一〕，葡萄酒釀色如丹〔二〕。并刀細割天鷄肉〔三〕，宴罷歸來月滿鞍。

校注

〔一〕廣寒：元宫名。

〔二〕釀：酒漿濃烈味厚。原作『釀』，今從《詩淵》。

〔三〕并刀：并州産的刀，以鋒利著稱。

其七十四

第五華筵正大宮，轆轤引酒吸長虹〔一〕。金盤堆起胡羊肉，樂指三千響碧空〔二〕。

校注

〔一〕轆轤：原是井上汲水工具，這裏用以引酒。吸長虹：説引酒如長虹之吸水。

〔二〕樂指三千：當指開筵時奏樂人之多。樂，鮑本作『御』。

其七十五

第六筵開在禁庭〔一〕，蒸麋燒麂薦杯行〔二〕。三宮滿飲天顔喜，月下笙歌入舊城。

校注

〔一〕禁庭：天子所居之處，門户有禁，因名。

〔二〕麋、麂：皆鹿屬獸。『麂』原作『鹿』，今從《詩淵》、李本。

其七十六

第七筵排極整齊，三宮游處軟輿提〔一〕。杏漿新沃燒熊肉〔二〕，更進鵪鶉野雉鷄。

校　注

〔一〕軟輿提：用一種輕便的車或轎接送。

〔二〕杏漿：用杏仁製成的酒漿。

其七十七

第八筵開在北亭〔一〕，三宫豐燕已恩榮。諸行百戲都呈藝，樂局伶官叫點名〔二〕。

校　注

〔一〕筵開：《詩淵》作『華筵』。　北亭：不詳。北，《詩淵》作『此』。

〔二〕伶官：樂官。點名：猶言點唱。

其七十八

第九筵開盡帝妃，三宫端坐受金巵〔一〕。須臾殿上都酣醉，拍手高歌舞雁兒〔二〕。

校　注

〔一〕金巵：金質酒器。

〔二〕舞雁兒：應是歌曲名。

其七十九

第十瓊筵敞禁庭〔一〕，兩厢丞相把壺瓶〔二〕。君王自勸三宫酒，更送天香近玉屏〔三〕。

校注

〔一〕敞：敞開。

〔二〕兩厢：兩邊。《詩淵》、葉本、李本『厢』作『行』。鮑校：吴本『厢』作『邊』。

〔三〕天香：指祭神的香。

其八十

一人不殺謝乾坤〔一〕，萬里來來謁帝閽〔二〕。高下受官隨品從〔三〕，九流藝術亦沾恩〔四〕。

校注

〔一〕乾坤：謂天地。

〔二〕來來：疑有誤字，無從改動。　帝閽：皇宫。閽，宫門。

〔三〕品從：官吏的等級。魏始立九品之制，又以九品分正從，歷代因之。句意説受官的高低根據等級。

〔四〕九流：即儒家、道家、陰陽家、法家、名家、墨家、縱横家、雜家、農家九個學術流派。亦：鮑校：吴本作『盡』。

其八十一

僧道恩榮已受封，上庠儒者亦恩隆〔一〕。福王又拜平原郡〔二〕，幼主新封瀛國公〔三〕。

校注

〔一〕上庠：古代爲貴族設置的大學。

〔二〕福王：名與芮，入元後降封平原郡公。

〔三〕瀛國公：幼主恭帝名㬎，降封開府儀同三司、瀛國公。瀛：《詩淵》作『嬴』，誤。

其八十二

金屋妝成物色新〔一〕，三宫日用御厨珍。其餘宫女千餘個，分嫁幽州老斫輪〔二〕。

校注

〔一〕金屋：華美之屋。

〔二〕幽州：在今北京市西南。這裏指燕京。　斫輪：指工匠。

其八十三

每月支糧萬石鈞〔一〕，日支羊肉六千斤〔二〕。御厨請給蒲桃酒〔三〕，別賜天鵝與野麇〔四〕。

校注

〔一〕鈞：本古代重量單位名，四鈞爲石，三十斤爲鈞。又鈞與『均』同義。
〔二〕千：原作『十』，從《詩淵》、吴本、葉本、鮑本。
〔三〕蒲桃酒：即葡萄酒。
〔四〕野麇：獐子，形似鹿而小。

其八十四

三宫寢室異香飄，貂鼠氈簾錦綉標。花毯褥茵三萬件，織金鳳被八千條。

其八十五

客中忽忽又重陽，滿酌葡萄當菊觴〔二〕。謝后已叨新聖旨，謝家田土免輸糧。

校注

〔一〕菊觴：指菊花酒。

其八十六

雪裏天家賜炕羊〔一〕，兩壺九醖紫霞觴〔二〕。三宮夜給千條燭，更賜高麗黑玉香。

校注

〔一〕炕羊：用炕火燒熟的羊肉。

〔二〕紫霞：美酒之名。

其八十七

三殿加餐强自寬〔一〕，内家日日問平安〔二〕。大元皇后來相探，特賜絲綢二百單〔三〕。

校注

〔一〕三殿：即三宮。

〔二〕内家：指皇宫。

〔三〕單：件，端。　黄丕烈校：一本『單』作『端』。作『端』意更清晰。

其八十八

萬里修途似夢中〔一〕，天家賜予意無窮〔二〕。昭儀别館香雲暖〔三〕，手把詩書授國公〔四〕。

校注

〔一〕修途：長途。

〔二〕天家：帝王之家。這裏指元廷。

〔三〕昭儀：王昭儀，名清惠，能屬文，爲度宗所幸，封隆國夫人。至燕後，課幼君學書史。後入道，法號沖華。

〔四〕國公：即宋恭帝趙㬎，元改封瀛國公。

其八十九

萬里羈孤夜憶家〔一〕，邊城吹角更吹笳。須臾敕使傳言語〔二〕，今日天庭賞雪花〔三〕。

校注

〔一〕羈孤：孤身遠寄於外的人。作者自指。

〔二〕敕使：皇帝的使臣。敕，皇帝的詔命。

〔三〕天庭：原指神話中天帝的朝廷，此指元皇的宫廷。

其九十

雪子飛飛塞面寒，地爐石炭共團圞〔一〕。天家賜酒十銀甕，熊掌天鵝三玉盤。

校注

〔一〕石炭：煤。團圞：亦作團欒，團聚之意。

其九十一

江南郡守列金階〔一〕，内裏華筵日日排〔二〕。文武官僚多二品〔三〕，還家盡帶虎頭牌〔四〕。

校注

〔一〕金階：當指皇帝的殿階。

〔二〕内裏：内廷、宫裏。

〔三〕二品：指二品官。舊官制一至九品，各有正從。

〔四〕家：吴本作『鄉』。虎頭牌：元廷頒發給文武官僚得以便宜行事的虎頭金牌。

其九十二

四川省帥尚粗豪，萬馬來燕貢一遭〔一〕。奏授虎符三百面〔二〕，内家更賜織金袍。

校注

〔一〕『四川』二句：説省帥率兵至燕稱臣進貢。省帥：名萬壽，入元後改名順。

〔二〕虎符：虎形的兵符，古時用以調兵遣將的信物。

其九十三

九重蕡燭照簾櫳〔一〕，三殿乘輿去賀冬〔二〕。金面垂慈多喜色，史官書瑞奏年豐。

校注

〔一〕蕡燭：應是以蕡爲原料製成的燭。蕡，蔴的種子。

〔二〕賀冬：慶賀冬至節。元周密《武林舊事·冬至》：『朝廷大朝會，慶賀排當……車馬皆華整鮮好，五鼓已填擁雜遝於九街……三日之内，店肆皆罷市，垂簾飲博，謂之做節。』

其九十四

曉望燕雲正雪天，閉門氈帳恣高眠。內家遺鈔三千錠〔一〕，添賜三宮日用錢。

校注

〔一〕遺：《詩淵》、李本作『遣』。作『遺』爲佳。錠：舊時金銀貨幣，鑄成貝狀、顆狀或塊狀，其重五兩或十兩。

其九十五

東宮雪裏宴三宮，妃子殷勤把酒鍾。百十箜篌彈玉指〔一〕，兩行珠翠擊金鏞〔二〕。

校注

〔一〕箜篌：樂器名。瑟的一種。
〔二〕金鏞：大金鐘。

其九十六

夜來酒醒四更過，漸覺衾裯冷氣多〔一〕。踏雪敲門雙敕使，傳言太子送天鵝。

校注

〔一〕衾裯：皆被服名。裯原作『綢』，今從葉本、吴本、鮑本。

從七十首起迄本首止，歷詠三宫及隨從官員至燕後備受元廷優容，頻繁的筵宴之外，封官進爵，其不願仕元者則放還江南。又復多所饋贈，而三宫所賞受者尤爲豐厚，謝家田土至免輸糧。但對照後來所遭受之種種壓抑，不難窺見元主居心所在。作者正是有意識地用這些事實設下了鋪墊。

其九十七

兩下金幮障御階〔一〕，異香縹緲五門開〔二〕。都人罷市從容立，迎接南朝駙馬來〔三〕。

校注

〔一〕金幮：金色的簾幕。衣與裳連謂之幮。這裏當指簾幕。

〔二〕五門：古天子宫中有五門，即皋門、庫門、雉門、應門、路門。

〔三〕南朝駙馬：指楊鎮。參見卷一《别楊駙馬》注〔一〕。

其九十八

杭州萬里到幽州，百詠歌成意未休。燕玉偶然通一笑〔一〕，歌喉宛轉作吴謳〔二〕。

校注

〔一〕燕玉：當指元都歌伎。

〔二〕吴謳：吴地聲腔。

《湖州歌》九十八首，舉其成數曰百詠歌。唱到最後，博取燕玉偶然一笑，效作吴謳。看來似以戲劇收筆，其實寓苦於樂，體現詩人風流婉約之致。

越州歌　二十首〔一〕

其一

淮南西畔草離離〔二〕，萬楫千艘水上飛。旗幟蔽江金鼓震，伯顔丞相過江時〔三〕。

校注

〔一〕二十首：三字原缺，據鮑本補。

〔三〕西：鮑校：吴本作『四』。　草：《詩淵》作『馬』。　離離：垂長貌。

〔三〕伯顔：見前注。

其　二

東南半壁日昏昏，萬騎臨軒趣幼君〔一〕。三十六宫隨輦去〔二〕，不堪回首望吴雲。

校　注

〔一〕幼君：指宋幼主。見前注。

〔二〕輦：帝王乘坐的車。

其　三

一陣西風滿地煙〔一〕，千軍萬馬浙江邊。官司把斷西興渡〔二〕，要奪漁船作戰船。

校　注

〔一〕煙：《詩淵》作『來』。如作『來』，不葉韻。

〔二〕西興：鎮名。在浙江省杭州市蕭山區西北瀕臨錢塘江處。

其　四

兩峰雲鎖幾時開〔一〕，昨夜京城戰鼓哀〔二〕。漁父生來載歌舞，滿頭白髮見兵來。

校　注

〔一〕兩峰：謂南北高峰。　鮑校：吴本『兩』作『西』。作『兩』爲勝。

〔二〕京城：指臨安城。

其　五

秋風吹雨暗天涯，越鳥巢翻何以家〔一〕？嶺上萬松都斫盡，西湖新路欲排叉〔二〕。

校　注

〔一〕『越鳥』句：喻吴越一帶民居被破壞。

〔二〕排叉：猶言設杈或行馬之類，禁止行人通過。

其　六

師相平章誤我朝〔一〕，千秋萬古恨難銷。蕭墻禍起非今日〔二〕，不賞軍功在斷橋〔三〕。

校　注

〔一〕師相平章：指賈似道。參見卷一《賈魏公雪中下湖》注〔一〕。

〔二〕蕭墻禍起：蕭墻，本古代宫室用以分隔内外之當門小墻，亦即門屏。四字指内部潛在的禍患。

〔三〕『不賞』句：考查理宗、度宗兩紀及《宋史紀事本末》與《賈似道傳》，均無斷橋不賞軍功之記載，姑從闕。

其 七

蒼生慟哭入雲霄〔一〕，内苑瓊林已作樵。打斷六更天未曉，禁庭兩桁粈盤燒〔二〕。

校 注

〔一〕慟：葉本作『痛』。

〔二〕兩桁，猶言兩排。桁，衣架。粈盤燒：舊俗於除夕焚燒松柴於盤中以祭祀祖先及神靈。粈盤，又名燒火盤。

其 八

魯港當年傀儡場〔一〕，六軍盡笑賈平章。三聲鑼響三更後，不見人呼大魏王〔二〕。

校 注

〔一〕傀儡場：諷刺賈似道與孫虎臣在魯港禦敵，欺上瞞下，玩忽軍機，以致失去主動權，如演一場傀儡戲。

〔二〕大魏王：部下對賈似道的稱呼。賈封魏國公。

其　九

脱却黄袍心莫欺〔一〕，魏王事業止於斯。孤舟走過揚州去〔二〕，表奏朝廷乞太師〔三〕。

校　注

〔一〕『脱却』句：謂賈似道罷相。

〔二〕『孤舟』句：謂魯港軍敗後賈似道奔往揚州。卷一《魯港敗北》有『一舸走揚州』之句。

〔三〕『表奏』句：這一句意義不易瞭解，是向朝廷乞留太師之位，還是請宰相陳宜中爲之緩頰，待考。

其　十

賈廟巍巍盡敕封，秦齊兩國受恩同〔一〕。木綿庵下無依鬼〔二〕，合策麒麟第一功〔三〕。

校　注

〔一〕『秦齊』句：賈似道受封立廟時，其母胡氏，封爲兩國夫人。見《西湖游覽志餘》卷五。

〔二〕綿：原作『棉』，今從《詩淵》。

〔三〕『合策』句：謂賈任平章軍國重事，應爲國立功，今乃如此，此是反語。麒麟：謂麒麟閣。參見卷一

《孫殿帥從魏公出師》注〔二〕。

其十一

集芳園裏策奇功〔一〕，丞相南行面發紅〔二〕。留得紫綿三百曲〔三〕，風吹雨打並成空。

校注

〔一〕『集芳』句：集芳園，御賜似道之園，在葛嶺。似道日坐園中，恣爲淫樂。策奇功，當然是反語。但從《魯港敗北》之第七句爲『欺孤生異志』一語，又按《西湖游覽志餘》卷五所載：『似道有異志，遇一拆字者，以杖畫地作「奇」字，拆字者曰：「相公之志不諧矣。道立又不可，道可又不立。」似道默默，禮遣之，恐事泄，使人害諸途。』從上來説，異志之意已顯然。

〔二〕『丞相』句：似道罷相，循州安置，南行時。鄭虎臣命撤去轎蓋，暴烈日中，可能被曬發紅。又似道到此下場，可能有分毫天良發現，不免懷慚面赤。

〔三〕曲：蠶箔，即承蠶器。從上文紫綿來説，可能爲絲織品。恐未當。紫綿，類書亦作海棠講，亦不當。

其十二

群臣上疏納忠言，國害分明在目前。只論平章行不法，公田之後又私田〔一〕。

校注

〔一〕『公田』句：按似道以賤價收購公田，後來更收購民田，使全國騷然。

其十三

甲子初秋柳宿乖〔一〕，皇天無雨只空雷。正當七月初三夜，帝勸長星酒一杯〔二〕。

校注

〔一〕甲子：應是甲戌（一二七四），是年七月，度宗死。　柳宿：星象名，二十八宿之一。　乖：不順，違和。

〔二〕長星：彗星。舊以此星之出爲不祥。《世説新語·雅量》：『太元末，長星見，孝武心甚惡之。夜華林園中飲酒，舉杯屬星云：「長星，勸爾一杯酒，自古何時有萬歲天子！」』句用其意，謂度宗死。

其十四

絲風毛雨共淒涼，燕子樓空恨恨長〔一〕。今日客逢新酒熟，夜來春去落花忙。

校注

〔一〕燕子樓：參見本卷《燕子樓》注〔一〕。

其十五

月夜湖歌歌正長〔一〕，船來船去水茫茫。上塘歌了下塘唱〔二〕，更唱吴王與越王。

校注

〔一〕夜：鮑校：吴本作『落』。

〔二〕塘：堤。

其十六

昨夢吴山閬苑開〔一〕，風吹仙樂下瑶臺〔二〕。翠圍紅陣知多少〔三〕，半揭珠簾看駕來。

校注

〔一〕閬苑：本神仙所居。這裏指宫苑。

〔二〕瑶臺：神仙居處。

〔三〕翠圍紅陣：形容衆多宫女。紅陣，參見本卷《蘇臺》詩注〔三〕。

其十七

鰲山燈火照人嬉〔一〕，宣德門前萬玉姬〔二〕。記得那年三五夜，快行擎駕倒行歸〔三〕。

校注

〔一〕鰲山：堆疊綵燈所成之山形。宋《歲時記》：『元夕二鼓，上乘小輦幸宣德門觀鰲山，擎輦者皆倒行，以便觀賞。山燈凡千數百種，極其新巧。中以五色玉柵簇成「皇帝萬歲」四大字，其上伶官奏樂，其下爲大露臺，百藝群工，競呈奇技，内人及小黄門百餘，皆巾裹翠蛾，效街坊清樂傀儡，繚繞於燈月之下。』此詩檃括此事。

〔二〕萬玉姬：言宫娥彩女之衆多。姬，鮑校：吴本作『妃』。

〔三〕快行：御前儀仗隊中行動敏捷的人員。

其十八

内湖三月賞新荷，錦纜龍舟緩緩拖。醉裏君王宣樂部，隔花教唱采蓮歌。

其十九

年年宫柳好春光，百囀黄鸝繞建章〔一〕。冶杏夭桃紅勝錦，牡丹屏裏燕諸王〔二〕。

校　注

〔一〕建章：漢宮名。此係借用。

〔二〕屏：鮑校：吴本作『亭』。　燕：宴樂。

其二十

苦夢吴山列御筵〔一〕，三千宮女燭金蓮〔二〕。而今莫説夢中夢，夢裏吴山只自憐。

校　注

〔一〕苦：原作『昔』，今從吴本。作『苦』爲勝。

〔二〕金蓮：金蓮之燭。

孔編：此組詩叙元兵入杭後情況，回憶南宋朝廷舊事，揭露賈似道之流專權誤國。詩成於抵燕之後，時爲至元十三年（一二七六）。

又按孔氏《汪元量事迹紀年》：元量《越州歌》以越州爲題，或以越州爲南宋高宗、孝宗、光宗、寧宗、理宗、度宗陵寢所在之故，其十五復有『更唱吴王與越王』云云，乃爲眷戀故國而作者。又按《越州歌》二十首，其中其六、其八、其九、其十、其十一、其十二均爲譴責賈似道而作。其十六至其二十，均叙度宗朝荒誕游樂而婉約其詞。其二十開始用『苦夢』二字，其用意可以概見。

亡宋宫人分嫁北匠

皎皎千嬋娟，盈盈翠紅圍〔一〕。輦來路迢遞〔二〕，梳鬟理征衣。復采鴛鴦花，綴之連理枝。憂愁忽已失，歡樂當自兹。君王不重色〔三〕，安肯留金閨。再令出宫掖〔四〕，相看淚交垂。分配老斫輪〔五〕，强顔相追隨。舊恩棄如土，新寵豈所宜〔六〕。誰謂事當爾？苦樂心自知。含情理金徽〔七〕，煩聲亂朱絲〔八〕。一彈丹鳳離〔九〕，再彈黄鵠飛〔一〇〕。已恨聽者少，更傷知音稀。吞聲不忍哭，寄曲宣餘悲。可憐薄命身，萬里榮華衰。江南天一涯，流落將安歸。向來承恩地，月落烏夜啼。

校注

〔一〕『皎皎』二句：皎皎，潔白貌。盈盈，姿態美好貌。《古詩十九首》之二：『盈盈樓上女，皎皎當窗牖。』嬋娟：這裏作美女解。

〔二〕迢遞：遥遠。

〔三〕君王：指元帝。

〔四〕宫掖：宫廷妃嬪住處。

〔五〕斫輪：指工匠。

〔六〕新寵：指北匠。

〔七〕理：《永樂大典》作『拂』。　金徽：飾金的琴徽。徽，指示音節的標誌。

〔八〕煩：《永樂大典》作『繁』。　朱絲：指琴上弦。

〔九〕丹鳳離：當爲曲調名。出處待考。

〔一〇〕黄鵠飛：樂府吴聲歌曲。有陶婦少寡，爲不再嫁而作。

按《湖州歌》其八十二首『其餘宫女千餘個，分嫁幽州老斫輪』句，此詩即具體寫其事實。詩作於至元十三年（一二七六）。

幽州會同館〔一〕

六花飛舞下天衢〔二〕，萬里羈人心正孤。收拾碎磚補暖炕〔三〕，掘穿平地結寒爐。行厨日給官中粟，遞驛時供塞上酥。忽報傳宣雙敕使，王門今欲試齊竽〔四〕。

校注

〔一〕會同館：見本卷《湖州歌》其六十九注〔一〕。當時北來官員及太學生大約均住在會同館裏。

〔二〕六花：雪。雪花瓣六出，故稱。　天衢：天街。

〔三〕補：《詩淵》、鮑本作『裨』。

〔四〕試齊竽：《韓非子・内儲説上》：『齊宣王使人吹竽，必三百人。南郭處士請爲王吹竽，宣王説之，廩食以數百人。宣王死，湣王立，好一一聽之，處士逃。』這裏説王門派兩個使者來，説元廷正要對北來的官員及太學生進行甄審，以便去留陞降。

孔編云詩中有『收拾碎磚補暖炕』之句，此詩作於至元十三年（一二七六）冬入燕初。

答同舍杜德機

北風吹我上金臺，忍見蛾眉墮馬嵬〔一〕。宴罷蟠桃王母去，江南腸斷賀方回〔二〕。

校　注

〔一〕馬嵬：地名。今爲馬嵬鎮，屬陝西興平縣。唐安史之亂，玄宗倉皇奔蜀，途次馬嵬驛，衛兵殺楊國忠，玄宗賜楊貴妃死，葬於馬嵬坡。白居易《長恨歌》：『馬嵬坡下泥土中，不見玉顏空死處。』這裏當是借用。

〔二〕賀方回：賀鑄，字方回。宋衛州人，元祐間爲承務郎，爲北宋大家。黃庭堅跋秦觀《好事近》：『少游醉卧古藤下，誰與愁眉唱一杯？解作江南斷腸句，只今唯有賀方回。』作者引喻自己。

據孔編此詩當作於入燕之初。詩意當有寄託，實情待考。

卷三

古今體詩　一百一十首

黄金臺和吴實堂韻〔一〕

把酒上金臺，傷心淚落杯。君臣難再得，天地不重來。古木巢蒼鶻〔二〕，殘碑枕碧苔。倚闌休北望，萬里起黄埃〔三〕。

校注

〔一〕《詩淵》詩題僅『黄金臺』三字。　黄金臺：見卷一《送琴師毛敏仲北行》其二注〔二〕。　吴實堂：即吴堅，字彦愷，浙江仙居人，淳祐四年進士。德祐二年二月，以左丞相與賈餘慶、家鉉翁等充祈請使赴燕，吴即留燕。

〔二〕蒼鶻：即游隼，一種兇猛的鳥。

〔三〕黄埃：戰塵。時戰争未平。

這是作者登黄金臺用吴實堂原韻寫的酬和詩。按孔編，詩作於入燕之初，當爲至元十四年（一二七七）。

幽州歌

漢兒辮髪籠氈笠〔一〕，日暮黄金臺上立。臂鷹解帶忽放飛，一行塞雁南征急。

校注

〔一〕『漢兒』句：辮髪籠上氈笠，是元人裝束。從詩意推測，『漢兒』當係自指。氈笠，氈帽。塞雁南征，指又有元軍南下，時當冬去春來之際。此詩當作於至元十四年（一二七七）春。

御宴蓬萊島〔一〕

曉入重闈對冕旒〔二〕，内家開宴擁歌謳。駝峰屢割分金碗〔三〕，馬奶時傾泛玉甌〔四〕。禁苑風生亭北角〔五〕，寢園日轉殿西頭〔六〕。山前山後花如錦，一朵紅雲侍輦游〔七〕。

校注

〔一〕蓬萊島：當是宮苑假託裝點的景觀。

〔二〕入：吴本、鮑本作『日』。冕旒：古天子、諸侯及卿大夫的禮冠。

〔三〕屢：原作『縷』，今從葉本、鮑本。

〔四〕奶：吴本、鮑本作『乳』。
〔五〕禁苑：帝王之園囿。　角：吴本、鮑本作『曲』。
〔六〕寢園：帝王陵墓上的寢殿。
〔七〕一朵紅雲：紅雲已兩見，應指幼主趙㬎。
孔編云：『山前山後花如錦』，時爲春季。此詩當作於至元十四年（一二七七）春。

幽州寒食游江鄉園

曉出城南信杖藜〔一〕，江鄉小圃百花開。侑尊伎女騎驢去〔二〕，頂笠僧官躍馬來〔三〕。幾架秋千紅裊娜〔四〕，數行簫管緑低徊〔五〕。隔河小艇人歌舞，摇盪春光不肯回。

校注

〔一〕杖藜：指扶杖而行。杖，用作動詞。藜，用藜木製的手杖。
〔二〕侑尊：侍酒。　伎：鮑本作『妓』。義同。
〔三〕僧官：元代崇釋教，設有僧官。
〔四〕裊娜：體態輕盈。
〔五〕『數行』句：謂數行簫管伴緑酒而低徊。
孔編謂『寒食』雲雲，此詩當作於至元十四年（一二七七）春。

登薊門用家則堂韻〔一〕

薊門高處小凝眸〔二〕，雨後林巒翠欲流。車笠自來還自去〔三〕，笳簫如怨復如愁。珍珠絡臂誇燕舞〔四〕，紗帽蒙頭笑楚囚〔五〕。忽憶舊家行樂地〔六〕，春風花柳十三樓〔七〕。

校注

〔一〕薊門：即薊丘。在北京市德勝門外。『薊門煙樹』爲燕京八景之一。　家則堂：即家鉉翁。德祐二年二月以祈請使赴燕。後以不仕元，貶河間府。參見上詩《黄金臺和吴實堂韻》注〔一〕。

〔二〕小凝眸：暫時凝視，或有不忍久視之意。

〔三〕車笠：乘車者與戴笠者，當指官民。古詩：『我乘車，君戴笠，他日相逢下車揖。』

〔四〕『珍珠』句：謂當地人以珍珠絡臂，歌舞相誇。

〔五〕楚囚：原指被俘的楚國人。這裏指投降的官吏。

〔六〕舊家：猶故家。指舊都臨安。

〔七〕十三樓：臨安名勝，在錢唐門附近。蘇軾在杭，嘗於樓中治事。

孔編：『雨後林巒』，已入夏，詩當作於至元十四年（一二七七）夏。

燕山送黄千户之盱江[一]

萬里關河道路迂[二]，出門一笑意何如。來時雨雪侵駝褐，歸日風雲藹駟車[三]。玉座喜聞黄石策[四]，金臺榮拜紫泥書[五]。野人無以效芹獻[六]，一斗酒邊雙鯉魚[七]。

校注

〔一〕盱江：江名。在江西省境，又名汝水。

〔二〕道路：鮑本作『道里』。

〔三〕『來時』二句：敘來時歸日情景大不相同。駝褐：披在駝背用以乘坐的粗布。駟車：四匹馬拉的車子。

〔四〕玉座：本指皇帝的座位。這裏指元主。　黄石策：相傳秦末黄石公授張良的兵書。這裏借指兵法韜略。

〔五〕金臺：黄金臺的省稱。參見卷一《送琴師毛敏仲北行》其二注〔二〕。　紫泥書：用紫泥封的皇帝詔書。

〔六〕芹獻：贈人禮物的謙詞。芹爲賤草，人不足當意者。

〔七〕雙鯉魚：原指書信，這裏當喻詩札。

這是元量寫給黄千户的送行詩。據孔氏《汪元量事迹紀年》，黄千户名遵，字正道，家江西之清江。受知元帥府，用爲管軍千户。辭以親老，歸。但與詩意不甚相合，尚用存疑。詩當作於至元十四年（一二七七）。

盧奉御自上都回見訪〔一〕

詩人騎馬接官回，解后居庸懷抱開〔二〕。冷地不禁風聒聒〔三〕，炎天常見雪堆堆。昨宵我夢終南去〔四〕，今日君從直北來〔五〕。説盡窮陰無限事〔六〕，呼童攜酒上金臺。

校注

〔一〕盧奉御：不詳。奉御，元代官名。上都：地名。元時所稱上都，在今内蒙古正藍旗兆乃曼蘇默。

〔二〕解后：同『邂逅』，不期而遇。居庸：縣名，亦關名。

〔三〕聒聒：象聲詞，形容聲音雜亂。

〔四〕終：鮑本作『中』。

〔五〕直北：正北。指上都。

〔六〕窮陰：深冬。唐孟浩然《赴京途中遇雪》：『窮陰連晦朔，積雪滿山川。』這裏應作窮寒之北地解。

按孔編，此詩當作於至元十四年（一二七七）。

筠溪王奉御寄詩次韻呈厓松盧奉御〔一〕

新詩蒙遠寄，客路不勝秋。同谷歌臣甫〔二〕，新豐醉客周〔三〕。君今嫌作吏，我已厭封侯。

何日西湖曲，紅船上下游。

校　注

〔一〕王奉御、盧奉御：均不詳。

〔二〕同谷：縣名，杜甫曾寓此，有《乾元中寓居同谷縣作歌七首》，爲傷離亂之作。地在今甘肅成縣境内。句中指代王奉御。

〔三〕『新豐』句：馬周，唐初清河人。少孤貧，西游長安。宿於新豐逆旅，頗受冷落。遂命酒一斗八升，悠然獨酌，逆旅主人深異之。後見賞於唐太宗，官至中書令。這裏是作者自指。新豐，縣名，故城在今陝西臨潼縣東北。　醉客周：原作『客醉周』，今從鮑本。

按孔編：此詩中及『秋』字，當作於至元十四年（一二七七）秋。

幽州秋日聽王昭儀琴〔一〕

瑶池宴罷夜何其〔二〕，拂拭朱弦落指遲。彈到急時聲不亂，曲當終處意尤奇。雪深沙磧王嬙怨〔三〕，月滿關山蔡琰悲〔四〕。羈客相看默無語〔五〕，一襟愁思自心知。

校　注

〔一〕《詩淵》題無『幽州秋日』四字。　王昭儀：見《湖州歌》其八十八注〔三〕。

〔二〕瑶池：古代神話中神仙居處，相傳周穆王曾宴西王母於瑶池之上。這是泛指。夜何其：夜如何。其：助詞無義。《詩・小雅・庭燎》：『夜如何其？ 夜未央。』

〔三〕王嬙：即王昭君。見卷二《湖州歌》其三十七注〔二〕。

〔四〕蔡琰：見卷二《湖州歌》其三十七注〔三〕。

〔五〕羈客：元量自指。

據孔編，此詩作於至元十四年（一二七七）秋。

薊北春望

江南二月蕨笋肥，江北客行殊未歸。怕上西樓灑鄉淚，東風吹雨濕征衣。

按，這是作者思鄉之詩。題及『春望』，又歷一年，當作於至元十五年（一二七八）春。

秋日酬王昭儀〔一〕

愁到濃時酒自斟，挑燈看劍淚痕深。黄金臺隗少知己〔二〕，碧玉調湘空好音〔三〕。萬葉秋風孤館夢，一燈夜雨故鄉心。庭前昨夜梧桐語，勁氣蕭蕭入短襟〔四〕。

校注

〔一〕鮑本《水雲集》題無『秋日』二字。　王昭儀：見前注。

〔二〕隗：鮑本作『愧』，是。作者自喻，謂雖受元廷籠絡，但亦有愧知己。

〔三〕碧玉：吴聲曲辭。　湘：鮑本作『將』。如作『湘』，則『調湘』爲不可解。作『將』則句意自順，謂昭儀雖能琴歌，空有好音而已。

〔四〕勁氣：寒氣。

這是酬和王昭儀的詩。據孔編，句中有『萬葉秋風』，當作於至元十五年（一二七八）秋。

平原郡公夜宴月下侍瀛國公歸寓府〔一〕

春事闌珊夢裏休，他鄉相見淚空流。柳摇楚館牽新恨，花落吴山憶舊游〔二〕。渴想和羹梅已熟〔三〕，飢思進飯麥初收。瀛州歸去琅玕長〔四〕，月朗風熏十二樓〔五〕。

校注

〔一〕平原郡公、瀛國公：見卷二《湖州歌》其八十一注〔二〕、〔三〕。　鮑本《水雲集》題無『月下侍瀛國公歸寓府』九字。侍，原作『待』，誤，今正。

〔二〕山：原作『宫』。今從吴本。

〔三〕和羹：用不同調味品配製的羹湯，後亦用比文臣輔助君上治理國政。《書·説命》：『若作和羹，爾維鹽梅。』謂鹽多則咸，梅多則酸。鹽梅適當，則成和羹。

〔四〕琅玕：指竹。

〔五〕十二樓：指元主賜給瀛國公的寓所。

此詩以首聯引起，以下三聯皆對故家舊事的回憶。詩中『春事闌珊』云云，又歷一年。據孔編詩當作於至元十六年（一二七九）春。

燕山九日〔一〕

九日凄凉戲馬臺〔二〕，龍山高會亦塵埃〔三〕。天翻地覆英雄盡，暑往寒來歲月催。人隔關河歸未得，客逢時節轉堪哀。十年舊夢風吹過，忍對黄花把酒杯。

校注

〔一〕九日：九月九日重陽節。

〔二〕戲馬臺：見卷二《戲馬臺》注〔一〕。

〔三〕龍山高會：晋孟嘉爲桓温參軍，九月九日温宴龍山，僚佐畢集，嘉亦在座，風吹其帽落地。温命人作文嘲嘉，嘉即答之，其文甚美，四座嗟服。後來流傳龍山落帽故事。詳見《世説新語·識鑒》。

此詩當作於離大都之前兩年，即至元十六年（一二七九）重陽節。

幽州雪霽翰林諸公分韻得明字

寒雪初晴冷氣清，地爐火活漸春生。懶騎□□□人户，滿酌肥羜朝帝京[一]。屋破玉川貧亦樂[二]，□□□塢貴何榮。道心自得鍾儀趣[三]，一操南音□□□。

校注

[一]肥羜：指羊羜酒，詳前注。

[二]玉川：唐代詩人盧仝，自號玉川子。博覽工詩，隱少室山，性嗜茶，爲茶歌。後死於甘露之變。

[三]鍾儀：春秋楚人，嘗爲鄭所獲，獻於晉，晉公問訊，知其賢，與之琴，能操南音，遂禮而歸之。句意大概是元量自況。

此詩中有『寒雪』云云，當作於至元十六年（一二七九）冬。

庚辰正月旦早朝呈留忠齋[一]

庭燎明如晝[二]，金壺漏水平。爐煙摇曉色[三]，欄□□□聲[四]。三祝聖人壽[五]，一忠臣子情。新元奏封事，□□□蒼生。

校注

〔一〕留忠齋：即留夢炎。浙江衢州人，淳祐四年狀元。德祐元年六月除右丞相兼樞密使、都督諸路軍馬，十月除左丞相。後降元，爲禮部尚書、吏部尚書、翰林學士承旨，以承旨告老。以上孔氏纂輯，據《浙江通誌》、《宋史》、《元史》。

〔二〕庭燎：見前注。

〔三〕曉：鮑本作『朝』。

〔四〕櫩：屋外步廊。

〔五〕『三祝』句：華封人祝帝堯：『使聖人壽』，『使聖人富』，『使聖人多男子』（見《莊子·天地》）。後人因稱『華封三祝』。

此詩爲元量庚辰年正月初一呈留夢炎之作，對留似有微辭。庚辰年即至元十七年（一二八〇）。

妾薄命呈文山道人〔一〕

妾初未嫁時，晨夕深閨中。年當十五餘，顏色如花紅。千里遠結婚，出門山重重。與君盛容飾，一笑開芙蓉。君不顧妾色，劍氣干長虹。耿耿丈夫□，□□天下雄。結髮未逾載〔二〕，倏然各西東。妾獨□□□，□養姑與翁。姑翁去年春，長夢隨飄風〔三〕。思君□□□，音信安可通？諒無雙飛翼，焉得長相從。自服嫁時衣，荆釵淡爲容。誓以守貞潔，與君生死同。君當立高節，殺身以爲忠。豈無春秋筆，爲君紀其功。

校注

〔一〕妾薄命：樂府雜曲歌辭名，大多表達生離死别、遠聘晚嫁、失寵遭遺棄之感。文山道人：即文天祥，寶祐四年一甲一名進士，官至江西安撫使。宋德祐二年正月，伯顔兵至臯亭山，宋廷以文天祥爲右丞相入元營談判，被扣。其年四月，文天祥自元營逃出，繼續抗元。端宗即位於福州，又拜右丞相，封信國公，募兵抗戰，兵敗被俘，於至元十九年（一二八二）就義。

〔二〕截：原缺，據鮑本補。

〔三〕『長夢』句：喻姑翁死亡。

此詩元量借樂府舊題勸勉文山應立高節，殺身爲忠。觀文山集杜句，知其成仁取義之心早已堅定。元量詩中雖多脱漏，但有關文山效忠、元量勸勉之辭，全貌依稀可睹。又據孔編，以《文山先生全集》謂庚辰（一二八〇）中秋日及同年十月，元量兩次訪文天祥囚所，此詩當作於至元十七、十八年間（一二八〇—一二八一）。

附：文天祥《集杜句和韻》：

請陳初亂時，哭廟灰燼中。落日照大旗，雲漢爲之紅。本朝再樹立，乘輿安九重。惜哉瑶池飲，褥隱綉芙蓉。翠華蒙塵飛，影若揚白虹。丈夫誓許國，人馬皆自雄。南游炎海甸，編蓬石城東。稍令社稷安，萬里狎漁翁。虜騎速如鬼，一一灰悲風。魂斷蒼梧帝，凄凉信不通。壯士血相視，征伐聽所從。中夜間道歸，咫尺或未容。豈知英雄士，古來逼側同。平生白羽扇，蹉跎效小忠。再光中興業，何人第一功。

燕歌行〔一〕

北風刮地愁雲彤，草木爛死黄塵蒙。撾鞞伐鼓聲咚咚〔二〕，金鞍鐵馬摇玲瓏。將軍浩氣吞長虹，幽并健兒膽力雄。戰車軋軋馳先鋒〔三〕，甲戈相撥聲摩空。雁行魚貫彎角弓，披霜踏雪度海東〔四〕。鬥血浸野吹腥風，捐軀報國效死忠。鼓衰矢竭誰取功〔五〕，將軍卸甲入九重。錦袍宣賜金團龍，天子賜宴葡萄宫。烹龍炰鳳割駝峰，紫霞瀲灧琉璃鍾〔六〕。天顔有喜春融融，乞與窈窕雙芙蓉〔七〕。虎符腰佩官蓋穹〔八〕，歸來賀客皆王公。戟門和氣春風中〔九〕，美人左右如花紅〔一〇〕，朝歌夜舞何時窮。豈知沙場雨濕悲風急，冤魂戰鬼成行泣。

校注

〔一〕燕歌行：樂府平調曲名。

〔二〕撾鞞：吴本、鮑本作『槌鞞』。

〔三〕先鋒：吴本、鮑本作『先衝』。

〔四〕度海東：指船征日本。

〔五〕取功：《詩淵》、鮑本作『收功』。

〔六〕紫霞：佳釀名。

〔七〕雙芙蓉：芙蓉謂面如芙蓉，意即兩美人。

〔八〕蓋：《詩淵》、吴本、鮑本均作『益』。
〔九〕戟門：古宫門皆立戟，因作宫門之代稱。
〔一〇〕如：鮑校：吴本作『好』。

王國維於此詩上批語：『此詩爲范文虎作。《元史·世祖紀》：至元十八年八月，忻都、洪舉丘、范文虎、李庭金、方慶諸軍，船征日本，爲風濤所激，大失利，餘軍回，至高麗境，十存一二。九月，賜范文虎所部將士羊馬衣服幣帛有差。十月，賜征日本將校衣裝帶幣帛靴帽等物有差。』據此，此詩當作於至元十八年（一二八一）。

幽州送景僧録歸錢唐[一]

天目山前景老禪，長安傳法舊沙門[二]。十年不見身爲累，萬里相逢舌尚存。漠漠塵埃凝破衲[三]，凄凄風露襲歸轅[四]。到家定有秋光在，報答黄花滿故園。

校注

〔一〕僧録：僧官名。唐有僧録司，宋因之，爲專掌僧尼之官。此僧法名曰景，所以稱景老禪。
〔二〕沙門：亦作『桑門』，譯音不同。義爲僧徒。
〔三〕衲：僧衣，即百衲衣。僧徒亦自稱爲衲。
〔四〕歸轅：南歸的車。

孔編：此詩或作於至元十八年（一二八一）。

冬至日同舍會拜〔一〕

燕市人争看秀才，團圞此日會金臺〔二〕。葡萄酒熟澆駝髓，蘿蔔羹甜煮鹿胎。硯筆寂寥空灑淚〔三〕，管弦嗚咽自生哀。雪寒門户賓朋少，且撥紅爐守泰來〔四〕。

校注

〔一〕同舍：指同舍的同學。宋時太學有上舍、内舍、外舍。初入學爲外舍，外舍陞内舍，内舍陞上舍。

〔二〕團圞：團聚。

〔三〕硯筆寂寥：意謂用不到文字，聽憑筆硯閒着。

〔四〕守泰來：或謂自圖心神安穩。

孔編：此詩或作於至元十八年（一二八一）。

自笑

釋氏掀天官府〔一〕，道家隨世功名〔二〕。俗子執鞭亦貴〔三〕，書生無用分明〔四〕。

校注

〔一〕『釋氏』句：元代最重釋教，全國各省府、縣均有僧官，有的飛揚跋扈，侵害人民。楊璉真珈即爲一突出之例（參見《元史·釋老傳》）。故有『掀天官府』之嘲諷。

〔二〕『道家』句：按元代分人爲十等，一釋二道……九儒十丐。句意謂道家的功名隨世運而陞降，其地位次於釋家。

〔三〕執鞭：賤者之事。《論語·述而》：『子曰：「富而可求也，雖執鞭之士，吾亦爲之；如不可求，從吾所好。」』

〔四〕書生：即儒者，第九等人。

孔編：此詩或作於至元十八、十九年間（一二八一—一二八二）。

斡魯垜觀獵〔一〕

黑風滿天紅日出，千里萬里栖寒煙。快鷹已落薊水畔，獵馬更在燕山前。白旄黄鉞左右繞〔二〕，氈房殿帳東西旋。海青眇然從此去〔三〕，天鵝正墜陰崖巔。

校注

〔一〕斡魯垜：亦作『斡里朵』，爲契丹語，意爲行宫。其地離大都不遠。

〔二〕白旄黄鉞：見卷二《湖州歌》其四注〔三〕。

〔三〕海青：海東青，雕的一種。

孔編：此詩或作於至元十八、九年間（一二八一—一二八二）。

幽州月夜酒邊賦西湖月

西湖月，光皎潔，曾照錢王九重闕〔一〕。錢王歌舞戀春風，月亦有情光不歇。一朝歌舞成塵土，斷礎荒宮走狐兔。月亦傷心不肯明，人亦吞聲淚如雨。西湖月，幾度圓，幾度缺。人生南北歧路多，幾度相逢幾度別。去年月圓時，我在西湖十里荷花香□□月吞酒巵。今年月缺時，我在燕山萬里來□□□酒，招月來，勸月酒，一杯我酒飲盡□□□□□□飲。胡爲乎來哉？停杯問月月變色，嫌□□□□□窄。人生如白駒之過隙〔二〕，若不痛飲真可惜。□□□物如流水，何如月照金尊裏。首陽二子忍□□〔三〕，□丘盜跖成螻蟻〔四〕。我有長鯨吸川口〔五〕，倒挽銀河添我酒。我酒千年飲不乾，月光與我長相守。酒酣拔劍斫地歌，錢王宮闕生白波。西湖月，光更多，有酒不飲，將如之何？

校注

〔一〕錢王：吴越國王錢鏐，參前注。

〔二〕『人生』句：《莊子·知北游》：『人生天地之間，如白駒之過郤，忽然而已。』『郤』同『隙』。

〔三〕首陽二子：指伯夷、叔齊，不食周粟而餓死首陽。詳前注。缺字疑爲『餓死』二字。

〔四〕□丘：缺字當爲『孔』字。　盗跖：春秋末期大盗，名跖。舊指代壞人。

〔五〕長鯨吸川：喻宏量善飲。唐杜甫《飲中八仙歌》：『左相日興費萬錢，飲如長鯨吸百川。』

按孔編：據原書編次，此詩或作於至元十八、十九年間（一二八一——一二八二）。

瀘溝橋王昭儀見寄回文次韻[一]

溝水瀘邊落木疏，舊家天遠寄來書。秋風冷驛官行未？夜月虚窗客夢初。流雁斷鴻飛曠野，舞鸞雛鶴别穹廬[二]。裘貂醉盡一尊酒，愁散方知獨上車。

校注

〔一〕瀘溝橋：在大都（今北京）附近。　王昭儀：見前注。此首亦爲回文詩。

〔二〕雛：鮑本作『離』。　穹廬：野營帳篷，俗呼蒙古包。

按孔編：此詩或作於至元十八、十九年間（一二八一——一二八二）。

關山月[一]

關山月，關山月。東邊來，西邊没。夜夜照關山，□□多戰骨。男兒莫去學弓刀，女兒莫嫁關山□。□□母啼送爺去當軍，今年妻啼送夫去當□。□□□老妻年少，養子嫁夫不得力。關山月，關山月。□□見月圓，月月見月缺。萬里征夫淚流血，將軍□□大羽箭，沙場格鬥無休歇。誰最苦兮誰□□，□□出戍當門户。只今頭白未還鄉，母死妻亡業無主。關山月，關山月。生離别，死離别。爺娘妻子顧不得，努力戎行當報國。

校注

〔一〕關山月：漢横吹曲名。《樂府解題》云：『關山月，傷離别也。』孔編：『夜夜照關山』之『山』字原缺，據鮑本補。『□□多戰骨』之『□□』，疑應作『關山』，『□□見月圓』之『□□』，疑應作『月月』。

此詩蓋寫元主征戍情況。據孔編或作於至元十八、十九年間（一二八一—一二八二）。

文山丞相丙子自京口脱去變姓名作清江劉洙今日相對得非夢耶

昔年變姓走淮濱，虎豹縱横獨愴神。青海茫茫迷故國，黄塵黯黯泣孤臣。魏睢張禄夢中夢〔一〕，越蠡陶朱身後身〔二〕。今日相看論往事，劉洙元是姓文人〔三〕。

校注

〔一〕魏睢張禄：戰國魏人范睢得罪魏相，更姓名張禄，潛逃入秦，爲秦相。見《史記·范睢列傳》。范睢，魏人亦稱魏睢。

〔二〕越蠡陶朱：春秋時越國范蠡佐勾踐滅吴後，棄官遠去，至陶，稱朱公。以經商致富。參見卷二《蘇臺》注〔六〕。

〔三〕是：原作『自』，今從鮑本。

此詩中有『今日相看』云云，據孔編當作於文天祥就義前三年間，即至元十七至十九年（一二八〇—一二八二）。

浮丘道人招魂歌[一]　九首

其一

有客有客浮丘翁，一生能事今日終[二]。嚙氈雪窖身不容[三]，寸心耿耿摩蒼空[四]。睢陽臨難氣塞充[五]，大呼南八男兒忠。我公就義何從容，名垂竹帛生英雄[六]。嗚呼一歌兮歌無窮，魂招不來何所從？

校注

〔一〕浮丘道人：文天祥别號。詳本卷《妾薄命呈文山道人》注〔一〕。招魂：召唤死者的靈魂，古喪禮謂之復。

〔二〕能事：能做到的事。語見《易·繫辭》：『天下之能事畢矣。』

〔三〕嚙氈雪窖：用蘇武故事。武留胡十九年，被囚於冰窖中，嚙氈毛和雪充飢，終不屈降。見《漢書·蘇武傳》。

〔四〕蒼空：猶言高天。《宋遺民録》引此詩作『蒼穹』。

〔五〕睢陽臨難：謂唐安史之亂張巡、許遠等死守睢陽之事。下句出處同。見卷一《别楊駙馬》注〔八〕。

〔六〕竹帛：古代以竹、帛刻書抄書。猶云書册。

其　二

有母有母死南國〔一〕，天氣黯淡殺氣黑。忍埋玉骨崖山側，《蓼莪》劬勞淚沾臆〔二〕。孤兒以忠報罔極〔三〕，拔舌剖心命何惜！地結萇弘血成碧〔四〕，九泉見母無言責。嗚呼二歌兮歌復憶，魂招不來長嘆息。

校　注

〔一〕『有母』句：文山母曾夫人以祥興元年九月卒，時文山屯兵海豐。此句意所本。

〔二〕蓼莪：《詩・小雅》篇名。『小序』謂此詩爲孝子追念父母而作。劬勞：辛勞勤苦之意。《蓼莪》中有『哀哀父母，生我劬勞』之句。

〔三〕罔極：没有盡頭。謂父母之恩如天之無極。《詩・小雅・蓼莪》：『欲報之德，昊天罔極。』

〔四〕『地結』句：萇弘，相傳爲周靈王時人，爲周人所殺，流血成碧，不見其屍。後世常以『碧血』指忠臣義士爲正義事業而流之血。

其　三

有弟有弟隔風雪〔一〕，音信不通雁飛絶。獨處空廬坐縲紲〔二〕，短衣凍指不能結〔三〕。天生男兒硬如鐵，白刃飛空肢體裂。此時與汝成永訣，汝於何地收兄骨。嗚呼三歌兮歌聲咽，魂招不來淚如血〔四〕。

校注

〔一〕『有弟』句：文山有弟，曰璧、曰璋，璋自船澳奉母喪趨惠州作別，璧在羊城分別，自是南北隔絶。

〔二〕縲紲：捆綁犯人的繩索。引申爲牢獄。

〔三〕結：結帶。

〔四〕如血：鮑本一作『流血』，義近。

其　四

有妹有妹天一方，良人去後逢此殃。黄塵暗天道路長，男呻女吟不得將〔一〕。汝母已死埋炎荒〔二〕，汝兄跣足行雪霜〔三〕。萬里相逢淚滂滂〔四〕，驚定拭淚還悲傷。嗚呼四歌兮歌欲狂，魂招不來歸故鄉。

校注

〔一〕『有妹』四句：文山有妹，長曰懿孫，次曰淑孫。長適孫氏，不幸入燕，攜子女，伶仃孤苦，客食萬里。此前四句句意所本。良人：妻對夫之稱。將：扶持。

〔二〕炎荒：南方邊遠地區。

〔三〕汝兄：指天祥。

〔四〕滂滂：大水涌流貌。

其　五

有妻有妻不得顧〔一〕，飢走荒山汗如雨。一朝中道逢狼虎〔二〕，不肯媮生作人婦。左挾虞姬右陵母〔三〕，一劍捐身剛自許。天上地下吾與汝，夫爲忠臣妻烈女。嗚呼五歌兮歌聲苦，魂招不來在何所。

校　注

〔一〕『有妻』句：文山夫人，姓歐陽氏。

〔二〕狼虎：原作『虎狼』，因此句應仄聲落脚，作『狼虎』是。

〔三〕挾：一本作『掖』，義同。　虞姬：秦末項羽姬妾，常隨軍中。漢軍圍項羽垓下，羽夜起飲帳中，悲歌慷慨，姬亦以歌和之，歌罷自刭。這裏指天祥之妾。　陵母：漢李陵之母。李陵於武帝時任騎都尉，嘗率步兵五千人擊匈奴。戰敗投降。其母旋即被戮，妻子並處死。這裏指喻天祥之母。

其六

有子有子衣裳單〔一〕，皮肉凍死傷其寒。蓬空煨燼不得安〔二〕，叫怒索飯飢無餐。亂離走竄千里山，荆棘蹲坐膚不完〔三〕。失身被繫淚不乾，父聞此語摧肺肝。嗚呼六歌兮歌欲殘，魂招不來心鼻酸。

校注

〔一〕『有子』句：文山長子名道生，次名佛生，均早逝。以姪陞爲嗣。

〔二〕蓬空煨燼：家裏空無所有。煨燼，同灰燼。

〔三〕膚不完：體無全膚。

其七

有女有女清且淑〔一〕，學母曉妝顔如玉〔二〕。憶昔狼狽走空谷，不得還家聚骨肉〔三〕。關河喪亂多殺戮，白日驅人夜燒屋。一雙白璧委溝瀆〔四〕，日暮潛行向天哭。嗚呼七歌兮歌不足，魂招不來淚盈掬〔五〕。

校注

〔一〕『有女』句：文山有女，曰柳娘、環娘。　清且淑：清美而善良。

〔二〕學母曉妝：隱括杜甫《北征》『學母無不爲，曉妝隨手抹』之句。　按鮑本校：成化《杭州府志》『曉』作『梳』，『顔』作『面』。

〔三〕聚：鮑本作『收』。

〔四〕一雙白璧：喻天祥二女。　溝瀆：溝渠。

〔五〕盈掬：滿捧。

其八

有詩有詩《吟嘯集》〔一〕，紙上飛蛇歕香汁〔二〕。杜陵寶唾手親拾〔三〕，滄海月明老珠泣〔四〕。天地長留國風什〔五〕，鬼神呵護六丁立〔六〕。我公筆勢人莫及，每一呻吟淚痕濕。嗚呼八歌兮歌轉急，魂招不來風習習。

校注

〔一〕《吟嘯集》：文山詩集之一。

〔二〕歕香汁：謂文山詩《吟嘯集》如香汁一樣噴薄出來。歕，同『噴』。

〔三〕『杜陵』句：文山有《集杜詩》二百首。

〔四〕『滄海』句：引用唐李商隱《錦瑟》『滄海月明珠有淚』之句。傳説海外有鮫人，能泣淚成珠。

〔五〕國風什：《詩經》國風之什。什，《詩經》之雅頌，十篇爲什。後泛指詩篇或文卷。

〔六〕『鬼神』句：謂文山之詩受神鬼呵護。呵護：按鮑校，一本作『護呵』。似以前者勝。六丁：指道教之神。

其九

有官有官位卿相〔一〕，一代儒宗一敬讓。家亡國破身漂蕩，鐵漢生擒今北向。忠肝義膽不可狀，要與人間留好樣。惜哉斯文天已喪〔二〕，我作哀章淚凄愴。嗚呼九歌兮歌始放〔三〕，魂招不來默惆悵。

校注

〔一〕卿相：謂丞相及卿，古代高級官銜。按德祐二年元兵陷杭，天祥至行都，拜右丞相，兼樞密使。

〔二〕斯文：謂儒者或文人。《論語・子罕》：『天之將喪斯文也。』

〔三〕放：放置，停置。

按，文山以至元十九年十二月初九（一二八三年一月九日）就義。孔編謂此九詩當作於至元十九年末或稍後。

憶湖上

我憶西湖斷橋路〔一〕，雨色晴光自朝暮，燕去鴻來今幾度。梅花萬里水雲隔，日夜思家歸不得，偶然醉歸文姬側〔二〕。

校注

〔一〕斷橋：橋名，在杭州市孤山邊。

〔二〕文姬：蔡琰之字。見前注。這裏應是指酒家之侍酒人。

按孔編：此詩當作於到燕後至至元十九年（一二八二）赴上都前。

幽州除夜醉歌

燕姬壓酒春宵永〔一〕，列炬摇光拂紅影。銀鴨香烘雲母屏〔二〕，綺窗綉閣流芳馨〔三〕。脆管聲含蘭氣嬌〔四〕，鳳釵拖頸烏雲飄〔五〕。錦瑟無端促弦急，纖蛾斂翠翻成泣〔六〕。雕籠啁哳鷄鳴早〔七〕，一笑紅顔鏡中老。

校注

〔一〕燕姬：燕地酒家中侍酒女子。　壓酒：米酒釀熟時壓榨取酒。李白《金陵酒肆留别》：『風吹柳花滿店香，吴姬壓酒勸客嘗。』春宵永：春夜長。

〔二〕銀鴨：用鴨形雕飾的香爐。　雲母屏：用雲母石製作的屏障。

〔三〕綺窗：雕畫美觀的窗户。　綉閣：華麗的女子居室。

〔四〕脆管：音響清越的簫笛管。脆，鮑本、吴本作『晚』。

〔五〕鳳釵：釵頭作鳳形的頭飾。　烏雲：當指黑髮。

〔六〕纖蛾：細長的眉毛。蛾，『蛾眉』的省稱。

〔七〕雕籠：雕飾精美的籠子。　啁哳：雜亂的聲音。這裏指鳥鳴聲。原作『啁晰』，據鮑本改。

除夕同舍集飲〔一〕

萬里陰寒淚欲流，暫時歡笑且忘憂。已呼赤脚來烹雁〔二〕，更遣蒼頭爲割牛。燕伎女來情不惡〔三〕，魯男子在話難投〔四〕。却憐半夜朝天去，霜瓦差差十二樓〔五〕。

校注

〔一〕同舍：謂同舍生。見前注。

〔二〕赤脚：僕役。下文『蒼頭』亦指奴僕。

〔三〕伎：葉本、吴本作『妓』。

〔四〕魯男子：不好色的男子。《詩·小雅·巷伯》：『哆兮哆兮，成是南箕。』漢毛亨傳：『魯人有男子獨處於室，鄰之嫠婦又獨處於室。夜暴風雨至，而室壞，婦人趨而托之，男子閉户而不納。』後世故稱坐懷不亂者爲魯男子。這裏指同舍某人。

〔五〕差差：不齊貌。十二樓：見前注。據鮑校，吴本作『絳玉樓』。

山東飛放〔一〕

天子出獵山之東，臂鷹健卒豪且雄。我欲從之出雲中〔二〕，坐看萬馬如游龍。

校注

〔一〕飛放：飛逐。

〔二〕出雲：葉本作『□子』。

孔編：以上三詩當作於抵燕之後至至元十九年（一二八二）往上都前。

出居庸關〔一〕

平生愛讀書，反被讀書誤。今辰出長城〔二〕，未知死何處。下馬古戰場，荆榛莽回互〔三〕。群狐正從横，野梟號古樹。黑雲滿天飛，白日翳復吐。移時風揚沙，人馬俱失路。躊躇默吞聲，聊歌《遠游》賦〔四〕。

校　注

〔一〕居庸關：在北京昌平縣西北的軍都山上，地勢險要，古稱九塞之一。

〔二〕辰：通『晨』。

〔三〕『荆榛』句：謂荆棘與莽草回環交錯。

〔四〕《遠游》：屈原所作辭賦篇名，這裏借用。

按孔氏編年，此詩作於至元二十年（一二八三）春，其時元主遣宋幼主赴上都，趙與票、王昭儀及作者同行。詩中寫及風沙及邊塞春天景象。

長城外

飲馬長城窟〔一〕，馬繁水枯竭〔二〕。水竭將奈何，馬嘶不肯歇。君看長城中，盡是骷髏骨。骷髏幾千年，猶且未滅没。空銜千年冤，此冤何時雪。祖龍去已遠〔三〕，長城久迸裂。嘆息此骷髏，夜夜泣秋月。

校　注

〔一〕『飲馬』句：樂府瑟調曲名有『飲馬長城窟行』。題意一曰秦人苦長城之役，一曰長城南有土窟，窟中泉流，漢時將士征塞北，皆飲馬此水。本詩似取第一意。

〔二〕繁：葉本、吴本作『頭』，鮑本作『煩』。

〔三〕祖龍：指秦始皇。祖，始。龍，人君的象徵。

寰州道中〔一〕

窮荒六月天，地有一尺雪。孤兒可憐人〔二〕，哀哀淚流血〔三〕。書生不忍啼〔四〕，尸坐愁欲絶〔五〕。鼙鼓夜達明，角笳競於邑〔六〕。此時入骨寒，指墮膚亦裂。萬里不同天，江南正炎熱。

校注

〔一〕寰州：在今山西省朔縣東北，爲燕雲十六州之一。

〔二〕孤兒：應指恭帝㬎。　人：鮑本作『痛』。

〔三〕哀哀：吴本作『哀哉』。

〔四〕書生：元量自指。

〔五〕尸坐：像尸一樣坐着。比喻無作爲。

〔六〕於邑：哽咽。

此詩應是遣赴上都時所作。

李陵臺[一]

伊昔李少卿，築臺望漢月。月落淚從横[二]，凄然腸斷裂。當時不愛死，心懷歸漢闕。豈謂壯士身，中道有摧折。我行到寰州，悠然見突兀[三]。下馬登斯臺，臺荒草如雪。妖氛藹冥蒙[四]，六合何恍惚。傷彼古豪雄，清淚泫不歇。吟君五言詩[五]，朔風共嗚咽。

校注

〔一〕李陵：見前注。

〔二〕從横：同『縱横』。

〔三〕突兀：高貌。這裏指李陵臺。

〔四〕妖氛：不祥之氣，多指凶災、禍亂。

〔五〕五言詩：《文選》收李陵、蘇武詩均爲五言體。參見前注。按『五言』原作『五字』，今從鮑本。

蘇武洲氈房夜坐[一]

明發啓帳房[二]，冷風迸將入。飢鷹傍人飛，瘦馬對人立。禦寒挾貂裘，蒙頭帽氈笠。凄然絶火煙，陰雲壓身濕。賴有葡萄醅，借暖敵風急。

校注

〔一〕蘇武：見前注。

〔二〕明發：黎明。詳前注。

居延〔一〕

憶昔蘇子卿〔二〕，持節入異域。淹留十九年，風霜毒顔色。嚙氈曾牧羝〔三〕，跣足涉沙磧〔四〕。日夕望漢君〔五〕，恨不生羽翼。一朝天氣清，持節入漢國。胤子生別離〔六〕，回視如塊礫〔七〕。丈夫抱赤心，安肯淚沾臆？

校注

〔一〕居延：地名，在今内蒙古西部額濟納旗。

〔二〕蘇子卿：即蘇武，見前注。

〔三〕牧羝：《漢書·蘇武傳》：『乃徙武北海上無人處，使牧羝，羝乳乃得歸。』羝，公羊。

〔四〕涉：葉本作『步』。鮑校：吴本作『步』。

〔五〕望：《詩淵》作『思』。

〔六〕胤子：嗣子，兒子。蘇武在匈奴有子嗣。

〔七〕塊礫：土塊和沙礫。句意比喻視兒之賤。塊，《詩淵》作『埋』，吴本作『堆』。

昭君墓〔一〕

一昔王昭君，遠嫁單于去。上馬出宫門，琵琶語如訴。昔爲漢宫妃，今作胡虜婦〔二〕。别來歲月深，竟入泉下路。還知身後名，青草覆孤墓〔三〕。

校注

〔一〕昭君墓：昭君，見前注。昭君卒葬匈奴，其墓在今内蒙古呼和浩特市南。

〔二〕胡虜：原作『單于』，今從鮑本。

〔三〕『青草』句：昭君冢上有青草，因稱青冢。

開平雪霽〔一〕

雪霽山崔嵬〔二〕，平荒絶人迹。獵獵大風寒〔三〕，杳杳遠天碧〔四〕。腐儒策蹇驢〔五〕，覓句繞沙磧。一吟三徘徊〔六〕，日卓人影直〔七〕。孤鴻雲中來，對我聲嚦嚦〔八〕。乃知晴天好，物類各有適。頃刻片雲生，雪花大如席。偉哉復偉哉！造物真戲劇〔九〕。

校注

〔一〕開平：在今内蒙古正藍旗東，爲元上都治所。

〔二〕崔嵬：高聳貌。
〔三〕獵獵：寒風聲。
〔四〕杳杳：深遠幽闇貌。
〔五〕腐儒：作者自指。　蹇驢：行動遲緩的驢，駑劣的驢。
〔六〕三：原作『一』。今從鮑本。
〔七〕日卓：正午。卓，直立。
〔八〕嚦嚦：象聲詞。
〔九〕造物：古人稱創造萬物的天地。

天山觀雪王昭儀相邀割駝肉〔一〕

北征已十年〔二〕，壹鬱悲局促〔三〕。拄杖看天山，雪光皎如玉〔四〕。滿目鸇鷹飛〔五〕，晴天獵鴻鵠。羈人竈無炊，竟夕囂其腹〔六〕。美人塞邊來，邀我分豆粥。手持并鐵刀，欣然割駝肉。勿誚草堂翁，一飽死亦足〔七〕。

校注

〔一〕《詩淵》引此詩題無『天山觀雪』四字。　王昭儀：見前注。
〔二〕『北征』句：謂來燕已有十年。

〔三〕壹鬱：憂悶。　局促：拘束緊迫之意。

〔四〕光：原作『花』，今從《詩淵》、鮑本。

〔五〕鶚鷹：猛禽。

〔六〕嚻其腹：腹鳴，謂肚餓。

〔七〕『勿誚』二句：杜甫在四川成都，自營浣花草堂。這裏作者引喻自己。杜甫《茅屋爲秋風所破歌》結句爲：『吾廬獨破受凍死亦足！』

草　地

齷齪復齷齪，昔聞今始見。一月不梳頭，一月不洗面。飢則嚼乾糧，渴則啖雪片。困來臥氈房，重裘頗相戀。故人衣百結〔一〕，蟣虱似珠串。平明獵陰山，鷹犬逐人轉。呱呱凍欲僵，老娃淚如霰〔二〕。忽有使臣來，宣賜尚方膳〔三〕。

校　注

〔一〕人衣：《詩淵》作『衣連』，鮑本同。　百結：衣破綴補之結甚多。

〔二〕老娃：指全后。

〔三〕尚方膳：御膳。尚，主掌。《漢書·惠帝紀》注：『主天子物曰尚。』

開　平〔一〕

冷霰撒行車，呻吟獨搔首。須臾大如席，風卷半空走。母子鼻酸辛〔二〕，依依自相守。書生倒行囊，沽來一尊酒〔三〕。暫時借温和，耳熱豈長久〔四〕。萬木舞陰風〔五〕，言語冰在口。氈房耿無眠，兀兀聽刁斗〔六〕。

校　注

〔一〕開平：見前注。

〔二〕母子：指全太后及幼主㬎，時同被遣内地。

〔三〕沽來一：三字原缺，孔氏據《詩淵》補。

〔四〕耳熱：古人常言酒酣耳熱，酒後耳先發熱。

〔五〕陰：《詩淵》作『因』。

〔六〕兀兀：静止貌。　刁斗：見前注。

草地寒甚氈帳中讀杜詩〔一〕

少年讀杜詩，頗厭其枯槁。斯時熟讀之，始知句句好。書生挾蠹魚〔二〕，流行萬里道。朱顔日已衰，玄髮日已老〔三〕。耿耿不圓卿，寧方自爲皂〔四〕。舉目無寸親，憂傷入懷抱。炎天冷如冰，磧地不生草。我馬跑砂石，我飢面蒼昊〔五〕。人馬不相離，凍死俱未保。何當回白日，陰雲盡一掃。

校注

〔一〕王國維校：《永樂大典》引此詩，題無『草地寒甚』四字。

〔二〕蠹魚：噬蝕書籍的蟲。此指書籍，含貶義。

〔三〕玄髮：黑髮。

〔四〕『耿耿』二句：不要圓滿的官職，寧可作個差役，爲此耿耿於懷。唐元結《惡圓説》：『寧方爲皂，不圓爲卿。』皂，差役。卿，官職。

〔五〕蒼昊：蒼天。

自《長城外》至此詩共十一首，孔氏謂作於遣往上都及内地期間，即至元二十年至二十二年（一二八三—一二八五）。

陰山觀獵和趙待制回文〔一〕

圍獵看人放海青〔二〕，黑山峽口路交横。飛鴻雨濕雲天遠，去馬風寒雪塞平。歸客北邊關柝擊，過軍西畔寨燈明。巍巍殿帳氈房暖，衣鐵冷深更鼓鳴。

校注

〔一〕陰山：山名。起於河套西北，綿亘於大漠以南諸山的統稱。　趙待制：即趙與票，號方塘。至元十六年爲待制，後拜翰林直學士。當至元十九年文天祥就義後，趙與票等被遣往上都、内地，元量亦從行。趙有回文詩示元量，元量賦此和之。倒讀亦自成文。

〔二〕海青：即海東青，鳥名，雕的一種，善捕水禽小獸。

孔編謂此詩當作於至元二十年至二十二年（一二八三—一二八五）回大都前數年間。

酬方塘趙待制見贈〔一〕

久謂儒冠誤，窮愁方棄書。十年心不展，萬里意何如。司馬歸無屋〔二〕，馮驩出有車〔三〕。吾曹猶未化〔四〕，爛醉且穹廬。

校注

〔一〕待制：吴本作『侍御』。

〔二〕『司馬』句：司馬，司馬相如。此乃作者自喻。《史記·司馬相如傳》：『文君夜亡奔相如，相如乃與馳歸，家居徒四壁立。』

〔三〕『馮驩』句：謂已受元廷役使，猶如戰國孟嘗君的門客。用《戰國策》馮驩故事。馮驩，亦作『馮諼』。參見前注。

〔四〕化：物化，謂人死。

據孔編此詩當亦作於至元二十年至二十二年（一二八三—一二八五）回大都前數年間。

萬安殿夜直〔一〕

鳳銜紫詔下雲端，千載明良際會難〔二〕。金闕早朝天表近〔三〕，玉堂夜直月光寒〔四〕。宫衣屢賜恩榮重，御宴時開禮數寬。却憶玄都人去後〔五〕，桃花零落倚闌干。

校注

〔一〕夜直：夜間值班。

〔二〕明良：明君與忠良的臣子，《書·益稷》『元首明哉，股肱良哉，庶事康哉』。　會：吴本作『遇』。

〔三〕早朝：吴本作『曉明』。　天表：帝王的儀容。

〔四〕玉堂：指翰林院。

〔五〕玄都：神仙居處。此指故都臨安。此與末句亦借用劉夢得《再游玄都觀》詩意。後：原缺，據鮑本補。孔編以爲此詩作於自居延、開平歸來後，時當在至元二十二年（一二八五）。作者受環境所迫，參加夜直，但猶以故都淪落爲念。

幽州除夜

十年旅食在天涯，到處身安只是家。雪塞春回鄒衍律〔一〕，霜營寒入禰衡撾〔二〕。壺傾卯酒杯浮粟〔三〕，厨出辛盤飣簇花〔四〕。奴僕不須喧鼓吹，恐驚櫪馬與林鴉〔五〕。

校注

〔一〕鄒衍律：鄒衍，戰國時人，深觀陰陽消息，作怪迂之變，著《始終》、《大聖》等篇十萬餘言。據《列子·湯問》注，北方地寒，不生五穀，鄒衍吹律暖之，而禾黍滋。後人因謂之鄒律。律，候氣之管，銅製。

〔二〕禰衡撾：禰衡，東漢人，少有才辯，氣剛傲物。曹操召爲鼓吏，令改服鼓吏之裝，欲辱之，禰於操前裸身更衣，後又至操營門外大駡，是爲『擊鼓駡曹』故事。撾，打鼓。

〔三〕卯酒：卯時温的酒。

〔四〕辛盤：舊時元旦迎客，以葱、韭、蒜等辛菜作食品，謂之辛盤。　飣：堆疊蔬果於盤。

〔五〕櫪馬與林鴉：杜甫《杜位宅守歲》：『盍簪喧櫪馬，列炬散林鴉。』

孔編：此詩當作於居延、開平歸來後，時當在至元二十二年（一二八五）。

送張舍人從軍〔一〕

大笑出門去〔二〕，誰能筆硯囚〔三〕。十年渾不調〔四〕，萬里欲先侯〔五〕。衰薾吾將老〔六〕，飛揚子未休。他年身退遁，肯伴赤松游〔七〕？

校注

〔一〕張舍人：舍人，皇帝近侍之職。其他不詳。

〔二〕『大笑』句：李白《南陵别兒童入京》：『仰天大笑出門去，我輩豈是蓬蒿人。』此借用。

〔三〕筆硯囚：爲筆硯所困。用班超故事。班超，東漢安陵人，父卒，家貧，爲官府抄書以養母。曾投筆嘆曰：『大丈夫無他志略，當效傅介子、張騫立功異域以取封侯，安能久事筆硯間乎！』遂從戎，出使西域，降服諸國，封定遠侯。下文『萬里欲先侯』亦本此。

〔四〕調：遷轉。《史記·張釋之傳》：『十歲不得調，無所知名。』

〔五〕先：原缺，孔氏據《詩淵》及鮑本補。

〔六〕衰薾：劣弱。

〔七〕赤松：赤松子，傳説中的仙人。

孔編：據原書編次，此詩當作於至元二十二年（一二八五）。

讀文山詩稿

一朝禽瘴海〔一〕，孤影落窮荒。恨極心難雪〔二〕，愁濃鬢易霜〔三〕。燕荆歌易水〔四〕，蘇李泣河梁〔五〕。讀到艱難際，梅花鐵石腸。

校注

〔一〕禽瘴海：謂文天祥在廣東省汕頭市潮陽區五坡嶺被元兵擒獲。其地瀕臨海域，常有瘴霧，故曰瘴海。禽，通『擒』。

〔二〕雪：洗除，與下句『霜』對文。

〔三〕鬢易霜：愁多使髮早白。

〔四〕『燕荆』句：戰國齊人荆軻爲燕太子丹門客，受命至秦刺秦王，當過易水時，作歌曰：『風蕭蕭兮易水寒，壯士一去兮不復還。』

〔五〕『蘇李』句：《文選》收李陵詩有『攜手上河梁，游子暮何之』之句。參見前注。

孔編謂此詩當作於至元二十二年（一二八五）。

送張總管歸廣西〔一〕

燕玉成行把酒卮〔二〕，酒卮未盡即言離。賓鴻冒雨回峰日，旅雁衝風過海時〔三〕。棹撥蓼灣秋斫鱠，劍飛梅嶺夜吟詩〔四〕。明年有約重來否？一騎紅塵貢荔枝〔五〕。

校注

〔一〕張總管：總管，爲督軍鎮守或管理事務之軍官。其他不詳。

〔二〕燕玉成行：謂侑酒北方歌伎多人。

〔三〕『賓鴻』二句：設想總管旅途情景。　雁：鮑本作『燕』。

〔四〕『棹撥』二句：聯想總管回廣西後生活情況。蓼灣、梅嶺皆爲游憩之地。

〔五〕『一騎』句：唐杜牧《過華清宫》：『一騎紅塵妃子笑，無人知是荔枝來。』這裏希望張總管明年回京時騎馬帶荔枝進貢元廷。

按，詩中及『秋』字，孔編謂當作於至元二十二年（一二八五）之秋。

易　水〔一〕

蘆葦蕭森古渡頭，征鞍卸却上孤舟。煙籠古木猿啼夜，月印平沙雁叫秋。砧杵遠聞添客淚，鼓鞞纔動起人愁。當年擊筑悲歌處〔二〕，一片寒光凝不流。

校　注

〔一〕易水：水名。燕南有呼沲易水，發源河北易縣，流布河北西部地區。

〔二〕擊筑悲歌：《史記·刺客列傳》：『高漸離擊筑，荆軻和而歌。』筑，古代弦樂器，似琴。參見上詩《讀文山詩稿》注〔四〕。

詩中及『秋』字，孔編謂當作於至元二十二年（一二八五）之秋。

北嶽降香呈嚴學士〔一〕

萬里溟濛起戰埃，翩翩勒馬出金臺。同君遠使山頭去，如朕親行嶽頂來〔二〕。野廟橫斜挨老樹，古碑顛倒枕荒苔。瞻天只有丹心在，香篆爐熏達九垓〔三〕。

校 注

〔一〕北嶽降香：往北嶽恒山燒香朝拜。恒山主峰在河北曲陽縣。按史載：至元二十三年，元廷遣使代祀嶽瀆東海，元量被命爲使者，與嚴學士同行。嚴爲當時重臣，其他不詳。

〔二〕『如朕』句：比如皇帝親自來嶽頂降香。朕，皇帝自稱。這裏指元世祖。

〔三〕香篆：謂香煙上昇繚繞如篆文。　九垓：九重天。垓，層、級。

太華峰〔一〕

華山山木亂紛紛〔二〕，鐵鎖垂垂裊裊猿〔三〕。石齒齒前光爍爍〔四〕，壁巖巖後勢奔奔〔五〕。奇奇怪怪雲根聳〔六〕，鬱鬱葱葱霧氣昏。上上上頭仍上上，最高高處有乾坤。

校 注

〔一〕太華：《詩淵》『太』作『大』。

〔二〕華山：在陝西省華陰市内，五嶽中之西嶽，因其西南有少華，也稱太華。

〔三〕鐵鎖垂垂：《道藏經》：『晋時有戍卒屯子午谷，入谷之西，澗水窮處，見鐵鎖下垂，長數百丈，欲挽而上，見上有虎蹲踞。』杜甫《玄都壇歌》有『鐵鎖高垂不可攀』句，即指此。　梟梟：形容聲音回旋不絶。杜甫《猿》：『梟梟啼虚谷，蕭蕭掛冷枝。』

〔四〕石齒：山峰名，形如齒。　前：《詩淵》作『元』。　爍爍：光閃動貌。

〔五〕壁巖：巖名，高峻如壁。　奔奔：高峻貌。

〔六〕雲根：深山高遠雲起之處。

商山廟〔一〕

蹇柏枯松枕廟門〔二〕，獨瞻遺像酹清尊〔三〕。紫芝奕奕浮香氣〔四〕，碧草纖纖没燒痕〔五〕。羽翼已成猶有説，腹心相視更何言〔六〕。高歌一曲歸來隱，静看山禽哺子孫。

校注

〔一〕商山廟：漢初商山四隱士廟，在陝西商縣東商山上。參見卷一《讀史》注〔二〕。

〔二〕蹇柏：屈曲難長之柏。

〔三〕酹：以酒灑地而祭。

〔四〕紫芝：紫色的靈芝。　奕奕：盛美貌。

〔五〕纖纖：《詩淵》作『濺濺』。　燒痕：野火燒後痕迹。燒，讀去聲，野火。

〔六〕『羽翼』二句：『羽翼』長成了還有人念叨，親信之間互相讎視再也没話説了。腹心，指漢高祖的親信。《史記·留侯世家》：漢高祖欲廢太子，立戚夫人之子趙王如意，大臣諫諍不從。吕后用張良計迎四皓輔太子。高祖旋召戚夫人曰：『我欲易之，彼四人輔之，羽翼已成，難動矣。』遂罷廢太子之議。

此詩爲商山廟懷古之作。

孟　津〔一〕

寒蘆風颯颯，時節近昏黄。木脱千山瘦，江空一水長。雲高鵬北運，天闊雁南翔。讀盡焚舟賦〔二〕，持觴酹子桑〔三〕。

校　注

〔一〕孟津：古地名，在今河南孟縣西南。

〔二〕焚舟賦：不詳。據末句『持觴酹子桑』推測，可能爲子桑氏所作。

〔三〕子桑：復姓，子桑子，魯大夫子桑伯之後。秦公孫枝字子桑，其後亦氏焉。

少室山〔一〕

岧岧路徑入空蒙〔二〕，中有幽人舊日宫〔三〕。野草敗垣供暮雨，斷崖古木管秋風〔四〕。山川融結千年秀，天地包籠一世雄。從此不須高索價〔五〕，高名過眼總飄蓬〔六〕。

校注

〔一〕少室山：在河南登封峰縣境，屬嵩山山系。嵩山有三尖峰：東曰太室，中曰峻極，西曰少室。

〔二〕岧岧：高貌。鮑本作『巉巖』。

〔三〕幽人舊日宮：不詳。

〔四〕崖：鮑本作『碑』。

〔五〕高索價：謂向人世高層次的需求。

〔六〕飄蓬：本作行蹤無定解，這裏是時間短促之意。

天壇山〔一〕

我登天壇山，灑然清吟目。群峰如兒孫，羅列三十六。支藤陟曾顛〔二〕，中有少室屋。山人化飛仙，庭除生苜蓿〔三〕。古碑野火燒，剥落字難讀。雛鹿卧幽巖，孤鳥響空谷。解鞍小遲留，偷閒半日足。長嘯歸去來，題詩紀幽獨。

校注

〔一〕天壇山：在河南濟源市，即王屋山之絶頂，亦即唐司馬承禎隱居之處。東曰日精峰，西曰月華峰，爲軒轅祈天之所。

〔二〕『支藤』句：攀藤登上高峰。曾，同層。顛，同巔。

〔三〕苜蓿：植物名，亦稱木粟，爲飼料及緑肥作物。

阿房故基〔一〕

祖龍築長城〔二〕，雄關百二所〔三〕。阿房高接天，六國收歌女。跨海覓仙方，蓬萊眇何許〔四〕。欲爲不死人，萬代秦宫主。風吹鮑魚腥〔五〕，兹事竟虚語。乾坤反掌間，山河淚如雨。誰憐素車兒，奉璽納季父〔六〕。楚人斬關來，一炬成焦土〔七〕。空餘此餘基，千秋泣禾黍〔八〕。

校注

〔一〕阿房：秦宫殿名，舊址在今陝西省西安市長安區西。鮑本『房』字後有『宫』字。

〔二〕祖龍：即始皇，見本卷《長城外》注〔三〕。

〔三〕百二：見卷一《杭州雜詩和林石田》其十一注〔二〕。原作『二百』，今從鮑本。

〔四〕蓬萊：古指仙山。此句意謂渺茫無處。

〔五〕『風吹』句：隱言秦始皇之死。鮑魚，鹽漬魚，氣味腥臭。始皇死於沙丘平臺（今河北平鄉縣東北），丞相李斯恐諸公子及天下有變，秘之不發喪，詔從官令車載鮑魚一石，以亂其臭。

〔六〕『誰憐』二句：詠亡秦受降故事。始皇死後，趙高擅權，矯詔殺長公子扶蘇，立次公子胡亥爲二世。後又殺二世，立子嬰爲秦王。及劉邦入關，子嬰奉璽綬迎接。季父，指劉邦，邦字季。

〔七〕『一炬』句：項羽入秦，焚秦宫殿，火三月不滅。

〔八〕泣禾黍：見禾黍而泣，感慨亡國之意。參見前注。

洛陽橋〔一〕

日西未到洛陽城，下馬橋邊信步行。紅紫已無花爛漫〔二〕，青黄只有草從横〔三〕。風吹渭水秋砧急〔四〕，月滿秦關夜柝清〔五〕。我醉欲眠眠不得，更聽人唱楚歌聲。

校注

〔一〕洛陽：周之成周，其地北負邙山，南臨澗洛，古來有事中原者，皆以此爲樞紐。地産牡丹，素負盛名。此洛陽橋，當指當地之橋。另有洛陽橋在福建，與此不同。

〔二〕紅紫：指牡丹。洛陽自古盛産牡丹。下文『青黄』指草色。

〔三〕從横：同『縱横』。

〔四〕『風吹』句：説渭水有砧杵擣衣之聲。

〔五〕夜柝：夜間擊柝，當指秦中一帶烽火未净。柝，原作『析』，誤。據鮑本改。

馬嵬坡〔一〕

霓裳驚破出宮門〔二〕，馬上香羅拭淚痕。到此竟爲山下鬼，不堪鞞鼓似招魂〔三〕。

校注

〔一〕馬嵬坡：在陝西興平市西。唐天寶十五年，玄宗奔蜀過此，六軍不發，命高力士賜貴妃自盡。參前注。

〔二〕霓裳：謂霓裳羽衣曲。舞曲名，舞與樂皆演縹緲仙境與仙女形象。白居易《長恨歌》：『漁陽鼙鼓動地來，驚破霓裳羽衣曲。』

〔三〕招魂：楚辭篇名。屈原深痛懷王客死於秦而招其魂。此借用。

北邙山〔一〕

茫茫北邙山，高墳盡無主。惟有石麒麟，相向立秋雨。

校注

〔一〕北邙山：在河南洛陽東北。漢魏以來王侯公卿多葬此。

天津橋〔一〕

白楊獵獵柳青青，怒浪高低不肯平。一自堯夫分手後〔二〕，更無人聽杜鵑聲。

校注

〔一〕天津橋：在河南洛陽西南，隋煬帝遷都，以洛水貫都有天漢之象，因建此橋。唐貞觀中，更令石工壘方石爲脚。宋建隆二年再加固，爲都城之勝。今稱上浮橋。

〔二〕堯夫：邵雍，字堯夫，學圖書、先天、象緯之學，妙悟神契，隱居不仕。司馬光、吕公著退居洛中，共爲友好。分手云云不詳。

華清池〔一〕

一夜春寒事可知，海棠無地避風吹。温泉自向東流去〔二〕，不管飛紅出禁池〔三〕。

校注

〔一〕華清池：在陝西臨潼驪山下，唐貞觀年間始建。白居易《長恨歌》：『春寒賜浴華清池，温泉水滑洗凝脂。』

〔二〕自：《詩淵》作『日』。

〔三〕禁池：宫禁之池。即指華清池。

函谷關　二首〔一〕

西風吹我度函關，古壑泉聲静自閒。老子騎牛沙上去〔二〕，仙人化鶴苑中還〔三〕。斷崖木脱懸殘日，絶域雲横失好山。舊説度關珠履客〔四〕，一聲鷄唱翠微間。

校　注

〔一〕函谷關：戰國秦置，在今河南靈寶縣西南。大山中裂，絶壁千仞，有路如槽，深險如函，故名。秦法：日入則閉，鷄鳴則開。本詩結句及之。

〔二〕老子騎牛：相傳老子騎青牛出函谷關西去。

〔三〕『仙人』句：用丁令威學仙化鶴歸立華表之事。

〔四〕珠履客：高貴的門客。《史記·春申君列傳》：『春申君客三千餘人，其上客皆躡珠履。』此二句兼用孟嘗君入秦被囚得鷄鳴狗盜門客護衛脱險故事。詳下首注。珠，原作『朱』，今從《詩淵》。

又

田文夜半至函關〔一〕，鷄未鳴時去路難。不是三千珠履客〔二〕，如何秦地得生還。

校注

〔一〕田文：孟嘗君姓田氏，名文。嘗入秦，秦昭王囚而欲殺之。孟嘗君有客能爲狗盜者，盜千金之狐白裘，以獻秦王幸姬，王從幸姬之請，遣孟嘗君歸。旋悔而追之，時孟嘗君已至關。關法，鷄鳴而出客。客有能爲鷄鳴者，一鳴而群鷄皆鳴，遂得出關。見《史記·孟嘗君列傳》。

〔二〕三千珠履客：見上首注〔四〕。

終南山館〔一〕

夜凉金氣轉凄其〔二〕，正是羈孤不寐時。千古傷心南渡曲〔三〕，一襟清淚北征詩〔四〕。霜凝鞞鼓星横劍，風轉旌旗月滿卮。旅雁已離榆塞去〔五〕，帛書揺曳過江遲〔六〕。

校注

〔一〕終南山：在陝西西安市南，又稱南山，爲秦嶺山峰之一。

〔二〕金氣：古代五行之説，以秋屬金，金氣即指秋氣。凄其：寒凉。其，詞尾無義。

〔三〕南渡曲：不詳。舊有《南渡録》記徽欽二帝被金人擄去的事迹。或係泛指。

〔四〕北征詩：杜甫有《北征》，叙辭朝避亂赴鄜州。作者亦有《北征》詩，叙臨安已破，隨三宫赴燕首途。見卷二。

〔五〕榆塞：即榆林塞，故址在今内蒙古准格爾旗。這裏是邊塞的通稱。

〔六〕帛書：古代無紙，以帛代書箋。

潼　關〔一〕

蔽日烏雲撥不開，昏昏勒馬度關來。緑蕪徑路人千里，黄葉郵亭酒一杯。事去空垂悲國淚，愁來莫上望鄉臺。桃林塞外秋風起〔二〕，大漠天寒鬼哭哀。

校　注

〔一〕潼關：東漢建安中所建之關，因潼水而得名。西逼華山，南臨商嶺，北距黄河，東接桃林，爲陝西、山西、河南三省要衝。

〔二〕桃林塞：潼關古稱。　秋風：《詩淵》、葉本作『愁自』，鮑本、吴本作『愁煙』。

秦　嶺〔一〕

峻嶺登臨最上層，飛埃漠漠草稜稜〔二〕。百年世路多翻覆〔三〕，千古河山幾廢興。紅樹青煙秦祖隴〔四〕，黄茅白葦漢家陵〔五〕。因思馬上昌黎伯，回首雲横淚濕膺〔六〕。

校　注

〔一〕秦嶺：亦稱齊子嶺。在河南濟源縣西。

〔二〕漠漠：密佈。　稜稜：嚴寒貌。
〔三〕翻：原作『番』，今從鮑本。
〔四〕秦祖隴：指秦始皇陵墓。《方言》：秦晉之間謂墳爲壟。　隴通壟。
〔五〕漢家陵：泛指漢室皇陵。
〔六〕『因思』二句：昌黎伯，唐韓愈。　愈上疏諫迎佛骨，被貶潮陽，騎馬而行，中途見姪湘來迎，愈有詩句云：『雲横秦嶺家何在？　雪擁藍關馬不前！』

藍　田〔一〕

寒更客起卷花氈，又勒青驄過玉田〔二〕。　一掬歸心千澗外，十分秋思兩峰前〔三〕。　藍關月冷猿啼木〔四〕，秦嶺風高雁貼天。　北望茂陵應咫尺〔五〕，髑髏沙白草芊芊〔六〕。

校　注

〔一〕藍田：今陝西省藍田縣，以産美玉著名。
〔二〕玉田：即指藍田。
〔三〕『一掬』二句：仿杜甫《九日藍田崔氏莊》『渭水遠從千澗落，玉山高並兩峰寒』句法。　秋思：原作『秋色』，今從鮑本。
〔四〕藍關：舊關名，在藍田縣西南。

〔五〕茂陵：漢武帝陵墓。

〔六〕髑髏：見卷二《戲馬臺》注〔六〕。　芊芊：草木茂盛貌。

嵩　山[一]　二首

其　一

客行天地中，嵩峰何突兀。鳥道阻且修[二]，馬煩行復歇。一入玉女窗[三]，便覺幽興發[四]。好鳥鳴嚶嚶，細草亂如髮。石城蔭青松，瓊壁噴白雪[五]。中有神聖居[六]，飛甍半摧折[七]。寶繪翳苔莓[八]，古碑字亦滅。莫辯千載事，焉能踏仙轍[九]。徒有感慨懷，脈脈淚不絶[一〇]。

校　注

〔一〕嵩山：在河南登封縣北。爲五嶽之一，稱中嶽。

〔二〕鳥道：危險的山路。　修：長。

〔三〕玉女窗：《古今圖書集成》：『玉女窗在太室山。石洞幽潔，上通日月，朗然如窗。』

〔四〕幽興：安閒的興致。

〔五〕瓊壁：潔白的石壁。　噴白雪：原作『白噴雪』，今從《詩淵》。

〔六〕神聖居：指神仙居處。

〔七〕飛甍：凌空的屋脊。

〔八〕寶繪：珍貴的壁畫。

〔九〕仙轍：仙人的車轍。

〔一〇〕脈脈：含情不語貌。

其　二

行行太室峰〔一〕，秋聲若鳴鏑〔二〕。流目矚崎嶇〔三〕，蓬萊應咫尺〔四〕。上有神仙區，下有穆王宅〔五〕。徘徊復徘徊，泫然感疇昔〔六〕。八駿不重來〔七〕，秋山空月白。安得會璆韶〔八〕，共作瑶池客〔九〕。

校　注

〔一〕太室峰：嵩山有東西兩峰，東曰太室，西曰少室。『太』原作『大』，今從鮑本。

〔二〕鳴鏑：響箭。鏑，箭。

〔三〕流目：放眼隨意觀看。　崎嶇：道路險阻不平。

〔四〕蓬萊：舊稱海上三神山之一。這裏泛指神仙居處。

〔五〕穆王宅：相傳周穆王所住的地方。

〔六〕泫然：流淚貌。

〔七〕八駿：周穆王的八匹良馬。《穆天子傳》記載穆王乘八駿西行見西王母，宴於瑶池之上。

〔八〕璆韶：美好的樂曲，傳説爲舜所作。璆，美玉。

〔九〕瑶池：神仙所居。

鳳州歌 二首〔一〕

按孔編，自《北嶽降香呈嚴學士》至《嵩山》二十一首，皆作於降香時。從元至元初起，元君每年例遣使者代祀五嶽四瀆等，元量被命降香，當爲至元二十三年（一二八六）中事。詩亦作於其時。

其一

鳳州南去是南岐〔二〕，大散横盤勢更危〔三〕。躍馬紫金河畔路〔四〕，萬株楊柳撒金絲〔五〕。

校注

〔一〕詩題『二首』二字原缺，據《詩淵》補。

〔二〕鳳州：西魏置州，今陝西省鳳縣。　南岐：岐州，亦縣名，地當岐山之南。

〔三〕大散：大散關，在陝西寶鷄縣西南大散嶺上，亦稱散關，爲秦蜀交通要衝。

〔四〕紫金河：不詳。

〔五〕株：鮑校：吴本『株』作『枝』。

其二

去路迢迢入兩當〔一〕，三千三百到華陽〔二〕。黄花川上黄花驛，千百猿聲斷客腸。

校注

〔一〕去：《詩淵》作『古』。　兩當：縣名，在鳳縣西，今屬甘肅省。

〔二〕華陽：唐置蜀縣。安史之亂，玄宗奔入蜀，改華陽縣。屬成都府治。

蜀道〔一〕

蜀道難行高接天，秦關勒馬望西川〔二〕。峨眉崒嵂知何處〔三〕，劍閣崔嵬若個邊〔四〕。

校注

〔一〕蜀道：蜀地山高水急，險處很多。李白有《蜀道難》詩。

〔二〕西川：指四川西部地區。也泛指蜀地。

〔三〕峨眉：在四川峨眉山市西南。自岷山綿延而來，至峨眉山市突起爲大峨、中峨、小峨。　崒嵂：山勢高峻貌。

〔四〕劍閣：棧道名。其地連山絶險，飛閣通衢，故名劍閣。在今四川劍閣縣東北。　崔嵬：高峻貌。　若個：哪個，誰。

以上兩詩，吟詠降香途中經歷，從鳳州至兩當，又從兩當南行至劍閣，閱盡關山險境，而峨眉亦已在指望之中。

孔氏編年謂兩詩爲元量降香之續，其時亦在至元二十三年（一二八六）。

劍　門〔一〕

劍門崔嵬若相抗，雲棧縈回千百丈〔二〕。石角鈎連皆北向，失勢一落心膽喪。側身西望不可傍，猛虎毒蛇相下上。安得朱亥袖椎來〔三〕，爲我碎打雙疊嶂〔四〕。

校　注

〔一〕劍門：山名，在四川省北部，有劍門七十二峰，峭壁中斷，兩崖相嵌，形似劍門。

〔二〕雲棧：高入雲霄的棧道。在山巖險要處疊石架木而成。　縈回：曲折回還貌。

〔三〕朱亥：戰國魏人。秦圍趙邯鄲，魏遣晉鄙率兵救趙，因懼秦兵，逗留不敢進。信陵君以計盜兵符，帥魏軍，憂鄙不肯受代，侯生因薦朱亥偕行。鄙疑有詐，亥即出鐵椎擊殺鄙，遂進軍破之，解邯鄲之圍。見《史記・魏公子列傳》。

〔四〕雙疊嶂：指兩崖相嵌之險處。

孔氏編年以上詩語及劍閣，此詩與上詩當作於同時，即至元二十三年（一二八六）。

眢相公席上〔一〕

燕雲遠使棧雲間〔二〕，便遣郫筒助客歡〔三〕。閃閃白魚來丙穴〔四〕，綿綿紫鶴出巴山〔五〕。神仙縹緲艷金屋，城郭繁華號錦官〔六〕。萬里橋西一回首〔七〕，黑雲遮斷劍門關。

校注

〔一〕眢相公：眢順。詳前注。

〔二〕燕雲：指燕京。雲指雲州，亦在今河北。句意謂降香出使自燕京來到四川。棧道高峻有雲，故稱棧雲。

〔三〕郫筒：指酒。《成都紀》云：『郫縣出大竹，土人截爲筒盛酒，謂之郫筒。』

〔四〕丙穴：地名。《蜀都賦》：『嘉魚出於丙穴。』産魚有名。在陝西省略陽縣東南。

〔五〕紫鶴：紫色之鶴。梁元帝《鴛鴦賦》：『金鷄玉鵲通成群，紫鶴紅雉一半分。』鶴，葉本、吴本作『雀』。

〔六〕錦官：錦官城，在成都市南。亦通稱成都爲錦官城。

〔七〕萬里橋：在華陰縣南，費禕聘吴，諸葛亮餞之於此。

孔氏以此詩句所云『燕雲遠使棧雲間』，當指奉旨進香，故當作於至元二十三年（一二八六）。按杜甫《將赴成都草堂途中有作先寄嚴鄭公》詩中云：『魚知丙穴由來美，酒憶郫筒不用沾。』此詩兩用杜詩。

草堂〔一〕 二首

其一

子美西來築此堂，浣花春水共凄凉〔二〕。鳴鳩乳燕歸何處，野草閒花護短墻。英雄去矣柴門閉，鄰里傷哉竹徑荒〔三〕。安得山瓶盛乳酒〔四〕，送分漁父濯滄浪〔五〕。

校注

〔一〕草堂：杜甫客居四川成都，築草堂於浣花溪畔。

〔二〕浣花：溪水名。杜甫亦以名其草堂。

〔三〕『鳴鳩』四句：説子美去後，草堂荒凉。

〔四〕乳酒：新釀的濁酒。

〔五〕濯滄浪：在滄浪中蕩槳。濯，通『棹』。滄浪，指浣花溪。

其二

白髮遨游梓閬間〔一〕，中原戎馬未平安。粗飯濁醪常欠缺〔二〕，老妻稺子半飢寒。扁舟出峽風濤壯，短褐行湘天地寬。僑寓耒陽牛酒飽〔三〕，不知曾憶使君灘〔四〕。

校注

〔一〕梓閬：梓州和閬州。梓州，在今四川三臺縣；閬州，在今四川閬中市。杜甫初在成都依嚴武。及嚴武入朝，成都事變，流寓川北梓閬一帶。

〔二〕醪：濁酒。

〔三〕『僑寓』句：杜甫晚年，體弱多病，自峽入湘，逢長沙變亂，行至耒陽，縣令饋以牛肉白酒，一夕飽食而卒。

〔四〕使君灘：四川江灘名，這裏指代四川。句意似憐杜甫輕於出峽。

孔編以此二詩當爲第一次入蜀作。時在至元二十三年（一二八六）。

眘元帥相拉浣花溪泛舟

行都元帥千蹄馬〔一〕，腰佩角弓箭盈把。浣花溪頭具小舟，擊鼓吹簫行酒斝〔二〕。舞腰裊娜錦纏頭，風吹金縷隨東流〔三〕。公孫弟子背面笑〔四〕，拔劍一擊蛟龍愁。萬里橋西有茅屋〔五〕，杜子當年來卜築。湘江一醉不復歸〔六〕，四松寂寞擊寒玉〔七〕。

校注

〔一〕行都：本指京師以外另建皇帝暫居施政的都城。這裏當指成都。

〔二〕擊：原作『繫』，誤，今正。　酒斝：就是酒杯。見前注。
〔三〕金縷：曲調名。
〔四〕公孫：似指公孫大娘。杜甫有《觀公孫大娘舞劍器行》。
〔五〕萬里橋：見前注。
〔六〕湘江一醉：謂杜甫出峽，至湘，飲食中酒，旋即逝世。參見前注。
〔七〕四松：杜甫有《四松》詩，叙宅旁栽松四株。　寒玉：喻月。唐李賀《江南弄》：『吴歈越吟未終曲，江上團團帖寒玉。』

孔編謂此詩當作於至元二十三年（一二八六）元量第一次入蜀時。時昝順（萬壽）在其位。

玉　局〔一〕

聯騎來登卯酉山〔二〕，老君玉局護闌干〔三〕。步虚殿上香雲繞〔四〕，空翠蕭森北斗寒。

校　注

〔一〕玉局：應指玉局觀。道書言李老君至此與張道陵講《南北斗經》。宋時於成都置玉局觀。
〔二〕卯酉山：山名。其地不詳。
〔三〕老君：李老君，謂李耳，爲道家之祖。
〔四〕步虚殿：當是道士誦經之殿。道士誦經聲，稱爲步虚聲。

孔編：此詩當作於降香時，時在至元二十三年（一二八六）。

永康軍〔一〕

錦城飛馬過青城〔二〕，無奈風聲更雨聲。一夜不眠何似者，籌花賭酒到天明〔三〕。

校注

〔一〕永康軍：在今四川都江堰市。軍，宋時行政區域名，與州、府、監同隸屬於路。

〔二〕青城：見下首注。

〔三〕籌花：古時投壺記勝負之具，猶籌碼。

孔編以元量往青城山降香，必經永康軍，此詩作於至元二十三年（一二八六）。

青城山〔一〕

敕使穿雲破濕苔〔二〕，水邊坐石更行杯。翩翩野鶴飛如舞，冉冉巖花笑不來〔三〕。亂木交柯盤聖井，數峰削玉並仙臺。平明絶頂窮幽討，更上青城望一回。

校注

〔一〕青城山：《蜀中名勝記》卷六引《玉匱經》：『青城山爲第五大洞寶仙九室之天。一名赤城山，對蜀郡之西北，在岷山之南。』又引《青城甲記》：『黄帝封青城山爲五嶽丈人，乃嶽瀆之上司，真仙之崇秩。一月之内，群嶽再朝焉。』

〔二〕敕使：指降香之官。

〔三〕冉冉：柔弱貌。

孔編謂青城山亦在降香之列。此詩當作於至元二十三年（一二八六）。

麻姑仙壇歌〔一〕

麻姑飄飄出煙霧，紅尾鳳飛騎不住。青城山高風露寒，珮環掛着山花樹。花霧蒙蒙香濕衣，一點柔紅瀉香露。群仙飛酒擘麒麟〔二〕，玉碗金盤悶犀箸〔三〕。瓊璈鐵笛含氤氲〔四〕，二十三弦語幽素〔五〕。瓊臺宴罷醉不歸，月出崑崙天未曙。青衣結束金絲蕊，鶴扇雙行引歸路〔六〕。白雲疊疊水潺潺，神仙窟宅知何處〔七〕。

校注

〔一〕麻姑仙壇：原在江西南城縣麻姑山，爲麻姑得道處。唐顔真卿有《麻姑仙壇記》。這裏指青城山中之麻姑洞，又有麻姑祠。

〔二〕『群仙』句：據《太平廣記》：神仙王方平過蔡經家，遣使與麻姑相聞，俄頃即至。坐定，各進行厨，香氣達户外，擗麒麟行酒。宴畢，乘雲而去。

〔三〕『玉碗』句：説食具精美高貴。

〔四〕瓊瑴：玉制的樂器。

〔五〕二十三弦：疑爲『二十五弦』之誤。古代有二十五弦之琴。

〔六〕『青衣』二句：應是描叙麻姑回去的情景。

〔七〕神仙：原作『袖仙』，當爲傳鈔之誤，今正。

孔編謂此詩當亦作於降香時，即至元二十三年（一二八六）。

南嶽道中〔一〕　二首

其一

南嶽陰陰松道凉，又騎站馬望荆襄〔二〕。山中老柏滴寒翠，江上危峰撑夕陽。昔往不堪經灧澦〔三〕，此行重得看瀟湘〔四〕。三宫萬里知安否〔五〕？何日檀欒把壽觴〔六〕！

校注

〔一〕南嶽：五嶽之一，即衡山，在湖南衡山縣西北。

〔二〕荆襄：指荆州、襄陽，屬湖北。

〔三〕灧澦：即灧澦堆，長江三峽中瞿塘峽險灘。

〔四〕瀟湘：兩江名，泛指湖南一帶。

〔五〕三宫：指謝、全二后及幼帝㬎。

〔六〕檀欒：即團欒。團欒，團聚。

孔編以爲《南嶽道中》二詩作於降香時，即至元二十三年（一二八六）。詩中『三宫萬里』云云，説明幼主尚未赴吐蕃，全太后尚未爲尼，太皇太后尚未死。

其　二

夜來大醉别衡陽，今日長吟下楚湘。翠藻青蘋魚市井〔一〕，白蘋紅蓼雁家鄉〔二〕。江雲起處蒙蒙濕，山雨來時陣陣凉。欹枕不禁肝肺熱〔三〕，汪然流涕惜興亡。

校　注

〔一〕市井：群衆聚集買賣的地方，猶今之集市。

〔二〕白蘋紅蓼：皆水草名。相傳雁南飛至衡陽而止，栖息白蘋紅蓼中，遇春而回。句意本此。

〔三〕欹：原作『歌』。誤，今正。

汴都紀行〔一〕

尋僧入相國寺〔二〕，領客過太師橋〔三〕。行到汴堤西畔，柳陰陰處魚跳〔四〕。

校注

〔一〕汴都：宋舊都汴京。
〔二〕相國寺：在開封東北，亦名大相國寺。中庭兩廡可容萬人，每月開放五次，爲買賣貨物之大市場。
〔三〕太師橋：當地橋名。『太』原作『大』，今從鮑本。
〔四〕陰處：原作『處處』，今從鮑本。　跳：讀平聲。

夷山醉歌〔一〕　二首

孔編謂此詩爲南嶽降香後經此而作。時當至元二十三年（一二八六）。

其一

楚狂醉歌歌正發〔二〕，更上梁臺望明月〔三〕。西風獵獵吹我衣〔四〕，絶代佳人皎如雪。槌羯鼓，彈箜篌〔五〕，烹羊宰牛坐糟丘〔六〕，一笑再笑揚青謳。遥看汴水波聲小，錦棹忘還事多少〔七〕。昨日金明池上來〔八〕，艮嶽凄凉麋鹿繞〔九〕。麥青青，黍離離，萬年枝上鴉亂啼〔一〇〕。二龍北狩不復返〔一一〕，六龍南渡無還期〔一二〕。金銅淚迸露盤濕，畫闌桂柱酸風急〔一三〕。鳩居鵲構蒼隼入，蛇出燕巢白狐立〔一四〕。東南地陷妖氛黑，雙鳳高飛海南陌〔一五〕。吴山日落天沉沉，母子同行向天北〔一六〕。關河萬里雨露深，小儒何必悲苦心〔一七〕。歸來耳熱忘頭白，買笑揮金莫相失。呼奚奴，吹篳篥〔一八〕，美人縱復横，今夕復何夕？楚狂醉歌歌欲輟，老猿爲我啼竹裂〔一九〕。

校　注

〔一〕夷山：即夷門山，在今河南開封城東北隅，因山勢平夷得名。

〔二〕楚狂：狂士。《論語·微子》：『楚狂接輿歌而過孔子。』按周昭王時政令無常，楚人接輿披髮佯狂不仕，時人謂之楚狂。此係作者自指。

〔三〕梁臺：應指梁苑，亦名梁園。梁孝王築，爲游賞延賓之所。在今河南省開封市東南。

〔四〕西：原作『朔』，今從葉本。　獵獵：風聲。

〔五〕羯鼓：羯族樂器。詳前注。

〔六〕坐糟丘：比喻沉溺於酒。糟丘，酒糟堆積成山。

〔七〕棹：葉本、鮑本作『纜』。

〔八〕金明池：古池名。在開封西鄭門西北，周圍九里。

〔九〕艮嶽：在開封境内，爲宋徽宗所築土丘，仿餘杭之鳳凰山，分東西兩峰。以在都城之艮方，故稱艮嶽。

〔一〇〕萬年枝：指冬青樹。

〔一一〕二龍：指宋徽、欽二帝。

〔一二〕『六龍』句：古帝王車駕有馬六匹，馬八尺爲龍。六龍泛指車駕。時帝昺帝昰均入海避元。唐李白

《上皇西巡南京歌》：『誰道君王行路難，六龍西幸萬人歡。』

〔一三〕『金銅』二句：按唐李賀有《金洞仙人辭漢歌》，詳前注。此二句引用原歌辭。

〔一四〕『鳩居』二句：喻汴京舊宫爲元兵佔據。蒼隼，鷙鳥名，喻元兵。

〔一五〕雙鳳：應喻趙昰、趙昺二帝。

〔一六〕『母子』句：謂全后率恭帝北徙。

〔一七〕苦心：鮑本作『苦辛』。

〔一八〕篳篥：古代管樂器。

〔一九〕啼竹裂：杜甫《元都壇歌寄元逸人》有『子規夜啼山竹裂』一語，用意相似。

其　二

嗚呼再歌兮花滿臺，好月爲我光徘徊。人生在世不滿百，紛華過眼皆成灰。夷山青青汴水緑，西北高樓咽絲竹〔一〕。美人十指纖如玉，爲我行觴歇一曲。含宫嚼徵當窗牖〔二〕，露脚斜飛濕楊柳。就中有客話陳橋〔三〕，如此山河落人手。客且住，聽我語，楚漢中分兩丘土〔四〕。七雄争戰總塵埃〔五〕，三國鶯花浩無主〔六〕。咸陽宫殿不復都，華清池沼温泉枯〔七〕。世間興廢奔如電，滄海桑田幾回變。人生得意且盡歡，何須苦苦爲高官；人生有命且行樂，何必區區嘆牢落〔八〕。遮莫金章與玉珂〔九〕，何如桐江披釣蓑〔一〇〕；遮莫貂蟬貴此身〔一一〕，何如柴桑漉酒巾〔一二〕。君不見海上看羊手持節，飢來和雪和氈嚙〔一三〕；又不見飯顆山頭人見嗤〔一四〕，愁吟痛飲真吾師。美人美人勸我酒，有客有客聽我歌。須臾客醉美人睡，我亦不知天與地。嗚呼再歌兮無人聽，月自落兮酒未醒。

校注

〔一〕『西北』句：古詩《西北有高樓》：『西北有高樓，上與浮雲齊。……上有弦歌聲，音響一何悲。』此用其意。

〔二〕含宫嚼徵：指彈琴時品味五音。宫商角徵羽合稱五音。

〔三〕陳橋：陳橋驛，在今開封市東北。五代末年，周殿前都點檢趙匡胤在此兵變，回師廢周帝，建宋王朝。

〔四〕楚漢中分：謂楚漢戰爭雙方劃鴻溝爲界。

〔五〕七雄争戰：謂戰國時代齊楚燕秦韓趙魏七國争雄。

〔六〕『三國』句：指三國鼎立時期互相争奪天下，享國日淺，終未達到統一局面。

〔七〕『咸陽』二句：分别謂秦唐覆亡。

〔八〕牢落：寥落，不得志。

〔九〕遮莫：盡管、任憑。　金章：金印。指高官。　玉珂：馬勒。以貝飾之，白色似玉。此指名貴的馬。

〔一〇〕桐江披釣蓑：謂嚴子陵，不就光武官位，而到桐江垂釣。

〔一一〕貂蟬：古代王公所戴冠，用貂尾與蟬文爲飾物。因以貂蟬喻達官貴顯。

〔一二〕柴桑漉酒巾：謂晋陶潛辭官歸里後過恬淡的田園生活。陶潛故宅稱柴桑。漉酒巾，濾酒的巾。

〔一三〕『君不』二句：指蘇武在匈奴牧羊。見前注。

〔一四〕飯顆山：在陝西長安。唐李白《戲贈杜甫》云：『飯顆山頭逢杜甫，頭戴笠子日卓午。借問别來太瘦生，總爲從前作詩苦。』

孔編謂夷山在汴京，汪元量南嶽降香後經此，寫二詩。時當在至元二十三年（一二八六）。

七月初七夜渡黄河

長河界破東南天〔一〕，怒濤日夜如奔川。此行適逢七月夕，妖氛散作空中煙。牛郎織女涉清淺〔二〕，支機石上今何年〔三〕。揚帆一縱萬里目，身世恍若槎中仙〔四〕。仰看銀河忽倒瀉，月明風露何涓涓。狂來拔劍斫河水，欲與祖逖争雄鞭〔五〕。扣舷把酒酹河伯〔六〕，低頭細看河清漣。平生此懷其已久〔七〕，到此欲説空回旋。嗟予不曉神靈意，咫尺雷雨心茫然。

校注

〔一〕界破：劃破。

〔二〕清淺：指銀河。《古詩十九首》：『河漢清且淺。』

〔三〕支機石：傳説漢武帝命張騫尋覓河源，乘槎至天河，織女與騫支機石。

〔四〕槎：竹木筏。

〔五〕祖逖：見前注。

〔六〕河伯：傳説中的河神。

〔七〕其：鮑本作『具』。

濟　瀆〔一〕

玉簡投潭洞〔二〕，金尊出石隈〔三〕。龍光蟠窟宅〔四〕，蜃氣結樓臺〔五〕。卷地風雷起，掀天雨雹來。人間爲濟瀆，水底即蓬萊。

校　注

〔一〕濟瀆：指濟水。古稱江、淮、河、濟爲四瀆。

〔二〕玉簡：玉製之簡，上刻文書，用以祭告名山大川之神。

〔三〕金尊：飾金的酒器。

〔四〕龍光：寶劍的光芒。唐王勃《滕王閣序》：『龍光射斗牛之墟。』

〔五〕『蜃氣』寫：寫海市蜃樓。古人認爲海市蜃樓是蜃吐氣而成，實際是水氣由折光所形成的幻象。

孔編謂此詩作於至元二十三年（一二八六），因濟瀆是在降香途中必祀之列。

孔子舊宅

奉出天家一瓣香〔一〕，着鞭東魯謁靈光〔二〕。堂堂聖像垂龍衮〔三〕，濟濟賢生列雁行〔四〕。屋壁詩書今絶響〔五〕，衣冠人物只堪傷。可憐杏老空壇上〔六〕，惟有寒鴉噪夕陽。

校注

〔一〕一瓣香：猶一炷香。

〔二〕靈光：指魯靈光殿。故址在今山東曲阜，爲漢景帝子魯恭王所建。遭漢室中微，各殿皆毁，惟靈光巋然獨存。此喻孔子舊宅。

〔三〕龍衮：古帝王朝服，上綉龍紋。這裏是對聖像服飾的美稱。

〔四〕賢生：指孔子的弟子。《詩淵》作『監生』。

〔五〕屋壁詩書：按漢武帝時，魯恭王拆毁孔子舊宅，在夾壁中發現古文經傳多種，有《尚書》、《春秋》、《禮記》及《論語》等。

〔六〕『可憐』句：傳説孔子曾於杏壇聚徒講學。詩人睹物思情，爲之興嘆。

孔編謂此詩爲祭祀孔子而作，作於至元二十三年（一二八六）。

泰　山

敕使聯鑣上翠岑〔一〕，飛泉躍澗吼雷音。凌高一覽知天遠，迂曲千蹊覺洞深〔二〕。龍蟄滄溟蛟舞壑〔三〕，梟横碧落鳳歸林〔四〕。山靈護得神祠在〔五〕，苔蝕秦碑古樹陰〔六〕。

校注

〔一〕敕使：奉旨降香的使者。聯鑣：並馬。鑣，馬嚼子兩端露出嘴外的部分。

〔二〕蹊：《詩淵》作『溪』。

〔三〕滄溟：滄海。溟，海。

〔四〕『梟横』句：梟鳥飛揚天空而鳳凰栖於桐林。錢起詩：『昔年鶯出谷，今日鳳歸林。』碧落：天空。

〔五〕山靈：山神。

〔六〕秦碑：泰山有秦始皇碑。

孔編謂此詩爲降香東嶽作，時在至元二十三年（一二八六）。

降香回燕

一從得玉旨〔一〕，勒馬幽燕起〔二〕。河北與河南，一萬五千里〔三〕。

校注

〔一〕玉旨：聖旨。

〔二〕幽燕起：原作『向幽燕』，今從鮑本。

〔三〕『河北』二句：黄河以北與黄河以南一帶。概指降香行經之地，約有一萬五千里。

孔編謂元量降香東嶽後，即往北回大都，時在至元二十三年（一二八六）。

大元皇后游蓬萊島[一]

午夜紅雲滿太清[二]，曉來王母下瑤京[三]。日從萬歲山頭出[四]，人在九重天上行。

校　注

〔一〕大元：『大』原作『太』，今從鮑本。

〔二〕太清：天。

〔三〕王母：指大元皇后。　瑤京：華美的京城，此指燕京。

〔四〕萬歲山：即景山，在北京神武門外。

孔編謂此詩回大都後作，時當在至元二十三年（一二八六）。

太皇謝太后挽章[一]　二首

其　一

羯鼓喧吴越[二]，傷心國破時。雨闌花灑淚[三]，煙苑柳顰眉。事去千年速，愁來一死遲。

舊臣相吊後，寒月墮燕支[四]。

校注

〔一〕太皇謝太后：見卷一《和徐雪江即事》注〔五〕。

〔二〕『羯鼓』句：指元軍入臨安。羯鼓，詳前注。

〔三〕闌：殘，盡。下文『苑』是聚集之意。

〔四〕寒月：喻謝后。　燕支：山名，在今甘肅省山丹縣東。孔氏以爲燕支乃泛指西方，佛教自西來，言燕支乃泛指西方極樂世界，而且謝后行年八十，當時不在遣中。

其　二

大漠陰風起〔一〕，羈孤血淚縣〔二〕。忽聞天下母，已赴月中仙。哀樂浮雲外，榮枯逝水前。遺書乞骸骨，歸葬越山邊。

校注

〔一〕大漠：指大沙漠。

〔二〕縣：通『懸』。

孔編以此詩有『忽聞天下母』句，疑謝后逝世時，元量在降香途中。時當在至元二十三年（一二八六）。

和人賀楊僕射致政〔一〕

蓮府公卿拜後塵〔二〕，手持優詔掛朱輪〔三〕。從軍幕下三千客〔四〕，聞禮庭中七十人〔五〕。飾帳麗詞推北巷，畫堂清樂掩南鄰〔六〕。豈同王謝山陰會〔七〕，空叙流杯醉暮春。

校注

〔一〕致政：歸還政事。亦稱致仕，猶今辭職。吴本『政』作『仕』。

〔二〕蓮府：即蓮幕，亦即幕府。南齊王儉入朝主政，一時所辟，皆才名之士，時人以入儉府爲入蓮花池，言爲紅蓮緑水，交相輝映。後因稱幕府爲蓮幕。　拜後塵：追隨别人之後，因車馬前趨，路塵後起，故稱。此指相送。

〔三〕優詔：皇帝的詔書。　朱輪：高官所乘的車，以朱紅色漆輪。

〔四〕三千客：戰國孟嘗君有三千門客。此爲借用。

〔五〕七十人：指孔子三千弟子中七十二賢者。亦借用。

〔六〕『飾帳』二句：按詩意，北巷某家，富有帳飾麗詞，南鄰某家，畫堂清樂俱陳。兩家應與楊家相鄰，其餘不詳。

〔七〕王謝山陰會：指蘭亭會。王羲之於晋永和九年同謝安等四十一人會於山陰之蘭亭，有流觴曲水歌詠之事。

孔編：據《元史》記載，楊僕射當爲楊居寬，至元二十三、二十四年間嘗爲元參知政事。詩當作於至元二十四年（一二八七）。

青陽提刑哀些[一]

提刑辭宋國，奉使到燕都。入貢能全璧[二]，懷歸不獻圖[三]。看羊居北海[四]，化鶴返西湖[五]。楚客歌哀些[六]，臨棺奠酒壺。

校注

〔一〕青陽提刑：據孔編當是青陽夢炎，字梓卿，成都人，以荆湖提刑降元。提刑，刑獄官。哀些：猶云哀章，即挽章，些，詞尾無義。仿《楚辭·招魂》體制，句末係有『些』字。

〔二〕『入貢』句：用藺相如完璧歸趙故事。句謂奉命抵燕京，没有失節之事。

〔三〕『懷歸』句：用漢張松獻圖故事：張松初爲劉璋别駕，璋遣詣曹操，楊修與璋語，深爲器重，薦與操，不納。張松復歸西蜀，值劉備入川，松懷地圖以獻。此指奉使至元，没有喪失臣節。與上句皆喻提刑之忠節。

〔四〕『看羊』二句：二句引用蘇武牧羊北海故事，詳前注。大約提刑降元，亦被徙居北地。

〔五〕『化鶴』句：謂提刑死後魂返西湖。化鶴，用丁令威故事，詳前注。

〔六〕楚客：作者自指。

孔編謂此詩當作於至元二十四年（一二八七）。

女道士王昭儀仙游詞[一]

吴國生如夢，幽州死未寒。金閨詩卷在，玉案道書閒[二]。苦霧蒙丹旐[三]，酸風射素棺[四]。人間無葬地，海上有仙山。

校注

〔一〕王昭儀：見前注。
〔二〕『金閨』二句：説昭儀死去，她的詩卷還在，而道書没人看了。
〔三〕丹旐：紅色魂幡，出喪時爲棺柩引路。
〔四〕素棺：不着色的棺。可見葬儀寒傖。

孔編以爲此詩當作於至元二十四年（一二八七）。

平原郡公趙福王挽章[一]

大王無起日[二]，草木盡傷悲。生在太平世[三]，死當離亂時。南冠流遠路[四]，北面幸全屍[五]。舊客行霜霰[六]，呼天淚濕麾。

校注

〔一〕趙福王：名與芮，入元後降封爲平原郡公。

〔二〕大王：指福王。　無起：死的婉辭。也叫『不起』。

〔三〕世：鮑本作『際』。

〔四〕『南冠』句：指福王北徙，千里流離。參卷一《杭州雜詩和林石田》其四注〔五〕。

〔五〕『北面』句：説福王投降，所以未曾被殺。

〔六〕舊客：作者自指。宋代王門蓄客，如徐雪江曾爲楊纘之客。元量未官於宋，自亦稱客，但元已代宋，故自稱舊客。　行霜霰：謂代祀於外，所行爲北方寒冷之地。

孔編謂此詩當作於至元二十四年（一二八七）。

文山道人事畢壬午臘月初九日〔一〕

崖山禽得到燕山，此老從容就義難。生愧夷齊尚周粟〔二〕，死同巡遠只唐官〔三〕。雪平絶塞魂何往，月滿通衢骨未寒。一劍固知公所欠，要留青史與人看。

校注

〔一〕宋丞相文天祥，號文山道人，其死事畢於壬午年十二月初九日。自至元十五年在崖山被俘，至此已閲四載。前面已録入《浮丘道人招魂歌》九首，此爲後來追挽之作。

〔二〕夷齊：伯夷叔齊。二人不食周粟，采薇而食，終至餓死。

〔三〕巡遠：指唐代張巡、許遠。安禄山起兵，二人合兵守睢陽，堅守數月，因糧盡援絶，城陷被殺。

孔編謂此詩當作於至元二十四年（一二八七）或二十五年（一二八八）。

瀛國公入西域爲僧號木波講師〔一〕

木老西天去〔二〕，袈裟説梵文〔三〕。生前從此别，去後不相聞。忍聽北方雁，愁看西域雲。永懷心未已，梁月白紛紛〔四〕。

校注

〔一〕至元二十五年，元主命瀛國公趙㬎往吐蕃學佛法，號木波講師。時幼主年十八歲。

〔二〕木老：指木波講師趙㬎。

〔三〕袈裟：僧衣，爲梵語。

〔四〕梁月：屋梁月光。因見月光而懷人。杜甫《夢李白二首》之一：『落月滿屋梁，猶疑照顔色。』

孔編謂此詩當作於至元二十五年（一二八八）。

全太后爲尼〔一〕

南國舊王母，西方新世尊〔二〕。頭顱歸妙相〔三〕，富貴悟空門〔四〕。傳法優婆域〔五〕，誦經孤獨園〔六〕。夜闌清磬罷〔七〕，趺坐雪花繁〔八〕。

校注

〔一〕全太后：度宗后，恭帝母，會稽人。宋亡，與謝太皇太后、幼主㬎等入燕。至元二十五年，爲尼於正智寺。

〔二〕世尊：對釋迦牟尼的尊稱。這裏借指全后。

〔三〕妙相：皈依三寶之後形成的莊嚴法相。

〔四〕空門：佛教謂法相世界，皆是虚妄，能破除偏執，由空而得涅槃，以空爲入道之門，故曰空門。後泛稱佛家爲空門。

〔五〕優婆域：當是優婆夷域。梵語，佛教指在家奉佛的女子，意譯爲清净女、清信女。

〔六〕孤獨園：原爲給孤獨園，在中印度古舍衛國，爲釋迦牟尼佛講經的地方。

〔七〕『夜闌』句：夜間奉行晚課唪誦之後。

〔八〕趺坐：雙足交疊而坐。

孔編謂此詩當作於至元二十五年（一二八八）。

卷四

古今體詩　一百四十六首

幽州會餞〔一〕

客路相逢在異鄉，佐尊先得杜韋娘〔二〕。舞回錦臂花争艷〔三〕，醉吸金波月鬥光〔四〕。他日未忘今日事，老年須記少年狂。五陵游俠休相笑〔五〕，歸去奚奴有錦囊〔六〕。

校　注

〔一〕幽州：古代十二州之一。此係泛指燕京。　餞：鮑本作『飲』。

〔二〕佐尊：侑酒或勸飲之意。　杜韋娘：唐代歌女名。此係泛指。亦作曲調名。

〔三〕『舞回』句：揮錦臂而舞，可與花争艷麗。

〔四〕金波：酒的泛稱。

〔五〕五陵游俠：五陵指漢代五陵，即漢高祖的長陵及其後之安陵、陽陵、茂陵、平陵。游俠：好交游而樂於助人的人。

〔六〕奚奴：僮僕。　錦囊：指行吟時投貯詩句的錦囊。亦稱奚囊。

孔編：此詩當作於南歸前夕，時爲至元二十五年（一二八八）。

余將南歸燕趙諸公子攜妓把酒餞别醉中作把酒聽歌行　二首

其一

君把酒，聽我歌。君不見陌上桑〔一〕，鶉奔奔兮鵲彊彊〔二〕。高堂今夕燈燭光，燕姝趙女吹笙簧〔三〕。君把酒，聽我歌。美人美人美如此，傾國傾城良有以〔四〕。周惑褒姒烽火起〔五〕，紂惑妲己賢人死〔六〕。君把酒，聽我歌。漢家之亂吕太后〔七〕，唐家之亂武則天〔八〕。魏公銅臺化焦土〔九〕，隋煬月殿成飛煙〔一〇〕。君把酒，聽我歌。美人美人色可食，美人美人笑可愛。美人命薄争奈何，美人色衰相棄背。美人一笑難再得，美人絶色今何在。君不見馬嵬坡下楊太真〔一一〕，天生尤物不足珍〔一二〕。得及唐虞九婦人〔一三〕，千古萬古名不湮。

校注

〔一〕陌上桑：樂府相和曲名。崔豹注：陌上桑，出秦氏女子。秦氏，邯鄲人。有女名羅敷，爲邑人千乘王仁妻。王仁後爲趙王家令。羅敷出采桑於陌上，趙王見而悦之，因置酒欲辱焉。羅敷巧彈箏，乃作

《陌上桑》歌以自明焉。

〔二〕『鶉奔』句：『彊彊』原作『疆疆』，誤，今改正。語出《詩經・鄘風・鶉之奔奔》：『鶉之奔奔，鵲之彊彊。』舊説此詩刺衛宣姜與公子頑非匹偶而相從，如鶉鵲之不若也。奔奔彊彊，言鳥類其居有常匹、飛則相隨之貌。

〔三〕燕姝趙女：燕趙之美人。　笙簧：樂器。

〔四〕傾國傾城：《漢書・外戚傳》：『北方有佳人，遺世而獨立，一顧傾人城，再顧傾人國。』説女色之害足以傾覆邦國。　良有以：實在有原因的。李白《春夜宴諸從弟桃李園序》：『古人秉燭夜游，良有以也。』

〔五〕褒姒：周幽王的寵妃。褒姒不好笑，幽王乃舉烽火，以招諸侯，諸侯至而無寇，褒姒大笑。後犬戎來犯，再舉烽火，諸侯不至，幽王被殺。

〔六〕妲己：商王紂之妃，有蘇氏女。《周書》謂『婦人是聽』，即指妲己，曾殺害賢良臣比干。

〔七〕吕太后：名雉，漢高祖之后。佐高祖定天下，誅殺大臣，后多參與。惠帝早逝，后取後宫子立爲少帝，臨朝稱制，封吕氏四人爲王，使掌南北軍，欲滅劉興吕。后崩，周勃、陳平等滅吕興劉。

〔八〕武則天：唐高宗之后。高宗崩，武氏臨朝稱制，廢中宗，改國號爲周，大殺唐宗室。晚年朝政紊亂。張柬之等因后寢疾，迫禪位於中宗。

〔九〕魏公銅臺：曹操於漢獻帝時專政，作銅雀臺自居，獻帝封操爲魏王。

〔一〇〕隋煬月殿：隋煬帝，姓楊名廣。殺父即位，耽奢侈，興土木，造離宫四十餘所，後南巡至江都，沉湎酒色，爲臣下所殺。

〔一一〕楊太真：小名玉環。初爲壽王妃，後令丐籍女冠，號太真，玄宗以爲貴妃，恃寵驕奢。安禄山反，玄宗出奔，次馬嵬坡，六軍以妃與楊國忠交亂國，不發，玄宗乃殺國忠，縊死妃於路側。

〔一二〕天生尤物：本作人物之尤解。今多專指美色而言。

〔一三〕唐虞九婦人：查《史記》兩紀及《列女傳》均無記載。

其　二

我把酒，君聽歌。美人娟娟花灼灼〔一〕，月照金尊光綽約〔二〕。有歌有酒君亦愁，把酒聽歌君亦樂。我有鸚鵡杯〔三〕，君有鸕鷀勺〔四〕。一盃一杯復一盃〔五〕，酒盡還沽共君酌。我把酒，君聽歌。天不荒，地不老，人生百年休草草。對花對酒且高歌，蓋世功名亦枯槁〔六〕。滿堂金玉守者誰〔七〕，萬事何如酒杯好。君不見，巢父許由空洗耳〔八〕，伯夷叔齊空餓死〔九〕。范蠡扁舟扶西子〔一〇〕，五湖風浪兼天起。又不見，相如懷璧空歸來〔一一〕，廉頗善飯何壯哉〔一二〕。謝安攜妓入東山〔一三〕，蒼生望望霖雨乾〔一四〕。把酒勸君飲，請君爲我歌。燕昭築臺金滿地〔一五〕，郭隗登臺多意氣〔一六〕。劉琨夢裏起聽鷄〔一七〕，班超萬里封侯歸〔一八〕。君不見，浣花溪頭老翁哭〔一九〕，白首爲儒守茅屋〔二〇〕。

校　注

〔一〕娟娟：明媚美好的樣子。灼灼：鮮明光盛的樣子。《詩·桃夭》：『桃之夭夭，灼灼其華。』

〔二〕綽約：柔美的樣子。

〔三〕鸚鵡杯：即海螺盞。李白《襄陽歌》有鸕鷀勺、鸚鵡杯二語。

〔四〕鸕鷀勺：刻有鸕鷀形的酒器。

〔五〕盃：鮑本作『杯』。

〔六〕枯槁：憔悴，貧困。

〔七〕滿堂金玉：比喻富有。《老子》：『金玉滿堂，莫之能守。富貴而驕，自遺其咎。』

〔八〕巢父許由：巢父，古代高士，堯以天下讓之，不受。堯又讓許由，由以告，巢父曰：『汝何不隱汝形，藏汝光，若非吾友也！』堯又以九州長讓之，由不欲聞，洗耳於潁水之濱。

〔九〕伯夷叔齊：見前注。

〔一〇〕范蠡西子：范蠡，見前注。西施，越美女，被獻於吴王，王迷惑忘政。吴滅，西施歸范蠡，同泛五湖而去。

〔一一〕相如懷璧：藺相如，戰國趙人。秦徵趙璧，相如奉璧至秦。秦昭王無償城意，相如以計終得完璧歸趙。

〔一二〕廉頗善飯：廉頗，趙將，年八十，尚健飯能戰，而趙不能用。

〔一三〕謝安：字安石，晉陽夏人，少有重名，徵辟不就，隱居東山，以聲色自娱。

〔一四〕蒼生望望：《謝安傳》：中丞高崧戲之曰：『卿違朝旨不出，諸人相與言：「安石不出，如蒼生何！」』蒼生，百姓。望望，急切盼望的樣子。

〔一五〕燕昭：燕昭王求賢，築黄金臺以待之。見前注。

〔一六〕郭隗：戰國燕人。昭王欲報齊仇，郭隗曰：『王必欲得士，先從隗始。』昭王築臺師事之，士争赴燕。

〔一七〕劉琨：晋人，字越石，有才氣，與祖逖交契。常夜聞鷄鳴，相與起舞。

〔一八〕班超：東漢人，嘗作吏，投筆從戎。明帝時使西域，西域五十餘國悉内附。後封定遠侯。

〔一九〕『浣花』句：指杜甫。甫依嚴武於成都，築宅於浣花溪畔，稱浣溪草堂。有《哀江頭》詩云：『少陵野老吞聲哭，春日潛行曲江曲。』

〔二〇〕『自首』句：杜甫《奉贈韋左丞丈二十二韻》：『紈絝不餓死，儒冠多誤身。』又有《茅屋爲秋風所破歌》，情詞凄楚。

按孔編：據《亡宋宫人詩》小序，元量留大都十二年，此二詩告别大都，應作於至元二十五年（一二八八）。

劉辰翁批：『二詩有氣魄。』

出自薊門行〔一〕

出自薊門行，行行望天北。何處愁殺人，黑風走砂石。華裾者誰子〔二〕，意氣萬人敵。金鞍韡白馬〔三〕，奮飛虎生翼。書生爾何爲〔四〕，不草相如檄〔五〕。徒有經濟心〔六〕，壯年已斑白。

校注

〔一〕薊門：即薊丘，在燕京近郊。

〔二〕華裾：盛服，華美的穿着。

〔三〕金鞍鞁：孔校：『鞁』原作『鞍』，今從《詩淵》、鮑本。鞁，同『鞴』，把鞍轡等套在馬上。

〔四〕書生：作者自指。

〔五〕相如檄：相如爲司馬相如，漢成都人。漢景帝時爲武騎，後爲郎，通西南夷有功。檄，古代公文，徵召、曉喻、詰責皆用之。司馬相如作有《喻巴蜀檄》。

〔六〕經濟心：經世濟民之心。

涿州〔一〕

瀘溝橋下水泠泠〔二〕，落木無邊秋正清。牛馬亂鋪黃帝野〔三〕，鷹鸇高磨涿州城〔四〕。柳亭日射旌旗影，花館風傳鼓吹聲。歸客偶然舒望眼，酒邊觸景又詩成。

校注

〔一〕涿州：州名，今河北涿州市。

〔二〕瀘：葉本作『蘆』，誤。　泠泠：水聲。

〔三〕黃帝野：指涿鹿之野。昔黃帝與蚩尤大戰於涿鹿之野，斬殺蚩尤。

〔四〕鷹鸇：猛禽。這裏應指元兵。

真定官舍〔一〕

使君數問夜如何，燈燭高張照綺羅〔二〕。白酒千杯澆客醉，紅妝一面惱人多〔三〕。風煙漠漠庭前樹〔四〕，霜月娟娟沼内荷〔五〕。驛吏出門相語及〔六〕，城南便是滹沱河〔七〕。

校注

〔一〕真定：地名，宋金置真定府，治所在今河北正定。官舍：猶言衙門或衙署。但後句言『驛吏』，則似指驛站。

〔二〕綺羅：本指華貴服裝。這裏指服裝華貴的人。

〔三〕紅妝：應指侑酒女伎。

〔四〕漠漠：廣佈貌，彌漫貌。

〔五〕娟娟：美好的樣子，見前注。杜甫《寄韓諫議詩》：『美人娟娟隔秋水，濯足洞庭望八荒。』

〔六〕驛吏：驛站裏的工作人員。

〔七〕滹沱河：水名，由山西繁峙穿太行山，東流入河北平原。

雲　臺〔一〕

荒亭駐馬酌金罍〔二〕，風卷黄埃丑上來〔三〕。滿地山河無漢業〔四〕，趙州留得古雲臺〔五〕。

校 注

〔一〕雲臺：本漢宫中高臺名，漢明帝圖畫中興功臣三十六人於此臺。

〔二〕金罍：酒器。酌金罍，猶言飲酒。

〔三〕丑：不詳。堪輿家以子爲正北，則丑爲偏東，或亦可通。

〔四〕『滿地』句：雲臺原是漢代紀念功臣的地方。如今元已統治全中國，所以説没有漢業。

〔五〕趙州：後魏置趙郡，唐以後均稱趙州，民國改爲趙縣，屬河北省。按雲臺在漢宫中，趙州在今河北，無雲臺古迹。詩中所云，無可考證。

比干墓〔一〕

衛州三十里〔二〕，荒墩草無數。忽聽路人言，此葬比干處。下馬捫石碑，三嘆不能去。斐然成歌章〔三〕，聊書墓頭樹。我吊比干心，不吊比干墓。世間無賢愚，同盡成黄土。斯人亦人爾，千千萬萬古。

校 注

〔一〕比干：殷末紂王的叔父。傳説紂王淫亂，比干犯顏强諫，紂怒，剖其心而死。

〔二〕衛州：北周置，治朝歌（今河南淇縣）。

〔三〕『斐然』句：斐然，文采貌。句謂寫成一篇有文采的吊辭。

封　丘〔一〕

今夜宿封丘，明朝過汴州〔二〕。雲横遮遠塞，水落見長洲。樹折棗初剥〔三〕，藤枯瓜未收。傾囊沽一斗〔四〕，聊以慰羈愁〔五〕。

校　注

〔一〕封丘：縣名，在今河南省。

〔二〕汴州：北周改北齊之梁州置，五代梁爲東京開封府，即今河南開封。

〔三〕『樹折』句：言剥取棗子而折斷棗樹。

〔四〕傾囊：倒出錢囊，指拿出所有的錢。

〔五〕羈愁：行旅之愁。

花石綱〔一〕

假山雖假總非真〔二〕，未必中間可隱身。若使此山身可隱，上皇不作遠行人〔三〕。

校　注

〔一〕花石綱：宋徽宗好珍玩，垂意花石。蔡京諷朱勔密取浙中珍異以進，歲歲增加，政和中極盛，舳艫相銜於淮汴，號花石綱，士民家一木一石稍堪玩，即奪取以進，流毒州縣。

〔二〕『假山』句：徽宗於汴京作艮嶽，大興土役，築山號萬壽艮嶽。此句所謂假山，即指所築之假山。

〔三〕上皇：指徽宗。汴京失陷，立子桓爲欽宗。遠游：謂汴京破，徽、欽並被擄北去，囚於五國城。孔編以爲詩應作於自大都南歸途中，時爲至元二十五年（一二八八）。劉辰翁批云：『西游諸詩，如窮陰積雪，萬馬打圍，又如灞陵風雪中驢子背上覓句，果然，果然。』

揚　州〔一〕

重到揚州十載餘〔二〕，畫橋雨過月模糊。后皇廟裏花何在〔三〕，煬帝堤邊柳亦枯〔四〕。陂麥青青嘶亂馬〔五〕，城蕪冉冉落群烏〔六〕。人生聚散愁無盡〔七〕，且小停鞭向酒壚〔八〕。

校　注

〔一〕揚州：亦稱江都。隋置揚州於江都，唐以後各代因之。

〔二〕『重到』句：南宋三宮被擄，由水道北上，元量同行，至此已十二年。

〔三〕后皇廟：指揚州后土祠。相傳后土祠有瓊花一株，爲唐人所植，天下第一。宋淳熙以後，花枝枯萎。

〔四〕『煬帝』句：隋煬帝即位後，對外用兵，大興土木，築修長城，開運河，民不堪命。大業十二年，南巡至江都，沉湎酒色，築堤植柳，後爲部下所殺。

〔五〕陂麥青青：按姜夔《揚州慢》小序云：『淳熙丙申至日，予過維揚，夜雪初霽，薺麥彌望。入其城，則四顧蕭條，寒水自碧……』

〔六〕城蕪：即蕪城，指揚州。鮑照有《蕪城賦》，極寫揚州兵後殘破之狀。冉冉：漸進的樣子。

〔七〕愁：鮑校：一本作『悲』。盡：《詩淵》作『量』。

〔八〕酒壚：酒店。

根據孔編，此詩作於自大都南歸途中，時爲至元二十五年（一二八八）。

金陵〔一〕

只見空城不見臺〔二〕，客行搔首重徘徊〔三〕。風雲舊日龍南渡〔四〕，宇宙新秋雁北來〔五〕。三國衣冠同草莽〔六〕，六朝宫殿總塵埃〔七〕。交游相見休相問，把手江頭且一杯。

校注

〔一〕金陵：今南京，自六朝以迄於南唐，皆建都於此。

〔二〕臺：指南京鳳凰臺，在南京市江寧區西。唐李白《登鳳凰臺》：『鳳凰臺上鳳凰游，鳳去臺空江自流。』

〔三〕重：吴本作『共』。

〔四〕龍南渡：指趙構於汴京淪陷後南渡稱帝。

〔五〕雁北來：隱指元兵南下滅宋。

〔六〕三國衣冠：指三國吴。吴都建康，即金陵。

〔七〕六朝：三國吴、東晋、宋、齊、梁、陳先後建都於金陵，稱爲六朝。

按孔編，此詩亦作於南歸途中，時爲至元二十五年（一二八八）。

鳳凰臺〔一〕

草没高臺鳳不游，大江日夜自東流。齊梁地廢鵶千樹〔二〕，王謝家空蟻一丘〔三〕。騎馬僧催淮口渡〔四〕，捕魚人據石頭洲〔五〕。玉簫聲斷悲風起〔六〕，不見長安李白愁〔七〕。

校注

〔一〕鳳凰臺：上首已注。本詩用李白《登鳳凰臺》韻。兹録李白詩全首：『鳳凰臺上鳳凰游，鳳去臺空江自流。吴宫花草埋幽徑，晋代衣冠成古丘。三山半落青天外，二水中分白鷺洲。總爲浮雲能蔽日，長安不見使人愁。』

〔二〕齊梁：蕭道成建齊，蕭衍建梁。兩代不過數十年，又爲陳所滅。

〔三〕王謝：指晋代王坦之、謝安家族。自晋以後，王謝兩家，世代簪纓，並稱望族。　蟻一丘：言兩家衰落，僅存蟻丘。

〔四〕催：鮑本作『争』。

〔五〕石頭洲：南京亦稱石頭城。
〔六〕玉簫：本是樂器。這裏指宮樂。國變之後，宮樂不行。
〔七〕『不見』句：用李白詩末句詩意。

按孔編，此詩亦作於南歸途中，時爲至元二十五年（一二八八）。

石頭城〔一〕

石頭城上小徘徊，世換僧殘寺已灰〔二〕。地接汴淮山北去，江吞吴越水東來。健魚奮鬣隨蛟舞，快鶻翻飛獵雁回。一片降帆千古淚〔三〕，前人留與後人哀。

校注

〔一〕石頭城：亦名『石首城』，在今南京市江寧區西。漢建安十六年，孫權徙治秣陵，改稱石頭。
〔二〕寺：鮑校：吴本作『事』。
〔三〕一片降帆：晋武帝謀伐吴，使王濬造舟艦。吴人於江中設鐵錐鐵鎖，濬燒斷鐵鎖，直抵石頭城，納孫皓降。劉禹錫《西塞山懷古》云：『王濬樓船下益州，金陵王氣黯然收。千尋鐵鎖沉江底，一片降幡出石頭。人世幾回傷往事，山形依舊枕寒流。從今四海爲家日，故壘蕭蕭蘆荻秋。』《詩淵》『帆』作『旗』。（按劉詩，作『幡』較勝。）

孔編謂此詩亦作於南歸途中，時爲至元二十五年（一二八八）。

凌歊臺〔一〕

百尺凌歊事已非，古碑巖畔上苔衣。禁園風暖草争發，廢苑雨寒花亂飛。海北天高鵬得運，江南春盡雁知歸。三千歌舞今何處，惟有姑溪繞翠微〔二〕。

校注

〔一〕凌歊臺：凌歊，消除暑熱之意。這裏是臺名。宋劉裕曾登此臺，因築離宫。唐許渾《凌歊臺》詩云：『宋祖凌歊樂未回，三千歌舞宿層臺。』臺在安徽當涂縣。

〔二〕姑溪：即姑敦溪，亦稱姑浦，在當涂縣南。　翠微：輕淡青葱的山色。

烏　江〔一〕

平生英烈世無雙，漢騎飛來肯受降〔二〕？早與虞姬帳下死〔三〕，不教戰馬到烏江。

校注

〔一〕烏江：水名，在安徽和縣東北四十里。今名烏江浦。

〔二〕『漢騎』句：項羽與漢約，中分天下。劉邦用陳平計，會韓信、彭越軍，圍項羽於垓下，羽突圍至烏江。亭長檥舟相待，曰江東雖小，亦足以王。羽曰：吾率江東子弟八千人渡江而西，今無一人還，有何面目見江東父老！自刎死。

〔三〕虞姬：項羽之美人，常幸從。垓下戰敗，項羽自刎，虞姬亦自殺。

采　石〔一〕

夜泊青山下，江空不受塵。只看波底月，便是謫仙人〔二〕。

校注

〔一〕采石：原名采石磯，即牛渚山，在今安徽當涂縣西北江邊。相傳唐李白游采石江中，因醉入水中捉月而死。

〔二〕謫仙：古人往往稱才行高邁者爲謫仙。李白《玉壺吟》云：『世人不識東方朔，大隱金門是謫仙。』又賀知章於長安紫極宫見李白，呼白爲謫仙人。

魯　港〔一〕

博徒無計解其紛〔二〕，夜半鳴鉦潰萬軍〔三〕。魯港朔風掀惡浪，吳山寒日翳愁雲〔四〕。周褒媚已終亡國〔五〕，孟德欺孤忍負君〔六〕。大木已顛天柱折〔七〕，錢唐江上雁成群〔八〕。

校注

〔一〕魯港：見卷一《魯港敗北》注〔一〕。

〔二〕博徒：指賈似道，見卷一《賈魏公雪中下湖》注〔一〕。賈似道謫高州團練使，循州安置，於福建漳州木綿庵爲鄭虎臣所殺。

〔三〕鳴鉦：軍家擊鉦進軍，鳴金收兵。

〔四〕吴山：指臨安。句謂魯港大敗，臨安官民憂慮。

〔五〕『周褒』句：謂周王寵女色而亡國，這裏指責賈妃。見前注。

〔六〕孟德欺孤：孟德，曹操字。後漢時曹操欺蒙獻帝，欲滅漢室。這裏借指賈似道欺負幼主。按作者《賈魏公出師》詩有『欺孤欲假王』一語，《魯港敗北》詩有『欺孤生異志』一語。又賈似道出師時，上表『求爲太師』一語，見《越州歌》第九首注。

〔七〕天柱折：這句説朝中無人，宋室危亡。天柱，神話中頂天立地的大柱。相傳共工氏觸不周之山，天柱折，地維缺。文天祥《正氣歌》亦有『地維賴以立，天柱賴以尊』二語。

〔八〕『錢唐』句：説錢塘江上滿駐元兵。

按孔編以爲此詩亦作於南歸途中，係追叙之篇。

星子驛别客〔一〕

星江彼此繫行舟，我向南州君北州。彭澤初歸元亮醉〔二〕，沙場遠使子卿愁〔三〕。人生離合花間蝶，世事浮沉柳外鷗。明日沾襟各分手〔四〕，相思何處倚高樓〔五〕。

校注

〔一〕星子：縣名，在今江西省九江南。　驛：驛站，爲傳遞文書及接待官員中途暫止之所。元量當時客寓驛亭。

〔二〕『彭澤』句：彭澤，縣名。元亮，陶淵明字。陶曾爲彭澤令。可能此客是彭澤人。

〔三〕子卿：蘇武字。見前注。這一句應是元量自喻。

〔四〕沾襟：别淚沾襟。

〔五〕倚高樓：古人思友，每登樓企望。

按孔編此詩亦作於南歸途中，時爲至元二十五年（一二八八）。

豫章驛〔一〕

豫章門外盡青原，高閣臨江喜尚存〔二〕。鶯舌瀾翻嘲鶴静，鷗聲恬淡壓蛙喧。緑波淼淼投書渚〔三〕，翠竹森森寫韻軒〔四〕。約客不來人已遠，滿天風雨又黄昏。

校注

〔一〕豫章：地名。漢置，隋改洪州，唐因之。五代南唐改爲南昌府，即今江西南昌。

〔二〕高閣臨江：當指臨江之滕王閣。

〔三〕投書渚：渚名。據《晋書》，殷羡建元中爲豫州太守。去郡日，郡人多附書，百餘封。行於江西石頭岸，以書投水中。祝曰：『沉者自沉，浮者自浮，殷洪喬非是致書郵。』時人稱爲投書渚。

〔四〕寫韻軒：軒名。張雨題《東坡真迹詩》云：『寫韻軒中豫不驚，與誰同躡鳳凰翎。』

臨川水驛〔一〕

羊角山高鎖戰塵〔二〕，春風吹草緑孤城。鵲巢遜與鳩夫婦，燕幕能容雁弟兄〔三〕。今古廢興棋一着，萍蓬聚散酒三行〔四〕。悲歌曲盡故人去，笛響長江月正明。

校注

〔一〕臨川：地名。隋唐時置撫州於此，宋稱撫州臨川縣，在今江西省。

〔二〕羊角山：不詳。按地志，羊角山一在湖北，一在湖南，俱不合。又有羊角營，在江西會昌縣，亦不當。

〔三〕『鵲巢』二句：説鳩占鵲巢，雁侵燕幕，比喻元人南侵後，南人屈從的慘象。

〔四〕萍蓬聚散：浮萍在水，隨風聚散。蓬草因風起飛，本無定處。喻人行蹤無定。杜甫《將别巫峽贈南卿兄瀼西果園四十畝》：『苔竹素所好，萍蓬無定居。』此喻友朋聚散無定。蓬，孔編作『逢』，誤，今正。

酒三行：説友朋相聚，斟酒三次。

按孔編，此詩亦作於南歸途中。

歲暮過信州靈溪〔一〕

不彈長鋏嘆無車〔二〕，獨倚孤笻面碧虚〔三〕。兵破鄉村人住少，火燒橋道客行疏。雲低天闊鷹呼隼，水落溪喧獺趁魚〔四〕。東騖西馳歸未得，明朝又是歲將除〔五〕。

校　注

〔一〕信州：唐置，今江西上饒。　靈溪：在上饒附近。

〔二〕『不彈』句：用馮諼故事。見前注。

〔三〕孤笻：鮑本作『枯笻』。笻，竹杖。

〔四〕獺趁魚：即獺逐魚以爲食。

〔五〕歲將除：除，更替之意。歲除，舊年改换爲新年。我國歷來以臘月月底爲歲除。

按孔編，自《出自薊門行》至此十九首，俱作於南歸途中，時爲至元二十五年（一二八八）。

三衢官舍和王府教〔一〕

十年牢落走窮荒〔二〕，萬里歸來行路長。坐上佳賓能鼓瑟，窗前細雨好燒香。武淹某澤常思漢〔三〕，甫寓鄜州只念唐〔四〕。秉燭相看真夢寐，夜闌無語意茫茫。

校　注

〔一〕三衢：地名，今浙江衢州市。唐武德四年，改舊屬婺州之信安爲衢州。因境内有三衢山，後又以三衢稱衢州。　府教：舊時各府皆設學，稱爲府學。府學設教授訓導，府教就是府學的教授。

〔二〕牢落：寥落，孤寂，無所寄託。李賀《京城》：『驅馬出門意，牢落長安心。』

〔三〕武淹某澤：蘇武使匈奴被扣留，後至北海大澤牧羊。參見前注。

〔四〕甫寓鄜州：安禄山反，杜甫避亂鄜州。其所爲詩，公忠體國，不忘唐室。

按孔編此詩亦作於南歸途中，時爲至元二十六年（一二八九）年初。

釣　臺〔一〕

灘沙疊疊是潮痕，古木蒼然叫斷猿。此老不甘天子貴〔二〕，故人方訝布衣尊〔三〕。雨甜春水魚龍動，風暖寒林鳥雀喧。我恰扁舟臺下過，桐花香處月黄昏。

校　注

〔一〕釣臺：古迹名，相傳有多處。元量由燕京南歸，經過江西，沿江回杭，所經歷的爲桐廬富春江釣臺，相傳爲漢代嚴子陵釣隱處。

〔二〕此老：指嚴光。光字子陵，會稽餘姚人。少曾與劉秀同學。秀稱帝，光變姓名隱遁。秀派人覓訪，徵召到京，授諫議大夫，不受，退隱於富春山。

〔三〕故人指光武帝。　布衣：指子陵。

按孔編此詩應作於大都南歸經過釣臺時，爲至元二十六年（一二八九）春間。

錢　唐〔一〕

躑躅吞聲淚暗傾，杖藜徐步浙江行〔二〕。青蕪古路人煙絶〔三〕，緑樹新墟鬼火明〔四〕。事去玉環沉異域〔五〕，愁來金碗出佳城〔六〕。十年草木都糜爛〔七〕，留得南枝照淺清〔八〕。

校　注

〔一〕錢唐：宋都臨安，今杭州。

〔二〕杖藜：見前注。　浙江：水名，古漸水，又名之江。其下游即錢塘江。

〔三〕青：一本作『平』。

〔四〕鬼火：墓地或沼澤出現的青色磷光，俗稱鬼火。

〔五〕玉環：有數種解釋。一指楊玉環。另一説指宋室宫人被擄北去，王清惠等先後死於燕京。還有一説。玉環爲玉製的環，爲殉葬物。《史記・張釋之傳》：『有人盗高廟坐前玉環。』總起來説，後兩説比較合理。

〔六〕金碗：指帝王殉葬的珍物。杜甫《諸將》詩云：『昨日玉魚蒙葬地，早時金碗出人間。』這裏應指元僧楊璉真伽發掘南宋六陵之事。　佳城：墳墓。

〔七〕糜：爛、碎。

〔八〕南枝：本指南向的樹枝。《古詩十九首》：『胡馬依北風，越鳥巢南枝。』後人用作思念家鄉的代詞。淺清：河流。此指錢塘江。

孔編謂『青蕪』、『緑樹』乃春日景象，元量返抵錢唐，是春日事。詩作於至元二十六年（一二八九）春。

浙江亭和徐雪江〔一〕

朱甍突兀倚雲寒，潮打孤城寂寞還〔二〕。荒草斷煙新驛路，夕陽古木舊江山。英雄聚散闌干外，今古興亡欸乃間。一曲尊前空擊劍，西風白髮淚斑斑。

校　注

〔一〕詩題一作『浙江亭和韻』。浙江亭：宋代杭州驛站。百官退職遷調時，均於此待命。徐雪江：見卷一《和徐雪江即事》注〔一〕。

〔二〕城：孔本誤作『域』，今正。

按孔編此詩應作於南歸初抵錢唐時，亦爲至元二十六年（一二八九）春天。

答林石田見訪有詩相勞〔一〕

偶攜降幟立詩壇〔二〕，剪燭西窗共笑歡〔三〕。落魄蘇秦今席暖〔四〕，猖狂阮籍尚氈寒〔五〕。山中客老千莖白，海上人歸一寸丹〔六〕。世事本來愁不得，乾坤只好醉時看。

校注

〔一〕林石田：見《杭州雜詩和林石田》注〔一〕。　見訪：一本作『過訪』。《詩淵》題無『有詩相勞』四字，吴本『見』作『過』。

〔二〕降幟：即降旗，表示投降之意。這一句自謙回杭後組織詩社。

〔三〕歡：一作『觀』。

〔四〕落魄：窮困失意。　蘇秦：戰國時洛陽人，初説秦惠王併吞天下，不用。後游説燕趙齊楚各國合縱抗秦，佩六國相印，爲縱約之長。這裏指林石田，時林爲王門之客。

〔五〕猖狂：恣縱無檢束之意。　阮籍：字嗣宗，三國時人。爲竹林七賢之一。博覽群書，尤好老莊，能琴善嘯，嗜酒，每以沉醉遠禍。　氈寒：喻貧困，此乃作者自喻。

〔六〕『山中』二句：上句指林，下句作者自喻。　丹：指丹心。　客老：原作『老客』，今從《詩淵》、吴本、鮑本。

按孔編，此詩亦作於回杭之初。

孤山和李鶴田〔一〕

湖上悲風舞白楊，英雄凋盡只堪傷。花飛廢苑憐銅馬〔二〕，草没荒墳卧石羊〔三〕。人在醉中春已晚，客於愁處日偏長。林西樓觀青紅濕〔四〕，又遜僧官燕梵王〔五〕。

校注

〔一〕孤山：在杭州西湖上，界裏外二湖之間。一嶼聳立，旁無聯附，爲湖山絶勝處。　李鶴田：名珏，字元暉，號鶴田，吉水人。年十二，通書經，召試館職，除秘書省正字，後又除閤門宣贊舍人。著有《雜著四集》及《錢唐百詠》。

〔二〕銅馬：銅鑄之馬。漢武帝時，有善馬者以鑄作銅馬之法上獻，有詔立馬於魯班門外，更名魯班門爲金馬門。

〔三〕石羊：貴人墳前的石製牛馬羊等儀仗。

〔四〕樓觀：指道家建築。　青紅濕：似説華麗。

〔五〕遜：不及，差次。　僧官：管理僧侶的官。　燕：通『宴』。　梵王：本指佛教色界天的王，稱爲大梵天王，簡稱梵王。元代崇釋教，以番僧楊璉真伽爲江南釋教總統。　兩句謂道觀雖亦華麗，但比不上釋教僧官宴請總統更爲窮奢極侈。　按楊璉真伽作惡多端，後竟發掘南宋六陵，以求珍寶，不久被籍没。

詩先成，汪爲和作。　按孔編：此詩應作於歸杭之初，爲至元二十六年（一二八九），從詩意推測，當時元量與鶴田同游孤山，李

湖山堂[一]

高堂寂寞半開門，草没頽墻竹滿園。雨過湖天籠白晝，雲歸山寺鎖黄昏。忘機今古鷗來往[二]，説夢興亡燕語言[三]。行盡六橋吟更好[四]，萬松嶺上一聲猿[五]。

校注

〔一〕湖山堂：據《咸淳臨安志》，湖山堂在南新路第二橋西。又按《西湖游覽志》，鎖瀾橋附近有湖山堂，京尹洪燾建。

〔二〕忘機：没有得失計較之心，與世無争。鷗來往：海上之人有好鷗鳥者，每旦至海上，從鷗鳥游。其父曰：『吾聞鷗鳥皆從汝游，汝取來，吾玩之。』明日之海上，鷗鳥舞而不下。典出北齊劉晝《劉子·黄帝》。

〔三〕『説夢』句：似用『王謝堂前燕』典故。

〔四〕六橋：蘇堤有六橋，從南到北，曰映波、鎖瀾、望山、壓堤、東浦、跨虹。

〔五〕萬松嶺：山名。在杭州南鳳山門外，舊多松樹。

按孔編：此詩亦作於歸杭之初，時爲至元二十六年（一二八九）。

答徐雪江〔一〕

十載高居白玉堂〔二〕，陳情一表乞還鄉〔三〕。孤雲落日度遼水〔四〕，匹馬西風上太行〔五〕。行橐尚留官裏俸，賜衣猶帶御前香。只今對客難爲答，千古中原話柄長〔六〕。

校注

〔一〕徐雪江：見卷一《和徐雪江即事》注〔一〕。

〔二〕白玉堂：泛指翰苑。方回《題水雲詩》有『黄金臺上翰林官』之句。王國維據元量詩，亦云元量曾爲元翰林供奉。

〔三〕陳情一表：按李密爲侍奉祖母，辭謝晋官，作《陳情表》。此乃借用。又元量友羅綺《題汪水雲詩卷》云：『南越長淮北眺燕，三書上徹九重天。』説明元量經過三次上書申請，始得以黄冠南歸。

〔四〕遼水：遼河，代祀時所經。

〔五〕太行：山名。亦代祀時所經。

〔六〕話柄：談資，指言行作爲别人談論的資料。

按此詩最後表示，雖曾爲元官，非其本意，實有隱衷，因而揭出『千古中原話柄長』，以對答時人之疑謗。根據孔編，此詩應作於南歸之初，時爲至元二十六年（一二八九）。又徐雪江與元量友善。德祐二年正月間即有《和徐雪江即事》。至此，元量已奉准回杭，意者徐必有詩相遺，或更詢其在北景况，所以詩題爲《答徐雪江》。

詩中叙述前事，並不隱諱。

歌樓感事

昔年同輦載花仙，此日登臨籍妓員〔一〕。恩賜舞衣香未歇，御書歌扇墨猶鮮。碧雲翼翼金釵滑〔二〕，紅雪翩翩玉珮圓〔三〕。却把向來供奉曲〔四〕，酒邊對客續朱弦〔五〕。

校　注

〔一〕『昔年』二句：這個歌女當年像花仙一樣進宫並供奉，如今成爲在籍的歌伎。

〔二〕碧雲：指頭髮。　翼翼：蕃盛貌。

〔三〕紅雪：本泛指紅色的花，亦作化妝品解。這裏引申爲紅顔女人。　翩翩：形容動作或形態的輕捷生動。

〔四〕供奉曲：内廷供奉時奏演之曲。

〔五〕續朱弦：奏演。

按孔編此詩亦作於南歸之初，時爲至元二十六年（一二八九）。

九日次周義山〔一〕

杜陵清瘦不禁寒〔二〕，白髮蕭蕭强笑歡。階下决明難獨立〔三〕，庭前甘菊好誰看〔四〕。一錢留得囊羞澀〔五〕，九日沽來酒帶酸。却憶大明朝謁罷〔六〕，紫萸擎出賜千官。

校注

〔一〕九日：即重陽節。　次：次韻，和人的詩並依原詩用韻的次序。　周義山：名方，寶祐四年爲第二甲第二十二人。義山本貫爲建昌軍南城縣。

〔二〕杜陵：謂杜甫。按李白詩云：『飯顆山前逢杜甫，頭戴笠子日卓午。借問别來太瘦生，總爲從前作詩苦。』

〔三〕决明：藥用植物，能明目。杜甫《秋雨嘆》詩云：『雨中百草秋爛死，堦下决明顔色鮮。』

〔四〕甘菊：菊之甘者，藥中常用。

〔五〕『一錢』句：晋阮孚持一皂囊，客問囊中何物，答曰：『但有一錢守囊，恐其羞澀。』羞澀，因羞愧而行動拘束。

〔六〕大明宫：唐代朝會之宫。此爲追述，以唐喻宋。

孔編謂詩當作於南歸初年，時爲至元二十六年（一二八九）。

讀李鶴田錢唐百詠〔一〕

南浦亭邊話别時〔二〕，扁舟東下浙江湄。偏將越國千年事〔三〕，吟作錢唐百詠詩。無火可能燒莽卓〔四〕，有刀恨不斬高斯〔五〕。五陵佳氣飛揚盡〔六〕，淚灑西風兩鬢絲。

校注

〔一〕李鶴田：見《孤山和李鶴田》詩注。李著有《錢唐百詠》。

〔二〕南浦：江淹《别賦》：『春草碧色，春水緑波，送君南浦，傷如之何。』古人泛稱南浦爲送别之處。

〔三〕編：原作『偏』，今從《詩淵》。鮑本作『遍』。

〔四〕莽卓：謂王莽與董卓，爲漢代專權奸臣。

〔五〕高斯：謂趙高與李斯，均爲秦代之佞幸權姦。

〔六〕五陵：本指漢代五帝之墓。這裏藉以喻宋。佳氣：象徵祥瑞的光彩。古人迷信，以爲帝王墳墓可以庇蔭後王。這一句説宋帝陵墓佳氣已不復存在。

孔編以爲此詩當作於南歸後送别李鶴田時，時爲至元二十六年（一二八九）。

宫人爲尼

白髮今如此，無依實可憐。聖恩空舊想〔一〕，佛相又新圓〔二〕。鏡曉容顔别，鐘昏夢寐懸〔三〕。百年心上事〔四〕，懷古淚漣漣。

校注

〔一〕聖恩：指舊時宋帝的恩賜。

〔二〕『佛相』句：説宫人爲尼，皈依佛門。

〔三〕『鏡曉』二句：説早晨對鏡，容顔不同而自感日漸衰老；黄昏聽鐘，梵唄雖聞而緬懷往事，形於夢寐。

〔四〕心上事：原作『心事上』，今從鮑本。

按金陷汴京，擄去帝、后，又逼迫宗室、官吏、内侍、宫女、技藝工匠及倡優等北去。伯顔下臨安，所爲如出一轍。（參見《湖州歌》第十五、十六、二八、三七及四〇各首）

按伯顔滅宋後，除擄去帝后及其他官吏之外，並索去宫女千餘人，抵燕後於至元十三年，以宫女嫁北方工匠，元量有《亡宋宫人分嫁北匠》詩紀其實。此詩孔編以爲作於至元二十六年，其時元量南歸逾年，應是追憶之作。大約幼主西行、謝后逝世、全后爲尼之後，尚留有少數宫人，由於無所依傍，亦入寺爲尼。

南歸對客

北行十三載，癡懶身羈孤。勒馬向天山〔一〕，咄咄空踟躕。窮陰六月内〔二〕，白雪飛穹廬〔三〕。冷氣刺骨髓，寒風割肌膚〔四〕。飢餐棗與栗，渴飲酪與酥〔五〕。棄置勿復言，言之則成迂。前年走河北，荆榛鬱丘墟。夜宿古戰場，鬼物聲嗚嗚。去年及淮南，黄塵翳行裾〔六〕。長流漂白骨，滿目皆畏途。今年歸湖山，喬木依故居。堂前雙老親，粲粲色敷腴〔七〕。壁間豈無琴，床頭亦有書。友朋日過從，可嬉仍可娱。開軒耿晴色〔八〕，梅花繞庭除〔九〕。呼兒斫海鯨，新篘酒盈壺〔一〇〕。偶爾得生還，相對真夢如。萬事一畫餅〔一一〕，百年捋髭鬚〔一二〕。向來誤儒冠〔一三〕，今也無壯圖。且願休王師，努力加飯蔬。

校注

〔一〕勒馬：騎馬之意，亦作提繮止馬解。勒，馬絡頭。

〔二〕窮陰：窮冬。孟浩然《赴京途中遇雪》：『窮陰連晦朔，積雪滿山川。』這裏作極寒之地解。

〔三〕穹廬：氈帳。北地極寒，以氈爲帳，用以避寒。《敕勒歌》：『敕勒川，陰山下，天似穹廬，籠蓋四野。』

〔四〕寒風：原作『寒氣』，與上句字重，故從鮑本。

〔五〕酪與酥：皆北地食物。酪。用動物的乳汁做成的半凝固食品。酥，用牛羊奶凝成的薄皮製造的食物。

〔六〕翳：障蔽。行裾：行人的衣服。

〔七〕『粲粲』句：謂雙親膚色潤澤豐滿。粲粲，鮮明貌。

〔八〕耿：光明。句意謂開窗看到晴朗光明的天色。

〔九〕庭除：庭前階下或院内。除，亦作階解。

〔一〇〕篘：用竹編成的漉酒器。這裏是動詞，作濾解。

〔一一〕畫餅：徒有虚名而無實際，古人有畫餅充飢一語。李商隱《詠懷寄秘閣舊僚》：『官銜同畫餅，面貌乏凝脂。』

〔一二〕捋髭鬚：譬喻短時間。捋，順手摸一下。

〔一三〕誤儒冠：爲學儒所誤。杜甫詩有『儒冠多誤身』之句，並見前注。

按孔編此詩當作於南歸杭州之年，即至元二十六年（一二八九）。

重訪馬碧梧〔一〕

萬里遠行役，十年良可哀。前輩古風在，故人今雨來〔二〕。絶口不言事〔三〕，挽鬚惟把杯。種得碧梧樹，春風花自開。

校注

〔一〕碧梧：馬廷鸞之號。廷鸞，字翔仲，樂平人。咸淳中，拜右丞相，罷歸。廷鸞工文辭，朝廷大制作多出其手。晚年自號玩芳病叟。著有《碧梧玩芳集》等。元量南歸，路過江西，曾訪問碧梧，今次再訪，故説重訪。

〔二〕故人今雨：按杜甫《秋述》云：『秋，杜子卧病長安旅次，多雨生魚，青苔及榻。常時車馬之客，舊雨來；今雨不來。』後人以今雨指新交之友。這裏作者自稱故人，今雨亦來訪問。

〔三〕『絶口』句：馬曾任宋右丞相，防微杜漸，不談時事。

孔編以爲詩中『春風』云云，説明元量此次往樂平訪候，在春季。詩當作於至元二十七年（一二九〇）春季。

別章杭山〔一〕

抱琴曾北鄉〔二〕，彈鋏復南圖〔三〕。李泌游衡嶽〔四〕，知章賜鑒湖〔五〕。柱頭仙是鶴〔六〕，濠上子非魚〔七〕。此夜同聯鼎，他年莫寄書〔八〕。

校注

〔一〕章杭山：名鑒，字公秉，號杭山，江西分寧（今修水）人。曾仕宋爲右丞相，晚年屏居山中。元量訪問馬廷鸞，當往分寧晤章鑒。告別當在分寧。

〔二〕抱琴：元量自叙。北鄉：北向。謂元量隨三宫到燕京。

〔三〕彈鋏：孟嘗君食客馮諼的故事，見前注。南圖：用莊子《逍遥游》：『（鵬）背負青天而莫之夭閼者，而後乃今將圖南。』南，指南海，言置身於九萬里之上，始謀於南海。原是比喻遠大的志向，這裏説回到南方。

〔四〕李泌：唐人。曾仕玄、肅、代、德四朝，有功唐室。好道術，曾隱居衡山。句意比喻章杭山屏居山中。

〔五〕知章：賀知章，唐人，以文辭知名，官至秘書監。天寶年間，請爲道士，賜居鑒湖。此乃作者自喻。

〔六〕『柱頭』句：或當指丁令威化鶴歸鄉，立於華表柱頭之事。

〔七〕『濠上』句：《莊子·秋水》記莊子與惠子游於濠水之上，見魚出游從容，因辯論魚之知樂與否，有『子非魚，安知魚之樂』一語。

〔八〕『此夜』二句：似説宜多警惕，少寫書信。（元滅宋後，各地義軍興起，頻年戰事，社會並不安定。）聯鼎：一道進餐。鼎，古代食器。

孔編以此詩應作於至元二十七年（一二九〇）。

曾平山招飲〔一〕

老貌不隨俗，固窮而隱居〔二〕。一塢百竿竹，八窗千卷書。酌以旋篘酒〔三〕，薦之新網魚。興盡出門去，晚涼山雨餘。

校注

〔一〕曾平山：名子良，金溪（在今江西）人。以能賦擢咸淳戊辰（一二六八）第。據劉壎《隱居通議》，謂子良任建德府淳安令，甫三月，國事變，歸隱山中，賣文自給。子良招元量飲，當在金溪山中。

〔二〕固窮：甘處貧困，不失氣節。《論語·衛靈公》：『君子固窮。』

〔三〕旋篘：旋，剛纔，頃刻之間。篘，見《南歸對客》詩注。

孔編認爲元量赴招，當在分寧晤章鑒之後，詩當作於至元二十七年（一二九〇）。

東湖送春和陳自堂〔一〕

十年南北競，故舊幾人存。兵後誰知我，城中獨見君。東湖徐孺宅〔二〕，北海孔融尊〔三〕。宛轉留春意〔四〕，吟詩到夜分。

校注

〔一〕陳自堂：名傑，江西豐城人。清同治《豐城縣志》謂傑宋亡後隱居東湖。又《徐孺子祠堂記》：『南昌城西有孺子墓，小洲上有孺子宅。』故陳傑所隱之東湖乃南昌之東湖。

〔二〕『東湖』句：徐穉，字孺子，東漢南陽人。躬耕而食，朝廷徵召，不赴。陳蕃爲太守，不接賓客，惟穉來，爲設一榻，去則懸之。這裏説陳自堂住東湖，與孺子宅相鄰。

〔三〕『北海』句：孔融，字文舉，漢人，獻帝時爲北海相。好客，座上客常滿，尊中酒不空。此喻自堂待客。尊，同『樽』。

〔四〕宛轉：展轉、曲折。

按孔編，詩當作於至元二十七年（一二九〇）春末。

聽徐雪江琴〔一〕

徐卿寒夜彈玉琴，凍雲妒月波澄陰〔二〕。海上神峰削幽翠〔三〕，十二樓前玉妃墜〔四〕。湘娥素女相對泣〔五〕，翠竹蒼梧淚痕濕〔六〕。幽蘭不香蕙花死，千愁萬怨青楓裏〔七〕。風敲葉脱雨如嘯，百鳥喧啾孤鳳叫〔八〕。老龍吐珠赤灑灑〔九〕，山鬼摇門走堂下〔一〇〕。徐卿徐卿且停手，呼兒割鷄酌春酒。曲高調古人不識，側耳西樓咽箏笛。

校注

〔一〕徐雪江：見卷一《和徐雪江即事》注〔一〕。

〔二〕凍雲：下雪前積聚的陰雲。　妒月：閃爍不定而冷峭的月光。

〔三〕幽翠：昏闇幽深的翠色。

〔四〕十二樓：宫廷或貴賓的高樓。參見前注。　玉妃：本指楊玉環，這裏不知何指。

〔五〕湘娥：指舜妃娥皇女英。傳説堯妻舜以娥皇，媵之以女英。舜死，二妃淚下，染竹成斑。　素女：按類書所載有數説：一謂素女長於音樂；亦説其知陰陽天道；或言其善房中術；更有説是天河神女。現與湘娥並稱，或係第一説。

〔六〕翠竹：指湘妃竹。　蒼梧：舜死於蒼梧。詳前注。

〔七〕青楓：杜甫《夢李白》詩有『魂來楓林青』之句，此用其意。

〔八〕孤鳳：不知何指。

〔九〕老龍：不詳。　灑灑：四散貌，連綿不絶貌。

〔一〇〕山鬼：楚辭《九歌》有《山鬼》。王夫之《楚辭通釋》：『山鬼，舊説以爲夔、梟陽之類，是也。楚人亦稱爲魈。』

孔編認爲此詩當作於南歸初，時當在至元二十六、七年間（一二八九—一二九〇）。

舊内曲水池

錦溝引水入觴池〔一〕，兩兩金船上下馳〔二〕。春季夫人扶輦疾〔三〕，玉堂學士帶花遲〔四〕。當時行樂雖然秘，此日遺蹤自可悲。回首支郎新棟宇〔五〕，浮屠千尺白差差〔六〕。

校注

〔一〕錦溝引水：爲高宗朝事，見按語。

〔二〕兩兩金船：當爲度宗朝事。《西湖游覽志·報國寺》節亦云：『下有曲水流觴。』可聯繫注〔三〕通看。

〔三〕春季夫人：孔氏疑與玄宗封貴妃姊爲國夫人有關，不當。按陳世崇《隨隱漫録》：『會寧郡夫人昭儀王秋兒、順安俞修容、新興胡美人、永陽朱梅兒、資陽朱春兒、高安朱夏兒、南平朱端兒……皆上所幸也。初，東宫以春、夏、秋、冬四夫人直書閣。爲最親。』據以上記載，春季夫人應爲朱春兒。

〔四〕玉堂學士：玉堂本指翰林院，學士當爲翰林及翰林供奉。　帶花：宋制，明堂大祀年，先祀太廟，次駕宿明堂齋殿行禋祀禮，第三日行恭謝禮，禮成，賜百官宴，宴畢，賜群臣戴花。又據《宋史·奸臣傳》，度宗時，如景靈宫祀，似道不從駕。八年，明堂禮成，祀景靈宫，天大雨，似道期帝雨止登輅，胡貴嬪之父顯祖爲帶御器械，請如開禧故事，却輅，乘逍遥輦還宫，帝遂歸。似道大怒曰：『臣爲大禮使，陛下舉動不得預聞，乞罷政。』即日出嘉會門，帝留之不得，乃罷顯祖，涕泣出貴嬪爲尼，始還。據此，似道跋扈驕縱已極，不能行恭謝禮，亦無賜群臣戴花之事。並以玉堂學士概括百官。

〔五〕支郎：僧侣的泛稱。　新棟宇：指至元十三年胡僧楊璉真伽在宋故大内拆毁宫殿，改建五寺。又發宋諸陵後取陵内物建塔其上，其形爲壺，俗稱一瓶塔，高二百丈，堊飾如雪，故又名白塔。事見《西湖游覽志·報國寺》。

〔六〕浮屠：塔。　千尺：即高二百丈之意。　白：白塔，即前堊飾如雪意。　差差：參差，不齊。

孔編云：『今仍繫此詩於南歸之初。』按此詩與《聽徐雪江琴》爲集中隱晦難解之作。孔氏編年所引《咸淳臨安志》卷一《皇城圖》大内有水池。《武林舊事》：『高宗雅愛湖山之勝……乃於宫内鑿大池，引水注之，以象西湖冷泉。』然此水池，與詩中『春季夫人』、『當時行樂』云云似有不合，元量似不應如此云云。長安有曲水池，唐玄宗『嘗賜臣僚飲宴於此，後秀士登第者，亦賜宴於此』（《讀史方輿紀要》）。此詩第四句似與此有關。《舊唐書·楊貴妃傳》謂唐玄宗封貴妃之姊三人爲國夫人，此詩第三句亦似可與玄宗『游幸』貴妃及夫人『隨侍』聯繫。如此解釋，亦有牴牾。以上孔氏所云，兼及唐長安曲水池，竊意以爲未當。此爲宋度宗朝事，不依此作注。

九月九日賞紅葉　二首

其一

天平山木似花開〔一〕，青女裁成錦綉堆〔二〕。暫借秋光作春色，白衣解遣麴生來〔三〕。

校注

〔一〕天平山：《輿地紀勝》卷五《平江府·景物下》：『天平山，在吴縣西二十里，巍然特高，群峰拱揖，郡之鎮也。』

〔二〕青女：神話中霜雪之神。《淮南子·天文》：『至秋三月……青女乃出，以降霜雪。』杜甫《秋野》：『飛霜任青女，賜被隔南宫。』　錦綉堆：喻繁花爛漫，紅葉如花。

〔三〕白衣送酒：晋陶潛好酒而不能常得，九月九日於宅邊東籬下菊叢中摘菊盈把，坐於其側，未幾，江州刺史王弘命白衣人送酒至，即便就酌，酣飲而歸。　麴生：唐人故事，葉法善會賓客於玄真觀，思飲酒，忽一人傲睨直入，自云麴秀才。與諸人論難，詞鋒敏鋭。法善疑魃魅爲惑，密以小劍擊之，墜階下，視之乃盈瓶濃醖，飲之味甚佳。因揖其瓶曰：『麴生風味，不可忘也。』見唐鄭棨《開天傳信記》。後因以麴生作酒的擬人之稱。

其　二

鳳凰山上少人家〔一〕，紅葉漫山映落霞。却笑陶潛歸栗里〔二〕，東籬寂寞對黄花〔三〕。

校注

〔一〕鳳凰山：在吴縣西南七十里。山以鳳凰名者較多，如《咸淳臨安志》所載：『大内，在鳳凰山，即杭州州治。建炎三年三月，詔以爲行宫。』但上一首爲天平山，二詩以天平山、鳳凰山並舉，當爲蘇州，而非杭州。

〔二〕栗里：地名，在今江西省九江市南陶村西。陶潛曾居於此。

〔三〕東籬寂寞：並見上首詩注。

孔編：此二詩當作於南歸後。

寄趙青山同舍〔一〕　四首

其一

六館風流不可尋〔二〕，形骸土木淚痕深〔三〕。有時咄咄空書字〔四〕，俗子寧知我輩心。

校注

〔一〕趙青山：名文，曾以京庠補太學生，入上舍。元量亦曾入太學，故稱趙爲同舍。

〔二〕六館：爲唐代學制。國子監下設六館，即國子學、太學、四門、律學、書學、算學。又按《宋季三朝政要》：『宋三宮北遷，太學生數百名亦在遣中。』

〔三〕形骸：人的軀體。句意謂自己已如土木，可悲之甚。

〔四〕咄咄空書字：晉殷浩被桓温廢免，一天到晚在空中寫『咄咄怪事』四字。後人常用來形容出乎意外、令人驚異的事情。

其　二

短褐離披紫鳳圖〔一〕，非楊非墨亦非儒〔二〕。獨憐後輩欺前輩，自笑今吾即故吾。

校　注

〔一〕短褐：粗毛或粗麻織成的短衣。　離披：散亂貌。　紫鳳圖：説褐衣上綉着紫鳳的圖案。

〔二〕『非楊』句：楊指楊朱，楊朱之學爲我。墨指墨翟，墨子之學兼愛。儒家之學則言推愛。

其　三

聚嘲叢謗腐儒癡〔一〕，江海飄零酒一卮。閒把至音調緑綺〔二〕，朗吟新句寫烏絲〔三〕。

校　注

〔一〕聚嘲：聚集嘲笑或嘲弄。　叢謗：聚集謗毁及惡意地攻擊别人。　腐儒：迂腐無用的儒生。

〔二〕至音：亦作玉音，多指清脆的聲音。　緑綺：古琴名。

〔三〕烏絲：古稱有墨綫格子的卷册爲烏絲欄，省稱『烏絲』。

其　四

謝傅東山喜劫棋〔一〕，劉生南嶽怕聯詩〔二〕。君侯自有通身膽，用舍行藏且順時〔三〕。

校　注

〔一〕謝傅：謝安，晋功臣，卒贈太傅，故稱謝傅。謝安初隱東山，生時好弈棋。劫：圍棋術語。黑方如先提喫白方一子，白方須於他處下子，待黑方應後，纔可於原處提回一黑子，如此往復提喫，稱爲喫争，省作劫。

〔二〕劉生：不詳，或爲唐劉禹錫。禹錫嘗作《九日》詩，欲用『糕』字，以五經中無之，輟不復爲。宋宋祁以爲不然，因九日食糕，遂作詩云：『飈館輕霜拂曙袍，糗粢花飲鬭分曹。劉郎不敢題糕字，虚負詩中一世豪。』

〔三〕用舍行藏：《論語・述而》：『子謂顔淵曰：「用之則行，舍之則藏，惟吾與爾有是夫。」』謂出仕即行其所學之道，否則退隱藏道以待時機。

巴　陵〔一〕

孔編：據詩中『六館風流』、『江海飄零』語，此四詩當作於南歸後。

重到巴陵秋正清，嶽陽城下繫孤舲〔二〕。江湖萬里水雲闊，天地一凉河漢明〔三〕。月出洞庭魚婢舞〔四〕，氣蒸雲夢雁奴腥〔五〕。篙工又鼓瀟湘柁，漁笛漁榔上下鳴〔六〕。

校注

〔一〕巴陵：南朝宋置巴陵郡，宋稱嶽州巴陵郡，即今湖南嶽陽。

〔二〕孤舲：即孤舟。

〔三〕河漢：銀河。

〔四〕魚婢：魚名。亦稱妾魚。

〔五〕雲夢：鮑校：吴本作『夢澤』。唐孟浩然《臨洞庭上張丞相》：『氣蒸雲夢澤，波撼嶽陽城。』雁奴：相傳群雁夜宿時，有警戒之雁，稱爲雁奴。

〔六〕漁笛：漁船前進，鳴笛以警後船。漁榔：指船舷。捕魚下網，以長木叩舷作聲，所以警魚令入網。

孔編：詩中『重到巴陵』云云，當爲第二次。時爲至元二十七年（一二九〇）。

長沙〔一〕

洞庭過了浪猶高，河伯欣然止怒濤〔二〕。傍岸買魚仍問米，登樓呼酒更持螯〔三〕。湘汀暮雨幽蘭濕，野渡寒風古樹號。詩到巴陵吟不得，屈原千古有離騷〔四〕。

校　注

〔一〕長沙：秦置。有萬里沙祠，故曰長沙。唐稱長沙郡，宋稱潭州長沙郡，今湖南長沙。

〔二〕河伯：傳説之河神。

〔三〕持螯：吃蟹。螯，節肢動物第一對變形足。

〔四〕屈原：戰國楚人，名平，仕楚爲三閭大夫，受靳尚誣陷，被放逐。到沅湘流域，作《離騷》以明志。離騷，遇憂之意。屈原見楚國政治腐敗，無力挽救，遂自沉於汨羅而死。

孔編：《巴陵》言『秋正清』，此則言『野渡寒風』，此詩或作於《巴陵》之後。

唐律寄呈父鳳山提舉〔一〕　十首

其　一

西興渡口亂啼鴉〔二〕，錦纜牽江目力賒〔三〕。六館衣冠淪道路〔四〕，三宫珠玉走風砂〔五〕。山川不盡心難老，歲月憂煎髪漸華。行到湘南歸不得，倚門應是望天涯。

校　注

〔一〕詩題『呈』後疑有脱文，當爲『某父鳳山提舉』。鳳山是對方人名，提舉爲官名。

〔二〕西興：渡口名。在今杭州市蕭山區西。

〔三〕錦纜：當是拉船的縴繩。

〔四〕六館：見《寄趙青山同舍》注〔二〕。句意謂宋亡時太學生亦在遣中，流離道路。

〔五〕三宫珠玉：三宫指被元兵擄去的幼主及兩太后。珠玉，本作容貌美解，這裏應作身份高貴解。句意謂三宫被擄，困走風砂道路。

其 二

黄帽催人急放舟〔一〕，荻花楓葉共颼颼〔二〕。天公作惡雲翻手〔三〕，河伯爲妖風打頭〔四〕。接翅野鴨圍古堞〔五〕，斷行孤雁落中州〔六〕。吴山只隔淮山路，江北江南處處愁。

校 注

〔一〕黄帽：船夫，舟子。

〔二〕颼颼：象聲詞，風聲。

〔三〕雲翻手：杜甫《貧交行》：『翻手作雲覆手雨，紛紛輕薄何須數？』比喻變化多，反覆無常。

〔四〕風打頭：逆風。亦作打頭風。

〔五〕『接翅』句：『鴨』應作『鴉』。一是平仄不協，再則野鴨不可能圍堞。接翅，翅膀相接，謂野鴉成陣。堞，城上小墻。

〔六〕斷行孤雁：雁飛成行，斷行之雁成爲孤雁。這應是作者自喻。元量兄弟七人，現在隻身湘行，所以如此説。

按此詩應是追憶之作。

其　三

燕山只在亂雲邊〔一〕，過了黄河便豁然。鼠帽蒙頭車上坐〔二〕，貂裘擁鼻草間眠。秋砧搗落千營月〔三〕，曉寨炊殘萬竈煙。説與奚奴休笑我〔四〕，詩人要看好山川。

校　注

〔一〕燕山：山名，在河北薊縣東南。
〔二〕鼠帽：頭巾名，亦稱鼠耳巾。
〔三〕秋砧：砧，搗衣石，古人詩中常稱秋砧。李白《子夜吴歌》：『長安一片月，萬户搗衣聲。』
〔四〕奚奴：僮僕。見前注。

其　四

錦帆浩盪濕龍鸞〔一〕，樂指三千粉淚寒〔二〕。萬里遠行看日近〔三〕，一人不殺見天寬〔四〕。玉闕屢沐軍羅拜，金殿時蒙上問安。宴罷御香攜滿袖，醉歸環佩月中看。

校注

〔一〕錦帆：華麗的船。李商隱《隋宫》：『玉璽不緣歸日角，錦帆應是到天涯。』　龍鸞：帝王車駕。

〔二〕欒指：指被擄宫妓。　粉淚：流下雜有粉黛的眼淚。

〔三〕日近：晉明帝幼時，父問曰：『汝謂日與長安孰遠？』對曰：『日近。舉目見日，不見長安。』

〔四〕一人不殺：見卷一《醉歌》其十注〔一〕。

其五

昔年去國太蒼黄〔一〕，同舍諸生半死亡。春别浙江花似霧，秋行磧地草如霜〔二〕。時沽市酒借餘景〔三〕，屢宿官郵悲故鄉〔四〕。滿目故人皆厚禄，吾儕添得兩奚囊〔五〕。

校注

〔一〕太蒼黄：『太』原作『大』，當爲『太』之誤，今正。　蒼黄：急遽貌。杜甫《新婚别》：『誓欲隨君去，形勢反蒼黄。』

〔二〕『春别』二句：三句説春離故鄉，四句説秋行燕北。磧地：沙漠之地。磧，原作『迹』，誤，今正。

〔三〕餘景：晚年。句意謂借酒消愁，以度晚年。

〔四〕官郵：即驛站，見前注。

〔五〕奚囊：詩囊，見前注。宋樓鑰《山陰道中》：『奚囊莫怪新篇少，應接山川不暇詩。』

其　六

抱寒挾策馬蕭蕭〔一〕，北望燕雲道路遥。紫塞曉行聞雁叫〔二〕，黄河夜渡見魚跳。周回四蜀愁雙劍〔三〕，浩蕩三湘夢六橋〔四〕。踏遍乾坤猶是客，小山叢桂不能招〔五〕。

校　注

〔一〕挾策：手持簡册。　蕭蕭：馬鳴聲。

〔二〕紫塞：北方邊塞。秦築長城，土色皆紫，故稱。

〔三〕周回：周匝。　四蜀：四川境内有岷、瀘、雒、巴四大川，亦稱四蜀。　雙劍：即劍門、劍閣，爲蜀地險道。　句意謂走遍四川，最怕是雙劍地方。

〔四〕三湘：瀟湘、資湘及沅湘三水。　六橋：指杭州西湖六橋，見前注。

〔五〕小山叢桂：按此句用淮南小山《招隱士》事。小山，淮南小山。叢桂，《招隱士》有『桂樹叢生兮山之幽』及『攀援叢桂兮聊淹留』之句。

此詩叙北行至燕，出長城，過黄河及經過湖南、四川兩省。

其七

夜來夢裏到吾廬，夢破潸然淚似珠〔一〕。吴女北游簪素柰〔二〕，湘娥南望泣蒼梧〔三〕。風吹遠浦秋鴻杳〔四〕，月出空山夜鶴孤。忽憶西湖梅與柳，夢隨雲水度西湖。

校注

〔一〕潸：原作『潛』，誤，今正。

〔二〕素柰：『柰』原作『奈』，誤，今正。素柰即白柰花。晋成帝時，三吴女子相與簪白花。望之如素柰，傳言天公織女死，俄而后崩。後人用白柰爲吊帝后逝世之故事。宋徽宗鄭皇后同被金兵所擄，留五年，死於五國城。陳之茂爲寧德皇后訃音撰疏文云：『十年罹難，終弗返於蒼梧；萬國銜冤，徒盡簪於白柰。』

〔三〕湘娥：指舜妃娥皇女英。見前注。

〔四〕秋鴻杳：音信杳然。　夜鶴孤：作者自比孤鶴。

按此詩亦是追憶之作。

其八

南嶽諸峰處處嘉〔一〕，麻鞋竹杖躡青霞。山前已見九杈□〔二〕，洞裏不逢三朵花〔三〕。巖瀑垂垂騰曉蜃〔四〕，野田渺渺落寒鴉。衡陽鼓角風悲咽〔五〕，游子斯時正憶家〔六〕。

校注

〔一〕南嶽：指衡山。

〔二〕九杈□：當即九花樹。陸機《要覽》：『九花樹生南嶽，雖經雪凝寒，花必開，開便落，時人謂之應春花。』

〔三〕三朵花：或即三花樹。李白詩：『去時應過嵩少間，相思爲折三花樹。』

〔四〕巖瀑：山巖的瀑布。垂垂：漸漸。杜甫《和裴迪逢早梅》：『江邊一樹垂垂發，朝夕催人自白頭。』曉蜃：山中晨間的蜃氣。

〔五〕衡陽鼓角：不知何指。可能指元兵對起義軍作戰。

〔六〕游子：作者自喻。

其九

愁來不可更禁當，望鬼門關斷盡腸〔一〕。無處告訴只欲死，有時顛倒忽成狂。三湘風雨失舟楫，萬里路歧多雪霜。遥憶武林社中友，下湖簫鼓醉紅裝〔二〕。

校注

〔一〕鬼門關：古關名。據《舊唐書・地理志》，廣西容州北流縣南有兩石相對，遷謫至此者鮮得生還，俗號鬼門關。李德裕《貶崖州》：『崖州在何處，生度鬼門關。』以後凡邊遠險惡之處，皆以鬼門關爲名。

〔二〕『遥憶』二句：謂社友下湖游玩，有紅妝伴飲而醉。

其十

自笑儒衣世法疏，窮愁何日得伸舒。一從挾策來燕地，幾擬陳情乞鑒湖〔一〕。風雨凄凄鴻雁瘦〔二〕，雪霜凛凛鶺鴒孤。湘江樓上無憀甚〔三〕，不見吴山似那畫圖。

校注

〔一〕挾策：見前注。陳情乞鑒湖：説上表請准南歸。詳見《荅徐雪江》及《别章杭山》兩詩注。

〔二〕鴻雁：《詩・小雅》篇名。後因謂灾亂流離的老百姓。鶺鴒：喻兄弟。《小雅・常棣》云：『鶺鴒在原，兄弟急難。』元量兄弟七人，一人坎坷，所以説孤。

〔三〕無憀：義同無聊。

此亦追憶之作。按孔編：元量《暗香》小序有『西湖社友有千葉紅梅』云云，《疏影》序有『西湖社友賦紅梅』云云，此組詩《其九》有『遥憶武林社中友』之句。此組詩作於第二次赴湘時。此詩約作於至元二十八年（一二九一）。

衡山道中寄平遠趙宣慰〔一〕

回雁峰前問訊〔二〕，楚江幾度蘭香〔三〕。望美人兮何處，水雲隔斷瀟湘〔四〕。

校注

〔一〕衡山：即五嶽之一南嶽，見前注。　平遠趙宣慰：平遠，縣名；宣慰，宣慰使，官名。

〔二〕回雁峰：在湖南衡陽，其峰勢如雁回轉。相傳雁至衡陽而止，遇春而回。

〔三〕楚江：泛指古代楚地的河流。

〔四〕瀟湘：湖南的兩條河名。鄭谷《淮上與友人别》詩云：『數聲風笛離亭晚，君向瀟湘我向秦。』孔編：趙宣慰名淇，至元十五年爲湖南道宣慰使，二十三年致其事。淇洞曉音律，尤妙琴事，善詩善畫。居長沙。元量入湘，嘗往訪。詩中情意真摯，當作於第二次入湘時，約至元二十八年（一二九一）。

竹枝歌〔一〕　十首

其　一

快風吹我入三巴〔二〕，桂棹蘭橈倚暮花〔三〕。一道月明天似水〔四〕，湘靈鼓瑟下長沙〔五〕。

校注

〔一〕竹枝：樂府名。唐劉禹錫在湘沅所創新詞，其格式爲七言絶句。唐人所作多以寫旅人離思愁緒，或兒女柔情，後人所作多歌詠風土人情。

〔二〕三巴：地名。原指巴東、巴西及巴郡，這裏泛指四川。

〔三〕桂棹蘭橈：指用高貴木料造成的船。

〔四〕水：原作『天』，當爲『水』之誤。今正。

〔五〕湘靈：湘水之神。《楚辭·遠游》：『使湘靈鼓瑟兮，令海若舞馮夷。』

其二

賈誼祠前酹酒尊〔一〕，汨羅江上吊騷魂〔二〕。耒陽更有一抔土〔三〕，行路人傳是假墳。

校注

〔一〕酹：原作『醉』，當爲『酹』之誤，今正。　賈誼：漢洛陽人，以年少能通諸家書，文帝時爲博士，遷太中大夫。誼欲改正朔，易服色，製法度，又數上疏政事，爲大臣所忌，出爲長沙王太傅，遷梁懷王太傅而卒。

〔二〕『汨羅』句：指吊屈原。詳前注。

〔三〕耒陽：在湖南省南部。　一抔土：墳墓。『抔』原作『杯』，誤，今正。相傳杜甫卒於耒陽，所以説假墳。按《杜工部年譜》，大曆五年，甫至耒陽，泊方田驛。秋，舟下荆楚，竟以寓卒，旅殯嶽陽。

其　三

黄陵廟前楓葉丹〔一〕，黄陵渡頭煙水寒。美人萬里不相見〔二〕，月子彎彎只自看。

校　注

〔一〕黄陵廟：古迹名，在湖南湘陰縣北。《水經注》以爲大舜陟方，二妃從征，溺於湘江，民爲立祠於水側。

〔二〕美人：古以賢士或所思念之人爲美人，這裏不知何指。

其　四

柘枝舞罷竹枝歌〔一〕，風燭須臾奈爾何〔二〕。馬玉池中鴻雁蜜〔三〕，定王臺上駱駝多〔四〕。

校　注

〔一〕柘枝舞：古羽調有柘枝曲，商調有屈柘枝，此舞因曲而名。

〔二〕風燭：《樂府詩集·怨詩行》：『百年未幾時，奄若風吹燭。』因以風燭喻生命之不長。

〔三〕馬玉池：不詳。　蜜：應作『密』。

〔四〕定王臺：相傳漢長沙定王爲望其母唐姬墓而建，在今長沙市東。

其五

落木蕭蕭風怒號，平沙漠漠雁腥臊〔一〕。湘江秋水澄如練〔二〕，山鬼啁時山月高〔三〕。

校注

〔一〕漠漠：彌漫貌。

〔二〕練：白色的熟絹。句意謂秋水澄清，有如白練。

〔三〕山鬼：山神。　啁：喧嘩。

其六

湘江日落亂帆飛，不向東歸便北歸。楊柳渡頭村店裏，青裙女子賣烏柙〔一〕。

校注

〔一〕烏柙：黑色鎮壓簾子的器具。

其七

湘南湘北蕙花開，樹頭樹底猿亂哀。雲巢九疑虞帝廟〔一〕，雨昏三峽楚王臺〔二〕。

校注

〔一〕雲巢：『巢』字既不合平仄，亦没有意義，應是誤字。疑當爲『鏁』字之誤。九疑：即九疑山，見前注。虞帝：舜帝。

〔二〕楚王：楚襄王。宋玉《高唐賦》記楚襄王游雲夢臺館，望高唐宫館，言先王（懷王）夢與巫山神女相會。

其八

白頭漁父白頭妻，網得魚多夜不歸。生怕渡官搜着税，巴東轉舵向巴西。

其九

弄玉吹簫過洞庭〔一〕，煙波渺渺接巴陵。朗吟仙子來何處〔二〕，飛上君山玩月明〔三〕。

校注

〔一〕弄玉：傳説春秋時人蕭史善吹簫，作鳳鳴。秦穆公以女弄玉妻之，爲作鳳臺以居。一夕吹簫引鳳，與弄玉共昇天而去。

〔二〕仙子：不詳。似乎是指麻姑。傳説麻姑稱君山原是崑崙山頂的石塊，被海風吹到湖裏來。

〔三〕君山：在洞庭湖中，又名湘山。《水經注》以爲是湘君之所游處，故名君山。

其十

天上人間一夢過，春來秋去奈愁何。銅仙有淚如鉛水，不似湘妃竹上多〔一〕。

校注

〔一〕『銅仙』二句：此詩以爲銅仙之淚只是李賀在興亡之感中虛擬的叙述，並非事實。如今兩后被擄，北土游離，其悲痛爲何如耶！銅仙、湘妃竹：並見前注。鉛，原作『船』，因形近致誤，今正。

按孔編：此組詩雜叙今湖南、湖北勝迹，屬於湖南者爲賈誼祠、汨羅江、定王臺（在長沙）、虞帝廟等，屬於湖北者有黄陵廟、楚王臺等。是作者乃由湘入蜀。此組詩約作於至元二十八年（一二九一）。

忠武侯廟〔一〕

夔門春水拍天流〔二〕，人日傾城踏磧游〔三〕。古廟蟲蛇穿畫壁，竹風溪雨共啾啾。

校注

〔一〕忠武侯：指諸葛亮。諸葛亮初封武鄉侯，死後謚忠武。

〔二〕夔門：瞿塘峽。因地當川東門户，故稱夔門。

〔三〕人日：正月初七日。人日傾城踏磧，乃夔門習俗。磧：指八陣圖遺迹。原作『迹』，誤，今正。

按孔編，此詩作於第二次入蜀時。

百花潭〔一〕

萬里揚鞭到益州〔二〕，旌旗小隊錦江頭〔三〕。紅船載酒環歌女，摇蕩百花潭水秋。

校注

〔一〕百花潭：溪名，即浣花溪。在成都西，附近有杜甫宅。杜甫《懷錦水居止》之二：『萬里橋南宅，百花潭北莊。』

〔二〕益州：漢置，隋廢，唐復置，亦名成都府。

〔三〕錦江：又稱濯錦江，在成都。

孔編：元量奉旨降香，在春夏之際，今云『秋』，乃第二次入蜀作。

歌妓許冬冬攜酒郊外小集〔一〕

益州歌妓許冬冬，客裏相逢似燕鴻。醉擁蜀琴抽白雪〔二〕，舞回班扇割西風〔三〕。山炰野饌荒山裏〔四〕，浪蕊浮花古寺中〔五〕。偶爾流連借餘景〔六〕，出門一笑夕陽紅。

校注

〔一〕許冬冬：詩中説是益州歌妓，其餘無可考。

〔二〕抽白雪：彈出陽春白雪一樣的高曲，應是作者自喻。抽，本作拔出解，引申爲彈奏。

〔三〕『舞回』句：寫許冬冬歌舞，舞時常用扇。班扇，可能借用班婕妤《怨歌行》之『裁爲合歡扇』一語。

〔四〕山炰：山鄉中的燒烤食物。　野饌：山野人的餚饌。

〔五〕浪蕊浮花：指許冬冬是流浪飄泊的歌妓。

〔六〕流連：本作依戀不舍或樂而忘返解。這裏應作隨便參與講。　餘景：餘年。

孔編：與歌妓郊外小集，當非奉旨降香時事。此詩當作於第二次入蜀時。

錦城秋暮海棠〔一〕

錦城海棠妙無比，秋光染出胭脂蕊〔二〕。日照殷紅如血鮮，箭砂粒粒真珠子〔三〕。玉環着酒睡初覺〔四〕，臉薄粉香淚如洗。絳紗穿露水晶圓〔五〕，笑殺荷花守紅死。蜀鄉海棠根本别，有色有香成二美。春花開殘秋復花，簸弄東君權不已〔六〕。錦袍公子汗血駒〔七〕，賓客喧嘩間朱紫〔八〕。有酒如池肉如山，銀燭千條照羅綺〔九〕。蕭娘十八青絲髮〔一〇〕，手把金鍾歌皓齒。神仙艷骨世所無，歌聲直入青雲裏。江南倦客慘不樂〔一一〕，嗚笛哀箏亂人耳。干戈滿地行路難，屏裏吴山數千里。遥憐花國化青蕪〔一二〕，浪蕊浮花敢欣喜。草堂無詩花無德〔一三〕，竊號花仙寧不恥〔一四〕。春花撩亂亦可憐，秋花爛漫何爲爾。花前妙舞曲未終，紅雪紛紛落流水〔一五〕。薄命佳人只土塵，抛杯拔劍長歌起。

校注

〔一〕錦城：即成都。　海棠：孔校：『棠』原作『賞』，誤，今正。

〔二〕胭脂蕊：蕊紅如胭脂。

〔三〕箭砂：不詳。　粒粒：孔校：原作『妝粒』，誤，今正。

〔四〕玉環着酒：以楊貴妃酒後臉紅喻花的顔色。

〔五〕絳紗：應即海棠。

〔六〕簸弄東君：東君管領春花，海棠秋開，玩弄東君之權。

〔七〕汗血駒：出汗如血的駿馬。

〔八〕朱紫：古代高級官員的服色。

〔九〕羅綺：指服裝華貴的人。

〔一〇〕蕭娘：古人詩裏常有韋娘、蕭娘之稱，當是指妓女之類。

〔一一〕江南倦客：作者自稱。

〔一二〕花國化青蕪：意謂繁華的都市成爲青草荒蕪之處。孔校：『蕪』原作『無』，誤，今正。

〔一三〕草堂無詩：草堂指杜甫。按《詩腋》在海棠下有『無詩應窘杜，植樹獨思羅』一聯。又按《詞林典腋》有『淵材有恨，子美無詩』。與『草堂無詩』之意相同，但含義不解。花無德：謂海棠爲凡卉，子美不屑吟賞。

〔一四〕花仙：蜀人稱海棠爲花仙。

〔一五〕紅雪：泛指紅色的花。這裏指海棠花片。

孔編：元量詞《鶯啼序》有『嗟倦客』之句，此詩當作於第二次入蜀時。

眉州借景亭〔一〕

巍亭借景引壺觴，元祐詩人翰墨香〔二〕。蒼峽雷霆龍意氣，碧崖煙雨豹文章。隔鄰修竹娟娟淨〔三〕，夾道枯桑冉冉黄〔四〕。水泛簾櫳檐影倒，風吹城堞角聲長。巴童結束歌仍俊〔五〕，蜀女腰肢舞亦狂。千古相望翁季在〔六〕，眉山草木有輝光。

校注

〔一〕眉州：南朝梁置青州，後改眉州，宋改眉州通義郡，元明因之，民國時改爲眉山縣。借景亭：《明一統志》：『亭在四川青神縣治後。此亭下瞰史家園，園多佳景，宋黄庭堅曾游此，扁曰「借景」。』按青神縣屬四川眉州。

〔二〕元祐詩人：指黄庭堅。庭堅，字魯直，宋分寧人。其詩學杜甫，能自辟門徑，爲江西詩派之祖。

〔三〕娟娟：明媚美好的樣子。

〔四〕冉冉：柔弱下垂的樣子。曹植《美女篇》：『柔條紛冉冉，落葉何翩翩。』

〔五〕結束：裝束，打扮。

〔六〕翁季：當指蘇洵及蘇軾、蘇轍父子，爲宋眉州眉山人。

孔編：『枯桑冉冉黄』，乃屬秋季，此詩作於第二次入蜀時。

藥　市

成都五日，家家列藥於市，以爲盛事。

蜀鄉人是大醫王，一道長街盡藥香。天下蒼生正狼狽〔一〕，願分良劑救膏肓〔二〕。

校　注

〔一〕蒼生：指百姓。　狼狽：比喻艱難窘迫。

〔二〕膏肓：古代醫學稱心尖脂肪爲膏，心臟和膈膜之間爲肓，認爲是藥力不及之處。後人以疾病嚴重、難以醫治爲膏肓之疾。

孔編：成都五日，乃元月五日。元量降香，在暮春或夏初。此詩當作於第二次入蜀時。

重訪草堂〔一〕

放棹花溪去〔二〕，重來訪草堂。菰蒲依静渚〔三〕，楊柳繞回塘。野塹棕高下，山墻竹短長。槁梧含古色，瘦菊減清香。鼙鼓撾三疊〔四〕，旌旗列兩行。花娘紛舞袖〔五〕，座客競飛觴〔六〕。醬蘸生葱白，齏澆熟韭黄。洪爐催卷餅〔七〕，匕首割燒羊。大笑諸公醉，高談小子狂〔八〕。城闕猶未掩，冠蓋已飛揚〔九〕。鳥語青松裏，人行錦樹旁。杜陵輕出峽〔一〇〕，千古隔瀟湘。

校注

〔一〕草堂：即杜甫的浣花草堂。參見前注。

〔二〕放棹：猶言乘船。花溪：即濯錦江，亦稱浣花溪。

〔三〕菰蒲：水邊雜草。

〔四〕撾三疊：敲三遍。

〔五〕花娘：妓女，歌女。

〔六〕飛觴：飲酒，勸酒。觴，酒杯。

〔七〕洪爐：大型的炊事用爐。

〔八〕小子：作者自稱。

〔九〕飛揚：原作飛舞飄揚解。這裏指冠蓋之士全都離去。

〔一〇〕杜陵：指杜甫。　出峽：離開四川。　此句似説少陵不該輕易離蜀，以至於客死耒陽。孔編謂既云重訪，當作於第二次入蜀時。據詩中所叙，重訪草堂時，賓客雜沓，餚饌紛陳，高談大笑，冠蓋飛揚，應非元量獨訪。

昝相公送錦被〔一〕

蜀都府主迎賓客〔二〕，贈我蜀錦三百尺。美人蔌蔌弄金梭〔三〕，鴛鴦機上初成匹。繁花亂蕊皆同心，艷枏中含杜鵑血〔四〕。玉妃如霜姑射仙〔五〕，金刀剪破雲霞纈〔六〕。爲我裁成合歡被〔七〕，細意密縫無綫迹。道人把玩色相射〔八〕，銀海光藻淚珠滴〔九〕。却憶故家初破時〔一〇〕，綉龍畫雉如砂石〔一一〕。綺窗窈窕花離離〔一二〕，紅妝萬鏡嬌無力〔一三〕。百幅錦帆風不動〔一四〕，緑濕紅鮮蕩春碧〔一五〕。紛華過眼一夢如，蜀錦吴綾復何益〔一六〕。白茅安用紅錦包〔一七〕，虎皮難以裹羊質。只今卷錦還府主，心地了然無得失。銅壺漏斷銀釭滅，崑崙影轉初三月。道人坐久聞妙香，紙帳蒲團自清絶。

校注

〔一〕昝相公：可能即昝萬壽。見前注。按元至元二十三年二月甲辰紀事：『以……都元帥……並參知政事。』是萬壽降元，既爲元帥，又爲參知政事，所以汪詩中既稱昝爲『帥』，又稱爲『舍人』，更稱爲『相公』。

〔二〕蜀都府主：指昝萬壽。

〔三〕蔌蔌：同『簌簌』，象聲詞。當指梭聲。

〔四〕枿：新抽出的木芽。

〔五〕玉妃：本指花和雪，這裏似應指裁製錦被的女工。　姑射仙：《莊子·逍遥游》：『藐姑射之山，有神人居焉，肌膚若冰雪，淖約若處子。』後世以姑射仙子爲神仙或美人之稱。

〔六〕纈：織物上的印染花紋。

〔七〕合歡被：聯幅的大被。

〔八〕道人：作者自稱。

〔九〕銀海：道家稱目爲銀海。　光藻：不詳。　句意謂看過之後爲之流淚。

〔一〇〕故家：猶言故宫或故國。

〔一一〕綉龍畫雉：綉有龍雉的被。

〔一二〕綺窗：雕畫美麗的窗户。　窈窕：美好貌。　離離：分披繁茂貌。

〔一三〕紅妝：應指宫女。

〔一四〕錦帆：錦製的船帆。

〔一五〕蕩春碧：在春水上摇蕩。這兩句似指宋亡時三宫由水道北徙時的景象。

〔一六〕蜀錦吴綾：蜀地出産的錦，吴中織成的綾。

〔一七〕白茅：本爲包裹充祭祀的禮物，這裏作者自比如草，用不着紅錦之被。

孔編：詩中兩處自稱道人，詩當作於第二次入蜀時。

光相寺〔一〕

峨眉縣西四十里，峭壁懸崖削寒翠。崎嶇棧道動揺揺〔二〕，矮石支撑同贔屭〔三〕。忽窺萬仞黑無底，下有龍淵七十二。攀捫步步足難移，大盤小盤八十四〔四〕。行行更入娑羅平〔五〕，側立長嗟心膽碎。洗脚溪頭登土峰，板屋數間光相寺。寺中蕭然無個僧，普賢小殿生陰氣〔六〕。天仙橋上光明巖〔七〕，銀色光中世界異。須臾風雨洗面來，兜羅綿雲塞天地〔八〕。虚空現出大圓光，五色暈中瞻大士〔九〕。日暮雲收山寂然，乙夜燈分百千計〔一〇〕。别有卓庵三四僧〔一一〕，花木滿軒頗清致。有時雲起自雷巖，兩道金光出巖際。有時雲散光獨明，猶見光中回象轡〔一二〕。僧云又有清現光，白日無雲光更麗。奇花異草吹香風，怪獸珍禽左右至。善財童子何許來〔一三〕，五十三參見真諦〔一四〕。神通變化無了時，如幻如夢復如戲。胡爲狡獪弄精魂，機事機心極無謂〔一五〕。儒生持此問山僧，僧曰如是觀如是〔一六〕。若言有相更有光，靈化千千誠小技〔一七〕。何如無光復無相，湛寂名爲第一義〔一八〕。菩薩空中數點頭，收斂圓光無一事。雪山萬點白差差，初日照之光毿毿〔一九〕。遥瞻天竺立綿延〔二〇〕，我欲游觀足如縶。平生兹游真冠絶〔二一〕，走筆成詩圖快意。

校注

〔一〕光相寺：孔氏引《輿地紀勝》卷四十六《嘉定府・景物下》有光相寺，乃嘉定名勝。又按《方輿勝覽》，光相寺在四川峨眉縣西南大峨山絶頂。自白水歷八十四盤，山徑如綫，登躋六十里至寺，即普賢示現之處。寺屋皆以板爲之。明代重修，以鐵爲瓦。又有錫瓦銅瓦二殿。

〔二〕棧道：在極險絶地方傍山架木而成的道路。

〔三〕贔屭：猛壯有力貌。一説，龍生九子，一曰贔屭，形似龜，好負重，今碑下龜趺是也。

〔四〕盤：謂盤曲的道路。

〔五〕娑羅平：不詳。當是地名。

〔六〕普賢：菩薩名，與文殊並稱，佛教稱爲釋迦牟尼之二脇士。

〔七〕光明巖：在四川峨眉山市西南峨眉山頂，故峨眉山亦稱光明山。邃古以前，黄帝問道，普賢説法，皆在絶頂光明巖。峨眉山有光怪，天晴雲涌，浩若銀海。其光五彩如輪，俗云佛現，巖名光明以此。見《名山記》及《蜀都雜鈔》。

〔八〕兜羅綿：佛經中稱草木的花絮。此以花絮形容白雲。

〔九〕大士：菩薩的通稱。《法華文句記》：『大士者，《大論》稱菩薩爲大士，亦曰開士。』

〔一〇〕乙夜：二更時候，約爲夜間十時。　千：原作『午』，誤，今正。

〔一一〕卓庵：不詳。當是庵名。

〔一二〕象轡：以象駕車。轡，馬繮。句意謂還可以看到菩薩騎象回去。

〔一三〕善財童子：釋迦牟尼弟子名。

〔一四〕五十三參：根據《華嚴經》所載，善財童子生時，形體支分，端正具足，一切衆寶，自然出現，一切庫藏，悉皆充滿，父母親屬名之曰善財。後文殊師利菩薩至福城，囑咐善財須廣參善知識，以求精進。先參拜德雲比丘，次參拜海雲比丘，直至第五十三次拜普賢菩薩，普賢爲説諸法，善財即得一切佛刹微塵數三昧門。

〔一五〕機事：機巧之事。　機心：智巧變詐的心計。《莊子·天地》：『有機事者必有機心。機心存於胸中，則純白不備。』

〔一六〕如是觀如是：《金剛經》：『一切有爲法，如夢亦如幻，如露亦如電，應作如是觀。』

〔一七〕技：原誤作『枝』，今正。

〔一八〕湛寂：深窈，深寂。《聖教序》：『妙道凝玄，遵之莫知其際；法流湛寂，挹之莫測其源。』　第一義：佛教指最上最深之妙理。亦名真諦。

〔一九〕毳毳：粗糙脆弱的樣子。

〔二〇〕天竺：應指天竺國或天蘭山。　綿延：連續不斷。

〔二一〕『平生』句：化用蘇軾『九死南荒吾不恨，兹游奇絶冠平生』詩句。

興元府〔一〕

孔編以此詩作於第二次入蜀時。

秋風吹我入興元，下馬荒郵倚竹門。詩句未成雲度水，酒杯方舉月臨軒。山川寂寞非常態，市井蕭條似破村。官吏不仁多酷虐，逃民餓死棄兒孫。

校注

〔一〕興元府：古梁州之境，唐興元元年陞梁州爲興元府，宋因之。今漢中市。

孔編謂此詩明點秋季，乃第二次入蜀作。

利州〔一〕

雲棧搖搖馬不前〔二〕，風吹紅樹帶青煙。城因兵破慳歌舞〔三〕，民爲官差失井田。巖谷搜羅追獵户，江湖刻剥及漁船。酒邊父老猶能説，五十年前好四川。

校注

〔一〕利州：州名，唐置。宋爲陝西路地，不久分出一部置利州路，後又改爲廣元路。地在今四川廣元市。

〔二〕雲棧：高峻的棧道。　搖搖：通『遥遥』，路遠之意。又可作心神不安講，意謂棧道高危，使人心神不安。兩説俱可通。搖搖原作『遥遥』，今從《詩淵》、葉本。

〔三〕慳：吝嗇，這裏引申爲稀少。

孔編：『風吹紅葉』，秋意已深。此詩當作於第二次入蜀時。

鳳州〔一〕

鳳州山館有清輝，古木扶疏散陸離〔二〕。紅尾錦鷄鳴古埭，緑頭花鴨蕩幽池。荷聲策策秋來後〔三〕，桂影團團月上時。病馬嚙荄思故櫪〔四〕，驚烏繞樹宿何枝〔五〕。三分割據人如夢〔六〕，滿目興亡客自癡〔七〕。走筆成詩聊紀實，岷峨風土出蹲鴟〔八〕。

校注

〔一〕鳳州：州名，北周置。今陝西鳳縣。

〔二〕扶疏：繁茂分披貌。陸離：參差錯綜貌。

〔三〕策策：象聲詞。葉本作『蔌蔌』。

〔四〕荄：草根。

〔五〕『驚烏』句：曹操《短歌行》：『月明星稀，烏鵲南飛，繞樹三匝，何枝可依。』此用其意。

〔六〕三分割據：指魏、蜀、吴爲三國。

〔七〕客自：《詩淵》、葉本作『客似』。鮑校：吴本『自』作『似』。

〔八〕岷峨：岷山北支，其南曰峨眉山，因稱峨眉山爲岷峨。陸游《寓嘆》：『岷峨不遂隱，更恨昔謀非。』蹲鴟：大芋。

孔編：『荷聲策策』、『桂影團團』，季屬九月，非降香時作。此詩當作於第二次入蜀時。

彭州歌〔一〕 二首

其一

彭州昔號小成都，城市繁華錦不如。尚有遺儒頭雪白，見人猶自問詩書〔二〕。

校注

〔一〕詩題『二首』二字原缺，據《詩淵》補。彭州：漢晋繁縣地。唐置彭州，屬成都府。明改縣。今爲彭州市，屬四川省。

〔二〕問：《詩淵》作『説』。

其二

彭州又曰牡丹鄉，花月人稱小洛陽〔一〕。自笑我來逢八月，手攀枯幹舉清觴。

校注

〔一〕『彭州』二句：洛陽以牡丹著名，所以彭城稱爲小洛陽。

孔編：元量奉旨入蜀降香，在春夏之際。詩中云八月，乃第二次入蜀。

彭州

我到彭州酒一觴，遺儒相與話凄凉。渡江九廟歸塵土〔一〕，出塞三宫坐雪霜〔二〕。歧路茫茫空望眼，興亡衮衮入愁腸〔三〕。此行歷盡艱難處，明日繁華是錦鄉〔四〕。

校注

〔一〕渡江九廟：古代帝王立廟以祀祖先，本只七廟，王莽增爲九廟。宋代自太祖至欽宗適爲九代。

〔二〕出塞三宫：指被元軍擄去之幼主趙㬎及太皇太后謝氏、皇后全氏。

〔三〕衮衮：相繼不絶。

〔四〕日：吴本作『月』。錦鄉：指成都，又稱錦城。元量一路行來，如興元、利州、鳳州及彭州都是窮僻之區，不及成都繁華。陸游《懷成都》詩云：『放翁五十猶豪縱，錦城一覺繁華夢。』孔編謂『出塞三宫』云云，乃回憶之詞，此詩亦當作於第二次入蜀時。

綿州〔一〕

綿州八月秋氣深，芙蓉溪上花陰陰〔二〕。使君唤船復載酒，書生快意仍長吟〔三〕。擊鼓吹笙勸客飲〔四〕，脱巾露髮看日沉。歸來不知其所往，但見月高松樹林。

校注

〔一〕綿州：隋改潼州爲綿州，唐宋元明因之，在今四川省。

〔二〕陰陰：陰闇。

〔三〕書生：作者自稱。

〔四〕勸：鮑本作『歡』。應作『勸』。

孔編：詩中云及『書生』，而非敕使。此詩當作於第二次入蜀時。

潼川府〔一〕

潼江待我洗吟眸，如此江山是勝游。紅袖鬥歌纔拍手〔二〕，緑鬟對舞盡纏頭〔三〕。箜篌急捻風生座〔四〕，鼙鼓連撾月上樓。一夜不眠鷄戒曉，又騎鋪馬過綿州〔五〕。

校注

〔一〕潼川府：隋置梓州，宋陞潼川府。舊治郪縣，在今四川省。『川』原作『州』，今從《詩淵》、葉本。

〔二〕紅袖：指歌妓。

〔三〕緑鬟：指舞妓。纏頭：古代歌舞藝人表演時以錦纏頭，客以羅錦爲贈，稱纏頭。

〔四〕箜篌：樂器名。捻：一種彈奏的指法。

〔五〕鋪馬：驛站所備的馬。

孔編謂『又騎』云云，當是第二次入蜀作。

昌州海棠有香[一]

其一

我到昌州看海棠，恰逢時節近重陽。人言好種亦難得，只有州衙一樹香。

校注

〔一〕昌州：州名，今重慶市大足區。

其二

香霏堂上樹婆娑[一]，不見嫣然亦可嘉[二]。且向秋風一杯酒，枝頭的的兩三花[三]。

校注

〔一〕香霏堂：在重慶市大足區，故昌州治。《輿地紀勝》：『在郡圃。取東坡詩「香霧霏霏月轉廊」之句爲名。海棠患無香，獨昌南者有香。故昌州號海棠香國。香霏堂一老樹，香趺疊萼。每花或二十餘葉，花氣濃鬱，餘不能及。』婆娑：茂盛，紛披。

〔二〕嫣然：美好的樣子。宋玉《登徒子好色賦》：『嫣然一笑，惑陽城，迷下蔡。』

〔三〕的的：明白，昭著。

其　三〔一〕

夜夢花仙索我詩，他山別種世間稀。一年四節花如錦，莫把嬌姿比貴妃。

校　注

〔一〕孔校：此組詩其二、其三原合爲一首，其二在前。案，二者韻不同，各有其獨立内容，今分爲二首。孔編：『節近重陽』，此詩當作於第二次入蜀時。

戎　州〔一〕　五首

其　一

豪士家園爲我開，樹頭樹底錦堆堆。書生大嚼真快意，不枉戎州走一回。

校　注

〔一〕《詩淵》第十一册收此組組詩，總爲一首。　戎州：州名，今四川宜賓市。

其　二

錦荔戎州第一奇，大如鷄子壓枝垂。金刀剪下三千顆，對客從容把酒卮。

其　三

害馬勞人事已灰，長安無復使臣來〔一〕。滿園蓊蔚千千樹〔二〕，盡是楊妃死後栽。

校注

〔一〕『害馬』二句：按《國史補》：『貴妃生於蜀，好食荔。南海所産，尤勝蜀者。故每歲飛馳以進。』謝枋得《唐詩注》有云：『州縣以郵傳疾馳稱上意，人馬僵斃，相望於道。』鮑校：吴本『害』作『客』，『臣』作『人』。

〔二〕蓊蔚：茂密繁盛貌。

其　四

錦樹高低種萬顆〔一〕，歲收百斛足生涯。八錢買得一斤重，魯直詩中特地誇〔二〕。

校注

〔一〕低：原作『枝』，今從《詩淵》、葉本。　顆：《詩淵》、葉本、鮑本作『窠』。

〔二〕魯直：黄庭堅字。　黄庭堅曾於元符年間遷戎州安置，離戎後作有《廖致平送緑荔支爲戎州第一王公權荔支緑酒亦爲戎州第一》等詩，誇贊戎州荔枝。

其　五

錦殼中間玉一團，樹高數丈實難攀。瀘戎顆顆甜如蜜〔一〕，夔梓纍纍味薄酸〔二〕。

校注

〔一〕瀘戎：指瀘州與戎州。

〔二〕夔梓：指夔州及梓州。

孔編：其二云及『書生』，説明來戎州乃屬漫游。此詩當作於第二次入蜀時。

瀘　州〔一〕

復作瀘州去，輕舟疾復徐。峽深藏虎豹，谷暗隱樵漁。西望青羌遠〔二〕，南瞻白帝迂〔三〕。

晴嵐侵簟枕〔四〕，寒露濕衣裾。野沼荷將盡，山園荔已疏。長官相見後〔五〕，置酒斫鯨魚。

校注

〔一〕瀘州：春秋巴國地。唐宋爲瀘州，州治在今四川瀘州市。

〔二〕青羌：古少數民族名，居西方，約在今陝西汧隴二縣之間。杜甫《戲作俳諧體遣悶》：『西歷青羌坂，南留白帝城。』

〔三〕白帝：城名。在今重慶市奉節縣城東瞿塘峽口。

〔四〕晴：鮑校：吴本『晴』作『暗』。以作『晴』爲勝。

〔五〕長官：指瀘州的地方官。

孔編：詩中云及『復作』，又云『輕舟疾復徐』，顯係第二次出蜀，順流而下。

夔　門〔一〕

赤甲山連白帝山〔二〕，三巴三峽百牢關〔三〕。孤舟行客愁無那〔四〕，十二峰前十二灘〔五〕。

校注

〔一〕夔門：瞿塘峽。因地當川東門户，故名。

〔二〕赤甲山：山名。在重慶市奉節縣東。　白帝山：山名。在奉節縣東十三里。《元和志》：『即州城所據，與赤甲山相接。』

〔三〕三巴：地名。即巴郡、巴西及巴東。　三峽：峽名。重慶奉節至湖北宜昌之間的長江兩岸，重巖疊嶂，無地非峽，就其險者，稱爲三峽。今以瞿塘峽、巫峽及西陵峽爲三峽。　百牢關：古關名，在今陝西沔縣西南。《寰宇記》：『蜀路險峻，號曰百牢。關置於隋代。一云置於百牢谷。』

〔四〕無那：無奈。王昌齡《從軍行》：『更吹横笛關山月，無那金閨萬里愁。』

〔五〕『十二』句：巫山在重慶巫山縣東，有十二峰。十二灘，應是當地之灘，例如黄牛、白狗等都是灘名。

孔編：『孤舟行客』，乃客游。此詩作於第二次入蜀時。

夔門驛〔一〕

宿酲未解據胡床〔二〕，亭午披衣望麝香〔三〕。三峽夜來天似水〔四〕，百蠻秋後月如霜〔五〕。洲前橘柚垂垂實〔六〕，石上藤蘿細細長。又欲拿舟過灧澦〔七〕，黄牛白狗接高唐〔八〕。

校注

〔一〕夔門：見前注。　驛：驛站，驛館。

〔二〕宿酲：酒醉後經夜未醒。　胡床：一種可以摺疊的輕便坐具。

〔三〕亭午：正午。　麝香：鳥名。杜甫《山寺》：『麝香眠石竹，鸚鵡啄金桃。』

〔四〕三峽：見前首注〔三〕。

〔五〕百蠻：原指與華夏對稱之少數民族。這裏指少數民族聚居地。

〔六〕垂垂：漸漸。

〔七〕拿舟：雇船。　灩澦：長江瞿塘峽中之險灘名。

〔八〕黄牛、白狗：均是灘峽名。　高唐：縣名。

孔編：詩中所寫，乃深秋景象。此詩當作於第二次出蜀時。

送皇甫秀才下荆州〔一〕

西南多勝概，挾策緩周旋〔二〕。笛弄五溪月〔三〕，棹摇三峽天〔四〕。楚江萍似斗〔五〕，太華藕如船〔六〕。歸橐應無價〔七〕，人争秀句傳。

校注

〔一〕皇甫秀才：不詳。

〔二〕挾策：手持簡册。策，書寫的竹簡。　周旋：指周旋名勝。

〔三〕五溪：指雄溪、蒲溪、西溪、沅溪及辰溪。李白《聞王昌齡左遷龍標遥有此寄》：『楊花落盡子規啼，聞道龍標過五溪。』

〔四〕棹摇：即摇棹，乘船。

〔五〕萍似斗：劉向《説苑·辨物》：『楚昭王渡江，有物大如斗，直觸王舟，止於舟中。昭王大怪之，使聘問孔子。孔子曰：「此名萍實。令剖而食之，惟霸者能獲之，此吉祥也。」』

〔六〕藕如船：『船』應是同韻字『椽』字之誤。詩雖可夸張，但『如船』不免過當。太華産藕，謝邁有詩曰：

『人憐淤泥止，出此萬朵蓮。須知淤泥中，有藕大如椽。』

〔七〕歸橐：引申爲奚囊，囊中爲詩箋，並見前注。

孔編：此詩首二句，説明元量與皇甫秀才嘗在蜀中『周旋』名勝，皇甫離去，而元量仍留蜀。此詩當作於第二次入蜀時。自《忠武廟》至此詩凡二十九詩，約分别作於至元二十八、二十九、三十數年間（一二九一—一二九三）。

隆慶府〔一〕

雁山突兀插青天〔二〕，劍閣西來接劍泉〔三〕。如此江山快人意，滿船載酒下潼川〔四〕。

校注

〔一〕隆慶府：宋以劍州普安郡改置，即今四川劍閣縣。

〔二〕雁山：在四川梓潼縣南四十里，有東西兩嶺，突出如門，雁從中過。

〔三〕劍閣：在四川劍閣縣北。詳前注。　劍泉：梓潼縣有隱劍泉。《太平寰宇記》：『隱劍泉在縣北十二里。……相傳云五丁開劍路迎秦女，拔蚺山摧，五丁與秦女俱斃於此，餘劍隱在路傍，忽生一泉。』

〔四〕潼川：即梓潼水。

蠶　市〔一〕

成都美女白如霜，結伴攜筐去采桑。一歲蠶苗凡七出〔二〕，寸絲那得做衣裳。

校　注

〔一〕蠶市：買賣蠶繭的集市。

〔二〕七出：善養蠶之家每年能養好七熟。作者在《杭州雜詩和林石田》其七有『八繭熟吴蠶』之語。

皆舍人錦江泛舟〔一〕

舍人與客放船開，網得鯨魚餉酒杯〔二〕。西川錦雀甜如蜜，録事相分二百枚。

校　注

〔一〕皆舍人：即皆萬壽。見前注。

〔二〕餉：本爲饋贈之言。這裏餉酒杯作爲佐酒之意。

蠶叢祠〔一〕

西蜀風煙天一方，蠶叢古廟枕斜陽。茫然開國人天主，仿佛鴻荒盤古王〔二〕。

校注

〔一〕蠶叢：相傳爲蜀王之先祖，教人蠶桑。李白《蜀道難》：『蠶叢及魚鳧，開國何茫然。』

〔二〕鴻荒：謂太古、混沌初開之世。盤古：我國神話中開天辟地首出創世的人。

後主廟〔一〕

漢賊不兩立〔二〕，英雄恨不平。孔明勞已死〔三〕，仲達走還生〔四〕。雙劍鷹鸇急〔五〕，三秦虎豹横〔六〕。東南無霸氣〔七〕，恢復恐難行。

校注

〔一〕後主廟：成都有後主廟，祀蜀漢後主劉禪。禪，小字阿斗。及即位，由丞相諸葛亮主政。景耀六年，魏出兵逼成都，降魏。

〔二〕『漢賊』句：語本《出師表》。漢指蜀漢，賊指曹魏。

〔三〕諸葛亮：字孔明。隱居隆中，劉備三顧始見之。爲備畫據荆益、聯孫權、拒曹操之策，佐備取荆州，定益州，遂與魏吴成鼎足之勢。後亮輔後主，志復中原，屢次北伐，與魏相攻戰。章武十二年卒於五丈原軍中。亮爲丞相時，凡杖五十以上者，皆親自省覽，勞累過甚。司馬懿以爲亮食少事繁，不能久於人世。

〔四〕『仲達』句：司馬懿，字仲達，三國魏温人。爲曹操父子所重用，曹丕時爲大將軍。魏蜀相持多年，後亮卒於軍中，懿率兵追戰，楊儀以車僞裝亮形，懿見之，退兵去。時諺謂『死諸葛走生仲達』。

〔五〕雙劍：即雙門，亦即杜詩中之雙崖。杜甫《瞿塘兩崖》詩云：『三峽傳何處，雙崖壯此門。』　鷹鸇：猛禽，以喻强敵。

〔六〕三秦：項羽入關，三分關内，謂之三秦。　虎豹：亦喻强敵。當年魏兵結集於陝北，爲蜀漢勁敵。

〔七〕東南霸氣：古有東南王氣之説，舊時以爲象徵帝王運數的祥瑞之氣，但未有稱霸氣者。或者魏蜀吴三國各霸一方而稱爲霸氣。詩末似説蜀漢循聯吴攻魏之策，雖志存恢復，恐難以成功。

蜀相廟〔一〕

我謁武侯祠，陰廊草凄凄〔二〕。當時南陽結廬學龍卧，深山大澤無人知。胡爲蜀先主，三顧前致辭〔三〕？欲煩恢復天下計，先主籌策天下奇。浩然出山來，凛凛虎豹姿〔四〕。乘時既得人〔五〕，上曰真吾師。已曉關與張〔六〕，二子不復疑。孤有孔明在軍中，如龍有水相因依〔七〕。曆數既有歸〔八〕，破賊當自兹。可憐復漢社稷心未已，當時三峽圖壘空巍巍〔九〕。先生有才過曹丕，中原恢復未可知。惜哉軍務勞〔一〇〕，一心死無私。出師一表如皎日〔一一〕，千古萬古鴻名垂。

校注

〔一〕蜀相廟：即武侯祠。在成都西北。

〔二〕凄凄：同『萋萋』，草茂盛貌。

〔三〕三顧：蜀先主三次訪問孔明，咨以定天下大計。

〔四〕虎豹姿：雄偉之姿。

〔五〕乘時：利用良好的時機。

〔六〕關張：關羽與張飛。當初劉備重用孔明，關張不服。備謂之曰：『孤有孔明，如魚得水。』

〔七〕因依：依靠，依倚。

〔八〕曆數：猶言天命。《書·大禹謨》：『天之曆數在汝躬，汝終陟元後。』句謂天命在蜀漢。

〔九〕三峽圖壘：指孔明所設的八陣圖。

〔一〇〕軍務勞：孔明軍務勞累，前已有注。杜甫《詠懷古迹》第五首有『志決身殲軍務勞』之語。『務』原作『霧』，誤，今正。

〔一一〕出師一表：指孔明出師伐魏前上後主之《出師表》。

蜀主芙蓉城〔一〕

芙蓉城上草萋萋，弔古徘徊日欲西。帝子不來花蕊去〔二〕，荒宮無主亂鴉啼。

校注

〔一〕芙蓉城：四川成都之别稱。五代後蜀主孟昶於宮苑城上盡植芙蓉，花開如錦，故稱芙蓉城，又稱錦城。

〔一〕帝子：根據上句，應是孟昶。昶初名仁贊，字保元。繼父知祥爲蜀主，好游宴，不務政事。後蜀廣政二十八年，昶兵敗舉州降，後死於開封。花蕊：花蕊夫人。孟昶妃子，能文，效唐王建作宫詞百首。蜀亡入宋宫，宋太祖曾召之賦詩，有『十四萬人齊解甲，寧無一個是男兒』之句。

此首所作歲月不詳，而弔古傷懷，寫出滿目凄凉的景象。

成　都〔一〕

錦城滿目是煙花〔二〕，處處紅樓賣酒家。坐看浮雲横玉壘〔三〕，行觀流水蕩金沙〔四〕。巴童棧道騎高馬，蜀卒城門射老鴉。見説近來多盜跖〔五〕，夜深戰鼓不停撾。

校　注

〔一〕成都：府名，唐置，治所在今四川成都市。

〔二〕煙花：泛指美麗春景。

〔三〕『坐看』句：鮑校：吴本『浮』作『紅』，『横』作『浮』。玉壘：山名，在今四川都江堰市西北。杜甫《登樓》詩云：『錦江春色來天地，玉壘浮雲變古今。』

〔四〕金沙：江水名。長江上游自青海玉樹縣至四川宜賓市之一段。以産金沙出名，亦稱小金沙江、北金沙江。

〔五〕盜跖：相傳爲春秋時大盜。這裏指盜賊之類。

嚴鄭公故宅〔一〕

蜀山突兀接青天〔二〕，鄭公故宅城相連。深深古木哀黄鳥〔三〕，漠漠荒煙哭杜鵑〔四〕。舞罷遺鈿流水外〔五〕，戰餘折戟落花前〔六〕。將軍好武通文墨〔七〕，割據操心未必然。

校注

〔一〕嚴鄭公：謂嚴武。武字季鷹，唐華州人。中書侍郎嚴挺之子。少以蔭調太原府參軍事，後任東川劍南節度使，鎮劍南。廣德二年，破吐蕃，封鄭國公。武在蜀累年，肆志逞欲，恣行猛政，窮極奢靡。

〔二〕蜀山：指蜀地的山。

〔三〕黄鳥：鳥名，又叫黄雀。《詩·小雅·黄鳥》：『黄鳥黄鳥，無集於穀，無啄我粟！』

〔四〕杜鵑：鳥名。鳴聲凄楚。

〔五〕遺鈿：指舞罷遺落的花鈿。

〔六〕折戟：折斷的戟。杜牧《赤壁》：『折戟沉沙鐵未銷，自將磨洗認前朝。』

〔七〕通文墨：按武能詩，出句氣概高壯。

閬　州〔一〕

閬州城南海棠溪〔二〕，客子不可無新詩〔三〕。正嫌風攪浪花碎，更被雨衝雲葉垂。野鷗出没底心性，山禽飛舞猶威儀〔四〕。江南或問閬州景，錦屏山水天下奇〔五〕。

校注

〔一〕閬州：唐置隆州，改曰閬州，宋曰閬州閬中郡，爲川北重鎮。
〔二〕海棠溪：不詳。
〔三〕客子：元量自稱。
〔四〕威儀：莊嚴的容貌舉止。
〔五〕錦屏山：山名。在四川閬中市南，即閬中山。兩峰連亘，壁立如屏，四時花木，錯雜如錦，與郡治對峙，故名。

漢州〔一〕

馬踏巉巖緩着鞭〔二〕，漢州城外看青天。雲横疊嶂吞殘日〔三〕，風卷崇岡起曉煙〔四〕。地拔翠峰森似笋，溪明錦石小如錢。官郵睡足出門去〔五〕，信口語言詩未圓。

校注

〔一〕漢州：州名，今廣漢縣。
〔二〕巉巖：險巖。

〔三〕疊：鮑校：吴本作『古』。

〔四〕曉：《詩淵》、《吴本》作『燒』。

〔五〕睡：原缺，今據《詩淵》補。

琴　臺〔一〕

文園多病厭文君〔二〕，恨入金徽不忍聞〔三〕。寂寞高臺留古迹，來牛去馬自成群。

校　注

〔一〕琴臺：在今四川成都市。相傳爲漢司馬相如彈琴處。

〔二〕文園：漢文帝墓所。司馬相如曾爲文帝陵園令，後來詩文中因以文園指相如。文君：指漢卓文君。文君新寡，相如彈琴誘之而奔相如。後相如擬聘茂陵人女爲妾，文君作《白頭吟》以自絶，相如乃止。

〔三〕金徽：金飾的琴徽。指琴。琴有七弦十二徽。按此句『恨入金徽』應是説文君作《白頭吟》。

隆　州〔一〕

歇馬隆州借夕凉，壺中薄酒似酸湯。城壕寨屋偏栽柳，市井人家却種桑。官逼税糧多作孽，民窮田土盡抛荒。年來士子多差役，隸籍鹽場與錦坊〔二〕。

校注

〔一〕隆州：南朝梁置南梁州，西魏改爲隆州，故治在今四川閬中市西。

〔二〕『年來』二句：説士子差役太多，都到鹽場錦坊裏謀生。

嘉定府〔一〕

郡樓着眼蜀天寬，分得巴江水一灣〔二〕。大小峨眉相對立〔三〕，梨花山接海棠山〔四〕。

校注

〔一〕嘉定府：府名，宋置。故治即今四川樂山市。

〔二〕巴江：水名，源出大巴山，西南流入四川省境。

〔三〕大小峨眉：峨眉山在四川峨眉山市西南。其脈至峨眉山市突起爲大峨、中峨、小峨三秀峰。三山相連，名曰三峨。

〔四〕梨花山：不詳。　海棠山：不詳。

巴江〔一〕

巴□鼓棹興悠悠〔二〕，野鹿銜花出峽頭。網得巨魚堪切鱠〔三〕，攜觴重上荔枝樓〔四〕。

校注

〔一〕巴江：見上首注〔二〕。
〔二〕鼓棹：摇動船槳。
〔三〕鱠：通『膾』，切細的魚肉。
〔四〕荔枝樓：在重慶忠縣西南隅，唐白居易建。

榮州〔一〕

醉倚高樓上，裁詩得五言〔二〕。蠶叢雲羃羃〔三〕，鳥道月昏昏〔四〕。妓女吹金管〔五〕，庖丁洗玉盆。客癡渾不寐，府主更開尊〔六〕。

校注

〔一〕榮州：唐置，治公井，在今四川榮縣東南。
〔二〕裁詩：作詩。杜甫《江亭》：『故林歸未得，排悶强裁詩。』
〔三〕蠶叢：見前注。　羃羃：覆蓋貌。
〔四〕鳥道：謂險絶的山路，僅通飛鳥。
〔五〕金管：樂器，簫笛之類。金，言其華飾。
〔六〕開尊：飲酒。　府主：指榮州州官。

重慶府〔一〕

鐵作篙師鐵作舟〔二〕，風撞浪涌可無憂。林間麋鹿遥相望，峽裏蛟龍横不休〔三〕。目斷吊橋空悄悄〔四〕，頭昏伏枕自悠悠。錦城秋色追隨盡，好處山川更一游。

校注

〔一〕重慶：周代巴國，秦置巴郡，隋改渝州，宋曰渝州南平郡，又陞爲重慶府，明清因之。

〔二〕鐵作舟：鮑校：吴本『鐵』作『紙』。

〔三〕横：不循正道而作梗。

〔四〕吊橋：舊時架設在城壕上可以起落的橋。

涪州〔一〕

曉立驗檣烏〔二〕，時聞鳥獸呼。斯須風力健〔三〕，遮莫水程迂〔四〕。赤岸石稠疊〔五〕，白鹽山獨孤〔六〕。眼前猶有險，不盡更危途。

校注

〔一〕涪州：唐置，明清皆屬四川重慶府。州治在今重慶涪陵區。

〔二〕檣烏：川中船户於桅邊有驗風向晴雨的裝置，其形如烏。

〔三〕斯須：片刻。

〔四〕遮莫：不論，不問。　迂：曲折而遠。

〔五〕赤岸：指赤甲山。在重慶奉節縣東。山甚高大，不生樹木，其石皆赤。

〔六〕白鹽：山名。在奉節縣東，隔江與赤甲山相對。山頂色炳耀，狀若白鹽。

忠州荔枝樓小憩〔一〕

竟日揚鞭不暫閒，畏途疊疊是青山。西風吹落忠州去，錦綉窠中屋萬間〔二〕。

校注

〔一〕忠州：州名，治在今重慶忠縣。　荔枝樓：見《巴江》詩注〔四〕。

〔二〕錦綉窠：猶言繁華地區。

萬州〔一〕

槎牙鳥道没人煙〔二〕，狼虎交横馬不前。回首青山藏白跖〔三〕，萬州城下草連天。

校　注

〔一〕萬州：州名，治在今重慶萬州區。宋屬四川夔州府，地臨大江，形勢險固，商業繁盛。

〔二〕槎牙：錯雜不齊貌。

〔三〕回首：《詩淵》作『四面』。鮑校：吴本『回首』作『四面』。　白跖：不詳。

雲安聞鵑〔一〕

雲安風景愚能説，蒼峽風掀浪如雪。杜鵑叫得口流血〔二〕，染遍山花歸不得。臣甫再拜哦新詩，詩成甫也成愁絶〔三〕。都人重是古帝魂，敬重此鳥心不輟。不知此鳥知不知，四時叫得巴山裂。却憶群姬左右趨，三十六宫醉花月〔四〕。

校　注

〔一〕雲安：縣名。唐置夔州，宋置雲安軍於此，治在今重慶市雲陽縣。　鵑：杜鵑。

〔二〕杜鵑：見前注。

〔三〕『臣甫』二句：杜甫《杜鵑》詩云：『西川有杜鵑，東川無杜鵑。涪萬無杜鵑，雲安有杜鵑。……杜鵑暮春至，哀哀叫其間。我見常再拜，重是古帝魂。』

〔四〕『却憶』二句：當指蜀主孟昶荒淫無度，女寵甚多。三十六宫，言宫殿之多。《宋詩鈔·費氏花蕊詩鈔·宫詞》云：『三十六宫連内苑，太平天子住崑山。』

按杜甫詩亦指雲安杜鵑，此詩所叙，與杜甫原詩相似。結處忽提群姬趨，花月夜宴，當是諷刺孟昶荒淫宴樂，以至覆亡。

明皇廟〔一〕

三郎幸蜀大琅璫〔二〕，夜雨聞鈴欲斷腸〔三〕。遺廟至今香火鬧，七巫調笑舞霓裳〔四〕。

校注

〔一〕明皇：唐玄宗，名隆基，英武有才略。值韋氏之亂，密謀匡復，誅韋氏，奉父睿宗即位，旋繼位。姚崇、宋璟先後爲相，國内承平。晚年用李林甫，寵楊貴妃，致安禄山之亂，避難幸蜀，傳位太子。唐人詩文中每稱爲明皇。

〔二〕三郎：古代稱排行第三的男子爲三郎。此指唐玄宗。玄宗爲睿宗李旦第三子。琅璫：金玉器相碰擊聲。此謂馬鈴聲。

〔三〕『夜雨』句：相傳玄宗奔蜀，初入斜谷，霖雨涉旬，於棧道中聞鈴聲與山相應，遂采其聲製《雨霖鈴》曲以寄託對楊貴妃的思念之情。

〔四〕七巫：不詳。霓裳：指霓裳羽衣舞。霓裳羽衣曲爲商調曲名，相傳爲西凉曲，經過玄宗潤色，改爲霓裳羽衣曲。舞時白衣紅裾，稱爲霓裳羽衣。

神女祠〔一〕

野廟凄凉向峽中，斷崖無路一從容。楚王神女知何在，雲鎖巫山十二峰〔二〕。

校注

〔一〕神女祠：今重慶市巫山縣東有神女廟，相傳赤帝女瑤姬，未行而卒，葬於巫山之陽。戰國時宋玉作《高唐賦》謂懷王游高唐夢與神女遇，因建朝雲館。後世附會其事，因建神女廟以祀之。

〔二〕十二峰：見前注。

永安宫〔一〕

蜀主遺宫有古槐，頹墻古木鳥喈喈〔二〕。金輿罷幸荒金屋〔三〕，玉仗休班廢玉階〔四〕。三峽浪春紅日碎，兩崖風振黑雲霾〔五〕。孔明圖壘仍登覽〔六〕，野寺殘僧拾墮柴。

校注

〔一〕永安宫：永安原名魚腹縣。三國時劉備攻吴戰敗，退居於此，改稱永安。其地在今重慶市奉節縣東，即白帝城。

〔二〕喈喈：象聲詞，鳥鳴聲。

〔三〕金輿：帝王之乘具。　金屋：華麗之屋，此指宫殿。

〔四〕玉仗：帝王的儀仗。　玉階：宫殿的臺階。

〔五〕三峽：前已有注。　兩崖：即雙崖，前亦有注。　上句説三峽波濤舂碎了江中紅日，下句説雙崖的風吹起黑雲。

〔六〕孔明圖壘：指八陣圖。奉節縣有諸葛亮八陣圖練兵的遺址。

峽邊山寺

寺近陰崖多霧雨，峽邊靈竇忽風雷。松間白足攜詩板〔一〕，石上蒼頭把酒杯〔二〕。

校注

〔一〕白足：指僧侣。《高僧傳》：釋曇始於義熙中復還關中，開導三輔。始足白於面，雖跣涉泥水，未嘗沾濕，天下皆稱白足和尚。後因稱僧爲白足。

〔二〕蒼頭：指奴僕。漢時僕隸以深青色布包頭，故稱。

聞父老説兵〔一〕

昔聞天兵入西蜀〔二〕，鼙鼓亂撾裂巖谷〔三〕。金鞍戰馬踏雲梯〔四〕，日射旌旗紅蔌蔌〔五〕。黑霧壓城塵漲天，西方殺氣成愁煙。釣魚臺畔古戰場〔六〕，六軍戰血平三川〔七〕。天寒日落愁無色，將軍一劍萬人敵。婦女多在官軍中，兵氣不揚長太息。

校　注

〔一〕按鮑校，吴本詩題『説』作『談』。

〔二〕天兵入西蜀：根據《宋史》，乾德二年冬，宋下召伐蜀，命王全斌率禁步軍及諸州兵由鳳州路進討。

〔三〕鼙鼓亂撾：軍鼓亂敲。

〔四〕雲梯：古代攻城之戰具，可以昇高窺視敵城内部。

〔五〕蔌蔌：風聲急貌。

〔六〕釣魚臺：類書所載有十處，但未有西蜀釣臺，不知所指。

〔七〕六軍：古代天子有六軍，此指王全斌奉命攻蜀。　三川：即指西蜀。

此詩結處以婦女軍中兵氣不揚，乃是婉詞。按《宋史·王全斌傳》所載，全斌克成都，先殺蜀軍萬餘人。孟昶投降犒軍，詔書頒宴。旋詔發蜀兵赴闕，待遇優渥，而全斌等不即奉令，由是蜀軍憤怒，人人思亂。有蜀文州刺史全師雄者，有威惠。適以其家赴闕下，師雄匿其家於居舍。全斌遣都監米光緒往招撫之，光緒盡殺師雄之族，納其愛女及橐裝，師雄遂無歸志，成都十縣起兵應師雄，同時蜀中十七州並隨師雄作亂。全斌等甚懼。時城中蜀兵尚餘二萬。全斌慮其應賊，誘至夾城中，盡殺之。會有訴全斌及彦進破蜀日，奪民家子女玉帛不法等事，與諸將同時召還。太祖以全斌等初立功，雖犯法，不欲辱以獄吏，但令中書問狀，全斌等具伏。百官定議，從寬降職留用。按元量《唐律寄呈父鳳山提舉》詩中有『一人不殺見天寬』，元主命伯顔下江南時面諭伯顔學曹彬。而全斌所爲如此，元量不能不隱約其詞爲宋隱諱。又按孔氏編年：『自《隆慶府》至此二十六詩，不知爲第一次入蜀作，抑或爲第二次入蜀作，今姑次於此以待考。』

江陵〔一〕

月到荆江上〔二〕，輕帆莫遠揚。水摇龍影動，風送雁聲長。北斗回秋柄〔三〕，南辰耿夜光〔四〕。徘徊舒一嘯，詩興落瀟湘。

校注

〔一〕江陵：縣名，今屬湖北省。本春秋楚地。漢置縣，歷代因之。唐置江陵郡，宋置江陵府，皆在此。

〔二〕荆江：即楚江，泛指荆楚地方的河流。

〔三〕北斗：在北天排列成斗形的七顆亮星。《詩・小雅・大東》：『維南有箕，不可以簸揚；維北有斗，不可以挹酒漿。』按斗星有柄，《鶡冠子・環流》：『斗柄西指，天下皆秋。』所以説秋柄。

〔四〕南辰：即南斗，有六星，亦稱箕星。　耿：光，明。

孔編：此爲出川之作，不知作於第一次出川時，抑或第二次出川時？詩中言及『秋柄』，或爲第二次出川作。今姑次於此以待考。

寄李鶴田[一]

文江別後又三年，別後三年詩幾篇。老去莫思身外事，命窮甘作飲中仙。天陰雨濕龍歸海，雲淡風輕鶴在田。回首西湖湖上路[二]，新蒲細柳爲誰妍[三]。

校注

〔一〕按《詩淵》第四册有此詩。『海』、『雲淡風』、『誰妍』六字原缺，各本同，今據《詩淵》補。李鶴田：見前注。

〔二〕湖上：原作『上湖』，今從《詩淵》、鮑本。

〔三〕『新蒲』句：杜甫《哀江頭》詩有云：『江頭宫殿鎖千門，細柳新蒲爲誰緑！』

孔編：李鶴田，前已及。查清光緒《吉水縣志》，文江乃吉水。元量至元二十七年往訪馬廷鸞等時，當亦往吉水。『文江別後又三年』可證。其別後三年，則爲至元三十年（一二九三），此詩作於是年。此詩原次《九日次周義山》後、《讀李鶴田錢唐百詠》前，今移至此。

西湖舊夢　十首

其　一

南高峰對北高峰，十里荷花九里松〔一〕。煙雨樓臺僧占了〔二〕，西湖風月屬吾儂。

校　注

〔一〕十里荷花：柳永《望海潮》詞有『三秋桂子，十里荷花』之句。　九里松：在杭州市西湖北。唐刺史袁仁敬植松於左右，各三行。人稱九里松。

〔二〕『煙雨』句：元代尊崇釋教，山水樓臺，僧占最多。

其　二

如此湖山正好嬉，游人船上醉如泥〔一〕。黄鶯不入垂楊柳，却立海棠花上啼。

校　注

〔一〕醉如泥：爛醉貌。杜甫《寄嚴鄭公》：『肯藉荒亭春草色，先判一飲醉如泥。』

其　三

紅橈緑舫蕩清波〔一〕，露脚斜飛濕芰荷〔二〕。回首涌金門外望，裏河猶自沸笙歌〔三〕。

校　注

〔一〕紅橈緑舫：紅紅緑緑的湖船。橈，船槳。

〔二〕露脚：露滴。唐李賀《李憑箜篌引》：『露脚斜飛濕寒兔』。

〔三〕沸笙歌：笙歌喧騰。

其　四

嵯峨雲髻簇金鈿〔一〕，血色羅裙濕曉煙。陌上相逢通一笑，第三橋下是奴船。

校　注

〔一〕『嵯峨』句：高高的髮髻插上不少嵌鑲金花的首飾。

其　五

溶溶漾漾碧粼粼〔一〕，船去船來不礙人。日午中官傳上旨〔二〕，内家宣賜玉堂春〔三〕。

校注

〔一〕溶溶漾漾：波光浮動貌。　粼粼：水碧貌。

〔二〕中官：太監，宦官。　上旨：皇帝的旨意。

〔三〕内家：指皇宫，亦稱大内。　宣賜：傳旨賜賞。　玉堂春：酒名。

其　六

月香水影逋梅白〔一〕，雨色晴光坡柳青〔二〕。一個銷金鍋子裏〔三〕，舞裙歌扇不曾停。

校注

〔一〕逋梅：林逋栽的梅花。

〔二〕坡柳：蘇東坡任杭州知州時種的楊柳。

〔三〕銷金鍋：指西湖。周密《武林舊事》云：『西湖天下景……杭人亦無時而不游。……日糜金錢，靡有紀極，故杭諺有銷金鍋兒之號。』

其　七

帝城官妓出湖邊，盡作軍裝鬥畫船。奪得錦標權遺喜〔一〕，金銀關會賞嬋娟〔二〕。

校注

〔一〕遺喜：意義不詳，似應作『道喜』。

〔二〕闞會：宋代紙幣稱闞子，亦稱會子。　嬋娟：這裏作美人解，指官妓。

其八

王孫挾彈打鴛鴦，紅藕花前世界涼。揭起篷窗弄湖水，潛螭雙眼射金光〔一〕。

校注

〔一〕潛螭：潛伏在水底的螭，但不知何指。螭，傳説中無角的龍。

其九

芙蓉照水桂香飄，車馬紛紛度六橋〔一〕。錦幔籠船人似玉〔二〕，隔花相對學吹簫。

校注

〔一〕六橋：蘇堤的六橋，見前注。

〔二〕錦幔籠船：華麗的帳幕覆蓋着游船。　人似玉：人的容貌如玉之美。

其十

六花飛舞似鵝毛〔一〕，丞相身穿御賜袍〔二〕。不念長安有貧者〔三〕，下湖打鼓飲羊羔〔四〕。

校注

〔一〕六花：雪花六出，故稱六花。

〔二〕丞相：指賈似道。　御賜袍：皇帝賞賜的錦袍。

〔三〕長安：唐代京都。這裏借指宋都杭州。

〔四〕下湖：游西湖。　打鼓：奏播音樂。　羊羔：酒名。見前注。

孔編：元劉將孫《養吾齋集》卷七有《汪水雲復索西湖一曲棹歌如諸公例十首走筆賦此》詩。此十詩，當爲汪元量自撰之西湖棹歌。劉詩作於『當年兩度別西湖』即元量自湘、蜀歸來之後，元量詩當作於同時。

寄李鶴田〔一〕

南泉多載夜光還〔二〕，健步移梅種玉山〔三〕。八十二翁猶矍鑠〔四〕，苦吟不比此心閒〔五〕。

校注

〔一〕李鶴田：見前注。

〔二〕南泉：地方志有南泉郡，謂在四川境内。又有南泉村，謂在山東即墨市西南。但鶴田足迹未經此二處。夜光：珠名。又玉名，有夜光璧。不知何指。

〔三〕移梅種玉山：可有兩解，一爲移梅於種玉山，一爲移梅栽於玉山。前者不詳，後者玉山爲地名，在江西。

〔四〕矍鑠：老人輕健貌。

〔五〕苦吟：反復吟誦，雕琢詩句。杜牧《殘春獨來南亭因寄張祜》：『仲蔚欲知何處在，苦吟林下拂詩塵。』孔編：鶴田長元量二十二歲。詩云『八十二翁』，當作於大德四年（一三〇〇）。

初庵傅學士歸田里〔一〕

燕臺同看雪花天〔二〕，别後音書雁不傳〔三〕。紫閣笑談爲職長〔四〕，彤闈朝謁在班前〔五〕。揮毫屢掃三千字〔六〕，把酒時呼十四弦〔七〕。聞已掛冠歸故里〔八〕，尚方宣賜鈔成船〔九〕。

校注

〔一〕初庵：傅立之號。據《元史·傅立傳》，立出入禁闥二十餘年，歷官奉政大夫，致仕。歸田里：退職歸休。

〔二〕燕臺：本是燕昭王招賢的黄金臺，這裏可作燕京解。

〔三〕『别後』句：古人説魚雁能傳書信。

〔四〕紫閣：華麗的樓閣。唐開元中改中書省爲紫微省，亦可説宰相的府第。　職長：對官階較高者的尊稱。

〔五〕彤闈：指宫殿。闈，宫旁門，涂紅色，故稱彤闈。　在班前：謂傳立列於前班。

〔六〕揮毫：寫字。句意謂多次一寫三千字。

〔七〕把酒：手持酒杯飲酒。　句謂宴客時作樂侑酒。

〔八〕掛冠：辭官歸去。

〔九〕尚方：本官名，秦置尚方令。又尚方爲少府之屬官，作供御器物。鮑校：吴本『方』作『多』。　宣賜：宣佈賞賜。

孔編謂此詩當作於大德四年或以後數年間。

酬隱者劉桃岡〔一〕

食既彈長鋏〔二〕，囊懸少錯刀〔三〕。功名須汝輩，詩酒且吾曹〔四〕。强項貧而樂〔五〕，揚眉氣自豪〔六〕。北來魚字密〔七〕，南去雁書高〔八〕。擬折淵明柳〔九〕，重尋夢得桃〔一〇〕。明珠忽委贈〔一一〕，價重九方皋〔一二〕。

校注

〔一〕酬：和詩。　劉桃岡：孔氏編年謂隱者爲劉莊孫，字正仲，天台人，工詩文，有《芳潤稿》。但不知是否即此詩所指之劉桃岡。

〔二〕『食既』句：食後又彈長鋏。長鋏，用孟嘗君客馮諼典故，見前注。

〔三〕錯刀：錢幣名。句意謂囊中無錢。

〔四〕吾曹：我們同輩中人。

〔五〕强項：性格剛强而不肯低首於人。

〔六〕揚眉：謂久困之後，一旦舒展懷抱。

〔七〕魚字密：謂書札字多。

〔八〕雁書高：雁高飛傳書。

〔九〕淵明柳：陶淵明宅邊有五柳，自稱五柳先生。

〔一〇〕夢得：劉禹錫字。劉有《贈看花諸君子》及《再游玄都觀》詩，詠桃而諷刺朝廷當權者，被貶謫兩次。

〔一一〕明珠：珍珠。喻可寶貴之物。此指隱者來詩。

〔一二〕九方皋：春秋時善相馬的人。句謂劉詩爲方家推重。

孔編：此詩當作於南歸之後，具體時間待考。

黄州江下〔一〕

黄州渡口，赤壁鷄頭〔二〕。冷風凄雨，一葉扁舟。

校注

〔一〕黄州：地名。隋置黄州，元爲黄州路，明改爲府。州治在今湖北省黄岡市。

〔二〕赤壁：按赤壁亦有多説。一説在湖北嘉魚縣東北江濱，其地曰石頭關，當爲長江南岸，山石隆起，形爲長垣，陡入江濱。上鐫『赤壁』二字，周瑜破曹軍於赤壁，即此。一説在湖北黄岡市城外，名曰赤鼻磯，蘇軾游之，誤以爲周郎赤壁，有前後《赤壁賦》。一説湖北武漢市江夏區東南七十里，又名赤磯，恐非周瑜破曹操處。元量詩冷風凄雨，一葉扁舟，似乘舟游赤壁而慨嘆往事。但從黄州渡口、赤壁磯頭來説，尚待輿地專家考證。鷄頭：山名。在湖北荆門市北六十里，甚爲高峻。孔校：『鷄』俗作『磯』。不知鷄頭是否另有意義，待考。

廬山三疊泉〔一〕

唐不遇李仙〔二〕，宋不遇蘇子〔三〕。此泉來高處，亦復聊爾耳〔四〕。

校注

〔一〕廬山三疊泉：在廬山五老峰後，其泉下注盤石，三疊而後至地，又名三級泉。

〔二〕李仙：指李白。

〔三〕蘇子：指蘇軾。

〔四〕『亦復』句：應是『亦聊復爾耳』之誤。按《世説新語》載：『阮仲容（咸）、步兵居道南，諸阮居道北。

北阮皆富，南阮貧。七月七日，北阮盛曬衣，皆紗羅錦綺。仲容以竿掛大布犢鼻褌於中庭。人或怪之，答曰：「未能免俗，聊復爾耳。」」意即姑且如此。這裏似應作『也就不過如此』解。

答開先老子萬一山〔一〕

廬山五老，招我此行。我琴不鼓，無虧無成〔二〕。

校注

〔一〕先：原作『山』，誤。據鮑本改。

〔二〕『我琴』二句：用《莊子》『無成與虧，故昭氏之不鼓琴也』句意。

孔編：此『開先老子萬一山』，當即《題汪水雲詩卷》之開先長老。開先長老詩有『南北迢遥事一家』之句，作於元量南歸以後。又有『與子長游亦可嘉』之句，是開先長老與元量往還密切。此詩當作於南歸後，具體時間待考。又，元量友人蕭克翁《題汪水雲詩卷》有『三十年來家國，吾琴無虧無成』語。蕭詩作於元量南歸之初。

月夜彈琴

如此良夜，秋空月圓。君彈《山鬼》〔一〕，我拊《水仙》〔二〕。

校注

〔一〕山鬼：本《楚辭》篇名，亦琴曲名。

〔二〕拊：通『撫』，猶言彈奏。　水仙：指《水仙操》，琴曲名，相傳爲伯牙所作。

孔編：味此詩内容，當作於南歸以後。具體時間待考。

題賜硯

斧柯片石伴幽閒〔一〕，堪與遺民共號頑。試憶當年承賜事〔二〕，墨痕如淚盡成斑。

校注

〔一〕斧柯：山名。以産端硯石著名。

〔二〕事：《南宋雜事詩》作『字』。

孔編：據《改蟲齋筆疏》，此詩作於南歸以後。又云：元量藏有賜硯，背刻『天賜永寶』四字，右刻『水雲』二字。其《北征》詩有云：『北師有嚴程，挽我投燕京。挾此萬卷書，明發萬里行。』則此硯必並載入燕，以詩書授瀛國公，皆此硯矣。

張平章席上〔一〕

兩鬢蕭蕭不耐秋，興來今日謁公侯〔二〕。舞餘燕玉錦纏頭〔三〕，又着紅靴踢綉球〔四〕。

校注

〔一〕張平章：按孔編引《元史》有張驢（一作張閭、章閭），至大四年（一三一一）四月爲江浙平章，皇慶元年（一三一二）五月爲中書平章政事，延祐元年（一三一四）正月至十月爲平章政事，延祐二年（一三一五）三月以中書平章爲江浙行省平章政事。時元量年已七十餘，與首句『兩鬢蕭蕭』合，且又是江浙，此詩所稱之張平章，或即張驢。又張驢之名，似爲譯音，張驢當非漢族人。『舞餘』云云，寫燕地美女之舞蹈、踢球，或染蒙古習俗使然。張驢來自大都，燕玉自攜，理或如是。此詩或作於至大四年（一三一一）或以後數年。

〔二〕謁公侯：謂拜見張平章。

〔三〕燕玉：北地美女。　纏頭：見前注。

〔四〕綉球：彩色綉成的球，多供踢玩。

卷五

詞　五十二首

太常引

四月初八日慶六十

廣寒宮殿五雲邊〔一〕。看天上、燭金蓮〔二〕。香裊御爐煙。擁彩仗、千官肅然。　世間王母〔三〕，月中仙子，花甲一周天〔四〕。樂指沸華年〔五〕。更福壽，千年萬年。

校注

〔一〕廣寒宮殿：《龍城録》載玄宗與道士申天師同游月宮，見『廣寒清虛之府』。本爲虛構，後遂以爲月中仙宮名。　五雲：謂備五色之祥雲。

〔二〕燭：點、照燃。　金蓮：參見卷一《兵後登大内芙蓉閣宮人梳洗處》注〔七〕。

〔三〕王母：喻指謝太皇太后。

〔四〕花甲一周：花甲，謂六十甲子。天干地支自甲子至癸亥順次組合爲六十個名號，故稱花甲。花甲一周爲六十年。

〔五〕樂指：樂工。

按孔編，四月初八日乃理宗之后謝道清生日。此詞當作於度宗咸淳二年（一二六六）。

鳳鸞雙舞

慈元殿，薰風寶鼎〔一〕，噴香雲飄墜。環立翠羽〔二〕，雙歌麗調，舞腰新束，舞纓新綴。金蓮步〔三〕、輕摇彩鳳兒〔四〕，翩翻作戲。便似月裏仙娥謫來，人間天上，一番游戲。聖人樂意。任樂部、箾韶聲沸〔五〕。衆妃歡也，漸調笑微醉。競奉霞觴，深深願、聖母壽如松桂。迢遞。更萬年千歲〔六〕。

校注

〔一〕寶鼎：香爐。

〔二〕翠羽：指宫中着翠羽服裝的歌女。

〔三〕金蓮：謂女子纖足。詳前注。

〔四〕彩鳳兒：孔校：《詞律補遺》無『彩』字。

〔五〕箾韶：傳説舜時樂名。又作『簫韶』。　沸：樂聲繁鬧。

〔六〕更：《詞律補遺》『更』上多一『賞』字。

孔編謂據《武林舊事》卷四，慈元殿爲謝太后所居。此詞當爲咸淳間壽謝太后而作。

滿江紅

吴江秋夜

一個蘭舟，雙桂槳、順流東去。但滿目、銀光萬頃，凄其風露〔一〕。漁火已歸鴻雁汊〔二〕，棹歌更在鴛鴦浦。漸夜深、蘆葉冷颼颼，臨平路〔三〕。　吹鐵笛，鳴金鼓。絲玉膾，傾香醑〔四〕。且浩歌痛飲，藕花深處。秋水長天迷遠望，曉風殘月空凝佇。問人間、今夕是何年，清如許。

校注

〔一〕凄其：寒凉。其，詞尾無義。

〔二〕汊：河流分支處。

〔三〕臨平：地名。在杭州附近，今餘杭區境内。又山名，文天祥見伯顔於此。

〔四〕醑：美酒。

金人捧露盤

越州越王臺

越山雲，越江水，越王臺。個中景、盡可徘徊。凌高放目，使人胸次共崔嵬〔一〕。黄鸝紫燕，報春曉〔二〕，勸我銜杯。古時事，今時淚。前人喜，後人哀。正醉裏、歌管成灰〔三〕。新愁舊恨，一時分付與潮回。鷓鴣啼歇，夕陽去，滿地風埃。

校注

〔一〕胸次崔嵬：猶言胸襟開闊。崔嵬，高峻貌。

〔二〕春曉：原作『春晚』，今從《詩淵》。

〔三〕歌管成灰：等於説繁華歇滅。

琴調相思引

越上賞花

曉拂菱花巧畫眉〔一〕，猩羅新剪作春衣〔二〕。恐春歸去，無處看花枝。已恨東風成去客，更教飛燕舞些時。惜花人醉，頭上插花歸。

校注

〔一〕菱花：古銅鏡背面刻以菱花，叫菱花鏡。後世即以菱花爲鏡名。

〔二〕猩羅：赤色絲織品。

長相思　二首

越上寄雪江〔一〕

吳山深，越山深，空谷佳人金玉音〔二〕。有誰知此心。　夜沉沉，漏沉沉，閒却梅花一曲琴。月高松竹林。

校注

〔一〕雪江：徐雪江，見卷一《和徐雪江即事》注〔一〕。

〔二〕空谷佳人：杜甫《佳人》：『絶代有佳人，幽居在空谷。』此指徐雪江。　金玉音：金玉，喻貴重之意。借指音信。《詩·小雅·白駒》：『毋金玉爾音，而有遐心。』

孔編：《金人奉露盤》、《琴調相思引》及《長相思》當作於咸淳中期。參卷一《柴秋堂越上寄詩就韻柬奚秋崖》編年。

又

阿哥兒，阿姑兒〔一〕，兩個天生一對兒。偷吹玉琯兒〔二〕。　笑些兒，話些兒，羅帶同心雙綰兒〔三〕。團圓似月兒。

校注

〔一〕阿姑：指未婚的女子。

〔二〕玉琯：一種玉製的管樂器。琯，同『管』。

〔三〕綰：結。句意謂羅帶雙結同心，用錦帶製成的菱形連環回文結，表示恩愛之意。

孔編：此詞充滿歡樂情調，當爲汪元量早期作品。其時或在咸淳中。

柳梢青

湖上和徐雪江〔一〕

灧灧平湖〔二〕，雙雙畫槳，小小船兒。裊裊珠歌〔三〕，翩翩翠舞〔四〕，續續彈絲〔五〕。　山南山北游嬉〔六〕，看十里、荷花未歸。緩引壺觴，個人未醉，要我吟詩。

校　注

〔一〕湖：指西湖。　徐雪江：見前注。

〔二〕灔灔：水波相連成一片。

〔三〕裊裊：聲音回旋不絶。　珠歌：宛轉如珠的歌聲。

〔四〕翩翩：輕疾生動的形態。　翠舞：翠袖人的舞蹈。

〔五〕續續：連續不斷。　彈絲：指彈奏樂器。

〔六〕嬉：原作『絲』。誤。孔氏據《詩淵》改。

天　香

遲日侵階，和風入户，朱弦欲奏還倦〔一〕。一幅鸞箋〔二〕，五雲飛下〔三〕，賜予内家琴苑。音隨指動，猶仿佛、虞薰再見〔四〕。妙處誰能解心，和平自無哀怨。　猩羅帕封古洗〔五〕，有龍涎〔六〕、滲花千片。驟睹瑶臺清品，眼明如電。爇白桐窗竹几〔七〕，漸縷縷騰騰細成篆〔八〕。就祝金闔，天長地遠。

校　注

〔一〕朱弦：樂器上的紅色絲弦。

〔二〕鸞箋：彩箋。

〔三〕五雲：見前注。

〔四〕虞薰：即《南風》，相傳爲虞舜時歌曲，有『南風之薰兮，可以解吾民之愠兮』之句，故又稱『薰風』。

〔五〕猩羅帕：紅色的羅帕。　洗：古代盥洗器。

〔六〕龍涎：香名。取抹香鯨腸内分泌物所製。

〔七〕爇：焚燒。句意不明。

〔八〕縷縷騰騰：指香煙上浮之狀。　細篆：指香的煙縷。

瑞鷓鴣

賞花競船

内家雨宿日輝輝〔一〕，夾遥桃花張錦機〔二〕。黄纛軟輿抬聖母〔三〕，紅羅凉傘罩賢妃。龍舟縹緲摇紅影，羯鼓喧嘩撼緑漪。阿監柳亭排燕處〔四〕，美人鬥把玉簫吹〔五〕。

校注

〔一〕内家：指宫廷。　雨宿：雨止。　輝輝：照耀。

〔二〕遥：孔校疑應作『道』。是。　張錦機：意義不詳。

〔三〕黄纛：黄色大旗，帝后所用儀仗。　聖母：當指謝太皇太后。

〔四〕阿監：太監。　排燕：即排宴。

〔五〕鬥把：猶『争把』。

漢宮春

春苑賞牡丹

玉砌雕欄，見吴宫西子〔一〕，一笑嫣然〔二〕。舞困人間半嚲〔三〕，艷粉争妍。珠簾盡卷，看人間、金屋神仙。歌隊裏，霞裾裊娜，百般嬌態堪憐。　別有一枝仙種，更同心並蒂，來奉君筵。猩靨若教解語〔四〕，曲譜應傳。柘黄獨步〔五〕，晝籠晴、錦幄張天〔六〕。試剪插，金瓶千朵，醉時細看嬋娟〔七〕。

校　注

〔一〕吴宫西子：指牡丹。

〔二〕嫣然：笑得好看。這裏形容牡丹開放。

〔三〕嚲：下垂貌。

〔四〕猩靨：靨應是『唇』之誤。

〔五〕柘黄：從柘木提取的黄色染料。這裏指黄牡丹。

〔六〕錦幄：錦綉的帷幕。

〔七〕嬋娟：原指美女，這裏指牡丹。

玉樓春

賦雙頭牡丹

帝鄉春色濃於霧，誰遣雙環堆綉户〔一〕。金張公子總封侯〔二〕，姚魏弟兄皆列土〔三〕。碧紗窗下修花譜，交頸鴛鴦嬌欲語〔四〕。絳綃新結轉官球，桃李僕奴何足數。

校注

〔一〕雙環：喻雙頭牡丹。環，璧之一種，圓形。

〔二〕金張：見《杭州雜詩和林石田》其二十二注〔二〕。

〔三〕姚魏：姚黄魏紫的簡稱，兩種名貴牡丹花。姚黄爲宋姚姓人家培育的千葉黄花，魏紫爲五代魏家培育的千葉肉紅花。見歐陽修《洛陽牡丹記》。

〔四〕交頸鴛鴦：指雙頭牡丹。

鶯啼序

宫中新進黄鶯

檀欒宫墻數仞[一]，敞朱簾綉户。正春暖、飄拂和風，衮入紅塵香霧[二]。見絲柳青青，裊娜如學宫腰舞。有黄鶯、恰恰飛來[三]，一梭金羽。　小巧身兒，錦心綉口[四]，圓滑遽如許。避人漸飛入瓊林，藏身桃杏深處。對銀屏、珠圓翠陳，隔葉底、恣歌《金縷》[五]。忽群妃、拍手掠飛，奮然高舉。　曉來雨濕，花娜柳垂，誤投羅網去。緩緩訪、六宫尋問，玉纖争握，放入金籠，眼嬌眉嫵。身如旅瑣[六]，無心求友，煙窗分影光陰裏，聽鑾聲[七]、似怨還如訴。青山隔斷，紅妝滿眼誰憐，一掬幽恨難吐[八]。　沉香拂拂，亭北闌干，已得君王顧[九]。但暗憶、西湖美景，雨色晴光，入翠穿紅，巧轉鶯語。鶯鶯休怨，天家已贈，金衣公子生前號[一〇]，這恩榮、物類將何補？嬌黄白奏詞臣[一一]，爲爾翻成，太平樂府。

校注

［一］檀欒：竹的代稱，也形容秀美。這裏取後義。並參前注。

［二］衮：通『滚』。

〔三〕恰恰：鳥啼聲。杜甫《江畔獨步尋花》之六：『留連戲蝶時時舞，自在嬌鶯恰恰啼。』

〔四〕錦心綉口：原指構思之巧與措詞之麗。這裏比喻鶯啼聲優美動聽。

〔五〕恣歌《金縷》：盡情歌唱《金縷曲》。

〔六〕旅瑣：旅居困頓。宋張方平《送客游兖海》：『訪舊自堪寬旅瑣，賢侯况似蜀文翁。』

〔七〕鸞聲：形容黄鶯關在籠中發出粗野的叫聲。

〔八〕一掬：言黄鶯身小不盈握。

〔九〕『亭北闌干』二句：化用李白《清平調》之三：『名花傾國兩相歡，常得君王帶笑看。解釋春風無限恨，沉香亭北倚闌干。』

〔一〇〕金衣公子：黄鶯别名。唐玄宗每於禁院中見黄鶯，呼爲金衣公子。

〔一一〕嬌黄：指黄鶯。　詞臣：作者自指。

失調名

宫人鼓瑟奏霓裳曲〔一〕

緑荷初展。海榴花半吐〔二〕，綉簾高卷。整頓朱弦，奏霓裳初遍，音清意遠。恍然在廣寒宫殿〔三〕，窈窕柔情，綢繆細意，閒愁難剪。

曲中似哀似怨。似梧桐葉落，秋雨聲顫。豈待聞鈴〔四〕，自淚珠如霰。春纖罷按〔五〕，早心已笑慵歌懶。脈脈憑欄，槐陰轉午，輕摇歌扇。

校　注

〔一〕失調名：按《欽定詞譜》有宋人盧祖皋所作詞，名『四犯剪梅花』，與此字數同，句數同，用韻亦同，因定此詞調爲『四犯剪梅花』。　裳曲：即《霓裳羽衣曲》。唐樂曲名。見前注。

〔二〕海榴：即石榴。因自海外移植，故名。

〔三〕廣寒宫殿：見前注。

〔四〕聞鈴：指玄宗幸蜀，夜雨聞鈴，追憶貴妃之事。詳前注。

〔五〕春纖：指女人玉手。

孔編云：以上《天香》、《瑞鷓鴣》、《漢宫春》、《玉樓春》、《鶯啼序》、《失調名》六詞，或寫奏琴，或寫競船，或賞牡丹，或戲黄鶯，皆宫中生活，當爲咸淳中作。

傳言玉女

錢唐元夕

一片風流，今夕與誰同樂。月臺花館，慨塵埃漠漠。豪華蕩盡，只有青山如洛〔一〕。錢唐依舊，潮生潮落。　萬點燈光，羞照舞鈿歌箔〔二〕。玉梅消瘦，恨東皇命薄〔三〕。昭君淚流，手捻琵琶弦索〔四〕。離愁聊寄，畫樓哀角〔五〕。

校注

〔一〕青山如洛：洛陽四面皆山，西湖亦四面環山。詳前注。
〔二〕舞鈿歌箔：歌舞時佩戴的首飾和懸掛的垂簾。鈿，金花。箔，簾幕。
〔三〕東皇：花神。
〔四〕『昭君』二句：用昭君出塞典故，詳前注。
〔五〕哀角：指軍中用以警昏曉之樂器。

孔編以詞中慨嘆『塵埃漠漠』，當爲元兵入杭前夕情景，題所稱『元夕』當爲德祐二年（一二七六）之元夕，詞當作於其時。

好事近

浙江樓聞笛

獨倚浙江樓，滿耳怨笳哀笛。猶有梨園聲在〔一〕，念那人天北。　海棠憔悴怯春寒，風雨怎禁得？回首華清池畔〔二〕，渺露蕪煙荻。

校　注

〔一〕梨園：唐玄宗時教授伶人的處所。這裏借指歌欄舞榭。

〔二〕華清池：唐華清宫浴池。參見卷三《華清池》注。這裏借用。

孔編以爲此詞當作於德祐二年春。元量有《浙江亭别客》詩，或作於同時。

洞仙歌

毗陵趙府兵後僧多占作佛屋〔一〕

西園春暮，亂草迷行路。風卷殘花墮紅雨。念舊巢燕子，飛傍誰家，斜陽外，長笛一聲今古。

繁華流水去。舞歇歌沉，忍見遺鈿種香土！漸橘樹方生，桑枝纔長，都付與、沙門爲主〔二〕。便關防、不放貴游來，又突兀梯空，梵王宫宇。

校　注

〔一〕毗陵：古地名，今江蘇武進。

〔二〕沙門：僧徒。

孔編：據『兵後』云云，此詞當作於至元十三年（一二七六）赴燕途中。

六州歌頭

江　都〔一〕

緑蕪城上，懷古恨依依。淮山碎，江波逝，昔人非，今人悲。惆悵隋天子〔二〕，錦帆裏，環珠履〔三〕，叢香綺，展旌旗，蕩漣漪。擊鼓撾金〔四〕，擁瓊璈玉吹〔五〕，恣意游嬉，斜日暉暉〔六〕，亂鶯啼。銷魂此際，君臣醉，貔貅弊，事如飛。山河墜，煙塵起，風凄凄，雨霏霏。草木皆垂淚，家國棄，竟忘歸。笙歌地，歡娱地，盡荒畦。惟有當時皓月，依然掛、楊柳青枝。聽堤邊漁叟，一笛醉中吹。興廢誰知？

校　注

〔一〕江都：即揚州。隋唐以來，改制紛繁，江都爲郡名，亦縣名。

〔二〕隋天子：指隋煬帝楊廣。文帝楊堅子。弑父即位，大興土木，開通溝渠，賦重役繁，民不堪命。又復沉湎酒色，恣意游樂。後南巡至江都，留連忘返，爲部將宇文化及所殺。

〔三〕珠履：指穿着珠飾綉鞋的宫女。孔校：『珠』原作『朱』，今從《詩淵》、鮑本。

〔四〕擊鼓撾金：參見卷一《魯港敗北》注〔二〕。

〔五〕瓊璈玉吹：管樂器美稱。

〔六〕暉暉：晴明貌。

孔編以爲此詞作於赴燕途中，時當至元十三年（一二七六）。

水龍吟

淮河舟中夜聞宫人琴聲

鼓鼙驚破霓裳〔一〕，海棠亭北多風雨。歌闌酒罷，玉啼金泣〔二〕，此行良苦。駝背模糊，馬頭匼匝〔三〕，朝朝暮暮。自都門燕别，龍艘錦纜，空載得、春歸去。　目斷東南半壁，悵長淮、已非吾土。受降城下，草如霜白，凄凉酸楚。粉陣紅圍，夜深人静，誰賓誰主？對漁燈一點，羈愁一搦〔四〕，譜琴中語。

校注

〔一〕『鼓鼙』句：用唐安史之亂玄宗幸蜀舊事。白居易《長恨歌》：『漁陽鼙鼓動地來，驚破霓裳羽衣曲。』海棠亭：當是宋宫中亭名。

〔二〕玉啼金泣：指宫人哭泣。

〔三〕匼匝：環繞。

〔四〕一搦：一握。

孔編謂此詞作於至元十三年（一二七六）赴燕途中。

婆羅門引

四月八日謝太后慶七十

一生富貴，豈知今日有離愁。錦帆風力難收。望斷燕山薊水，萬里到幽州。恨病餘雙眼〔一〕，冷淚交流。　行年已休。歲七十、又平頭。夢破銀屏金屋，此意悠悠，幾度□□〔二〕。見青冢〔三〕、虚名不足留。且把酒、細聽箜篌。

校注

〔一〕『恨病』句：謝后因病稍緩北徙，具見《元史》記載。但前面有關詩作未及病情，此處可以分曉。

〔二〕幾度□□：□□可補『凝眸』兩字。孔校：『□□』原缺，據《詞律》補。

〔三〕青冢：指昭君墓。詳前注。

孔編以爲據詞意此詞作於至元十三年（一二七六）赴燕途中。

望江南

幽州九日

官舍悄，坐到月西斜。永夜角聲悲自語[一]，客心愁破正思家。南北各天涯。腸斷裂，搔首一長嗟。綺席象床寒玉枕[二]，美人何處醉黄花[三]。和淚捻琵琶。

校注

〔一〕『永夜』句：用杜甫《宿府》成句。其詩頷聯云：『永夜角聲悲自語，中天月色好誰看。』

〔二〕『綺席』句：對故宫舊事的回憶。

〔三〕醉黄花：謂重陽節對菊花飲酒。

卜算子

河南送妓移居河西

我向河南來，伊向河西去。客裏相逢只片時，無計留伊住。去住總由伊，莫把眉頭聚。安得并州快剪刀，割斷相思路。

孔編謂此首與上首當作於抵燕之初，即至元十三年（一二七六）。

滿江紅　二首

和王昭儀韻〔一〕

天上人家，醉王母、蟠桃春色。被午夜、漏聲催箭，曉光侵闕〔二〕。花覆千官鸞閣外〔三〕，香浮九鼎龍樓側〔四〕。恨黑風、吹雨濕霓裳，歌聲歇。　人去後，書應絶。腸斷處，心難説。更那堪杜宇、滿山啼血。事去空流東汴水〔五〕，愁來不見西湖月。有誰知、海上泣嬋娟，菱花缺〔六〕。

校注

〔一〕王昭儀：見前注。
〔二〕闕：宮闕。
〔三〕鸞閣、龍樓：泛指宮禁中之樓閣。
〔四〕九鼎：古代象徵國家政權的傳國之寶。
〔五〕『事去』句：指舊都汴京淪亡。
〔六〕菱花：指鏡，見前注。

孔編謂昭儀詞附見《文山先生全集》，作於至元十三年（一二七六）。此詞當作於抵燕之初。

附王昭儀詞

太液芙蓉，渾不似、舊時顔色。曾記得、春風雨露，玉樓金闕。名播蘭簪妃后裏，暈生蓮臉君王側。忽一聲、鼙鼓揭天來，繁華歇。　龍虎散，風雲絶。無限事，憑誰説？對山河百二，淚沾襟血。驛館夜驚江國夢，宫車曉碾關山月。願嫦娥、垂顧肯相容，從圓缺。

又

吴山

一霎浮雲〔一〕，都掩盡、日無光色。遥望處、浮屠對峙〔二〕，梵王新闕。燕子自飛關北外，楊花閒度樓西側。慨金鞍、玉勒早朝人，經年歇。　昭君去，空愁絶。文姬去，難言説〔三〕。想琵琶哀怨，淚流成血。蝴蝶夢中千種恨〔四〕，杜鵑聲裏三更月。最無情、鴻雁自南飛，音書缺。

校注

〔一〕一霎：形容時間短促。

〔二〕浮屠：塔。

〔三〕『昭君』四句：用王昭君、蔡文姬故事，並見前注。

〔四〕蝴蝶夢：按《莊子·齊物論》記莊周夢爲蝴蝶。後因稱夢爲蝴蝶夢，含有幻夢非真之意。

按孔編此亦用王昭儀《滿江紅》韻，與上首詞或作於同時。

玉樓春

度宗愍忌長春宮齋醮〔一〕

咸淳十載聰明帝〔二〕，不見宋家陵寢廢。暫離絳闕九重天〔三〕，飛過黄河千丈水。　長春宮殿仙璈沸〔四〕，嘉會今辰爲愍忌。小儒百拜酹霞觴，寡婦孤兒流血淚〔五〕。

校　注

〔一〕愍忌：死者誕辰。也叫生忌。　長春宮：即白雲觀，在今北京市廣安門外。　齋醮：請僧道設齋壇向佛祈禱。

〔二〕咸淳：度宗年號。

〔三〕絳闕：宫闕。

〔四〕仙璈：古樂器。

〔五〕寡婦孤兒：指全后與恭帝㬎。

孔編以爲此詞當作於至元十九年（一二八二）瀛國公趙㬎被遣往上都前。

人月圓

錢唐江上春潮急，風卷錦帆飛〔一〕。不堪回首，離宫别館〔二〕，楊柳依依。薊門聽雨，燕臺聽雪〔三〕，寒入宫衣。嬌鬟慵理，香肌瘦損，紅淚雙垂。

校注

〔一〕『錢唐』二句：比喻元兵入杭，宫妃紛紛北徙。
〔二〕離宫：猶言行宫，古天子出巡休憩之處。引指臨安宫殿。别館：與『離宫』義相仿。
〔三〕薊門、燕臺：都泛指燕京。

孔編謂按後片『薊門』、『燕臺』云云，此詞當作於至元十九年（一二八二）去上都以前。

一剪梅

懷舊〔一〕

十年愁眼淚巴巴，今日思家，明日思家。一團燕月照窗紗，樓上胡笳，塞上胡笳。玉人勸我酌流霞〔二〕，急捻琵琶，緩捻琵琶〔三〕。一從别後各天涯，欲寄梅花，莫寄梅花〔四〕。

校　注

〔一〕懷舊：作者對舊家及舊友的懷念。

〔二〕流霞：喻美酒。

〔三〕捻：彈琵琶的一種手勢。

〔四〕寄梅花：相傳南朝陸凱與范曄交善，自江南寄梅花一枝，詣長安與曄，並贈詩云：『折花逢驛使，寄與隴頭人。江南無所有，聊贈一枝春。』

孔編以詞中云及『十年』，當作於自上都、内地回大都以後。又云及『燕月』，當作於大都。

憶秦娥　七首

笑盈盈，曉妝掃出長眉青。長眉青，雙開雉扇〔一〕，六曲鴛屏〔二〕。　少年心在尚多情，酒邊銀甲彈長筝〔三〕。彈長筝，碧桃花下，醉到三更。

校　注

〔一〕雉扇：以雉羽編成的扇，作爲障翳風塵及障隔之用。

〔二〕鴛屏：繪飾鴛鴦的屏幕。

〔三〕銀甲：喻指甲。

又

雪霏霏，薊門冷落人行稀。人行稀，秦娥漸老〔一〕，着破宮衣。强將纖指按金徽，未成曲調心先悲。心先悲，更無言語，玉箸雙垂〔二〕。

校注

〔一〕秦娥：借指北徙宮女。

〔二〕玉箸：指淚。

又

天沉沉，香羅拭淚行窮陰〔一〕。行窮陰，左霜右雪，冷氣難禁。幾回相憶成孤斟〔二〕，寒邊鞞鼓愁人心。愁人心，北魚南雁，望到而今。

校注

〔一〕窮陰：指北方極冷之地。詳見前注。

〔二〕孤斟：獨自酌酒。

又

水悠悠，長江望斷無歸舟。無歸舟，欲攜斗酒，怕上高樓。　當年出塞擁貂裘〔一〕，更聽馬上彈箜篌。彈箜篌，萬般哀怨，一種離愁。

校注

〔一〕『當年』句：用昭君出塞故事。

又

風聲惡，個人蕉萃憑高閣〔一〕。憑高閣，相思無盡，淚珠偷落。　錦書欲寄鴻難托，那堪更聽邊城角〔二〕。邊城角，又添煩惱，又添蕭索。

校注

〔一〕蕉萃：同『憔悴』。

〔二〕邊城角：軍中號角。

又

如何說，人生自古多離別。多離別，年年辜負，海棠時節。　嬌嬌獨坐成愁絶〔一〕，胡笳吹落關山月。關山月，春來秋去，幾番圓缺。

校　注

〔一〕嬌嬌：指宮女。

又

馬蕭蕭〔一〕，燕支山中風飄飄〔二〕。風飄飄，黄昏寒雨，直是無憀。　玉人何處教吹簫〔三〕，十年不見心如焦。心如焦，彩箋難寄，水遠山遥。

校　注

〔一〕蕭蕭：馬鳴聲。
〔二〕燕支山：見卷三《太皇謝太后挽章》其一注〔四〕。
〔三〕『玉人』句：用杜牧《寄揚州韓綽判官》詩成句。

孔編：以上《憶秦娥》七首皆用回憶口吻，當作於自上都、内地歸來後。

惜分飛

歌樓別客

燕子留君君欲去，征馬頻嘶不住。握手空相覷，淚珠成縷眉峰聚。恨人金徽孤鳳語〔一〕，愁得文君更苦〔二〕。今夜西窗雨，斷腸能賦江南句〔三〕。

校注

〔一〕金徽：金飾的琴徽。孤鳳語：謂《鳳求凰》曲。司馬相如以琴挑卓文君，爲琴歌二章，其一爲《鳳求凰》。此句作者藉以自況。

〔二〕文君：當指歌女。與上片『君』呼應。

〔三〕『斷腸』句：表示對歌女的愛慕之情。參見卷二《答同舍杜德機》注。

此詞乃爲送別某歌女而作。當作於大都。

唐多令

吴江中秋

莎草被長洲，吴江拍岸流。憶故家、西北高樓。十載客窗憔悴損，搔短鬢，獨悲秋。人在塞邊頭，斷鴻書寄不？記當年、一片閒愁。舞罷羽衣塵滿面[一]，誰伴我，廣寒游[二]？

校注

〔一〕羽衣：謂《霓裳羽衣曲》。

〔二〕廣寒：見《太常引》注。

孔編謂吴江在今江蘇南部，此詞南歸後作。

鷓鴣天

瀲灧湖光緑正肥[一]，蘇堤十里柳絲垂。輕便燕子低低舞[二]，小巧鶯兒恰恰啼[三]。花似錦，酒成池，對花對酒兩相宜[四]。水邊莫話長安事[五]，且請卿卿吃蛤蜊[六]。

校注

〔一〕瀲灩：水波蕩漾貌。

〔二〕輕便：纖柔輕飄的樣子。便，平聲。

〔三〕恰恰：鶯啼聲。見前注。

〔四〕兩：孔校：『兩』字原脱，據鮑本、《彊村叢書·水雲詞》補。

〔五〕長安：當借指元都。

〔六〕『且請』句：用沈昭略『且食蛤蜊』典故（見《南史·王弘傳附王融》），意爲姑置不問。此句説你應該寡言緘默，蓋規戒之詞。

孔編謂『湖光』、『蘇堤』云云，乃寫杭州西湖。詞作於南歸之後。

眼兒媚

記得年時賞荼蘼〔一〕，胡蝶滿園飛。一雙寶馬〔二〕，兩行簫管，月下扶歸。　而今寂寞人何處，脈脈淚沾衣。空房獨守，風穿簾子，雨隔窗兒。

校注

〔一〕荼蘼：亦作『酴醾』。薔薇科植物，初夏開花。

〔二〕寶馬：名貴的馬。

孔編謂此詞乃憶咸淳宫中事，作於南歸後。

憶王孫　九首

漢家宫闕動高秋，人自傷心水自流。今日晴明獨上樓，恨悠悠，白盡梨園弟子頭〔一〕。

校注

〔一〕弟子：鮑本作『子弟』。

按：《憶王孫》九首，均爲集句之作。劉辰翁批：集句數首，甚婉娩，情至可觀。

又

吴王此地有樓臺，風雨誰知長緑苔。半醉閒吟獨自來，小徘徊，惟有江流去不回。

又

長安不見使人愁，物换星移幾度秋。一自佳人墜玉樓〔一〕，莫淹留，遠别秦城萬里游。

校　注

〔一〕墜玉樓：用晉石崇歌伎緑珠墜樓之事。

又

陣前金甲受降時，園客争偷御果枝。白髮宫娃不解悲，理征衣，一片春帆帶雨飛。

又

鷓鴣飛上越王臺，燒接黄雲慘不開〔一〕。有客新從趙地回〔二〕，轉堪哀，巖畔古碑空緑苔。

校　注

〔一〕燒：讀仄聲。原指野火，這裏説元軍燒劫的痕迹。

〔二〕『有客』句：作者自謂。

又

離宫别苑草萋萋〔一〕，對此如何不淚垂。滿檻山川漾落暉，昔人非，惟有年年秋雁飛。

校　注

〔一〕離宫别苑：指臨安故宫。參閲《人月圓》「離宫别館」。

又

上陽宫裏斷腸時〔一〕，春半如秋意轉迷。獨坐紗窗刺綉遲，淚沾衣，不見人歸見燕歸。

校　注

〔一〕上陽宫：唐玄宗時别宫名。自楊貴妃專寵後，後宫無復進幸，六宫有美色者，每置别所，上陽宫即其一。這裏或指三宫北徙時亦有被遺棄之宫女置於别所者。

又

華清宫樹不勝秋〔一〕，雲物凄凉拂曙流。七夕何人望斗牛〔二〕，一登樓，水遠山長步步愁。

校　注

〔一〕華清宫：唐宫殿名。此係借用。

〔二〕斗牛：牛郎星。

又

五陵無樹起秋風〔一〕，千里黄雲與斷蓬。人物蕭條市井空，思無窮，惟有青山似洛中。

校注

〔一〕五陵：指漢代五陵。即長陵、安陵、陽陵、茂陵、平陵。

孔編以爲《憶王孫》詞九首，中有『有客新從趙地回』之名，當作於南歸之初。

鶯啼序

重過金陵

金陵故都最好，有朱樓迢遞〔一〕。嗟倦客、又此憑高，檻外已少佳致。更落盡梨花，飛盡楊花，春也成憔悴。問青山、三國英雄，六朝奇偉。　麥甸葵丘〔二〕，荒臺敗壘，鹿豖銜枯薺。正潮打孤城，寂寞斜陽影裏。聽樓頭，哀笳怨角，未把酒、愁心先醉。漸夜深，月滿秦淮，煙籠寒水。　凄凄慘慘，冷冷清清，燈火渡頭市。慨商女不知興廢，隔江猶唱《庭花》，餘音亹亹〔三〕。傷心千古，淚痕如洗。烏衣巷口青蕪路，認依稀、王謝舊鄰里。臨春結綺。可憐紅粉成灰，蕭索白楊風起〔四〕。　因思疇昔，鐵索千尋，漫沉江底〔五〕。揮羽扇、障西塵，便好角巾私第〔六〕。清談到底成何事，回首新亭，風景今如此〔七〕。楚囚對泣何時已，嘆人間、今古真兒戲。東風歲歲還來，吹入鍾山，幾重蒼翠〔八〕。

校注

〔一〕迢遞：高貌。

〔二〕麥甸葵丘：城區有種植麥或葵的地區。

〔三〕亹亹：言辭不倦，動聽。與『娓娓』義同。

〔四〕『臨春』三句：陳後主叔寶於光照殿前建臨春、結綺、望春三閣，以沉香木爲之，自居臨春閣，以三貴人居結綺、望春，窮奢極侈。隋兵入金陵，盡焚於火。

〔五〕『鐵索』二句：見唐劉禹錫《金陵懷古》：『王濬樓船下益州，金陵王氣黯然收。千尋鐵鎖沉江底，一片降幡出石頭。』

〔六〕角巾私第：謂名士服飾、家居。有功成身退之意。角巾，巾之有角者。按《晉書》羊祜有與弟書曰：『既定邊事，當角巾東還歸故里。』

〔七〕『回首』二句：見卷一《題王導像》注。

〔八〕蒼翠：『蒼』，孔校：原缺，據《彊村叢書》補。《全宋詞》『翠』前有『蒼』字。《歷代詩餘》、《詞律拾遺》作『黄』字。按以『蒼』字爲佳。

孔編謂詞有『嗟倦客』之句，此詞當作於南歸後。

暗　香

西湖社友有千葉紅梅〔一〕，照水可愛。問之自來，乃舊内有此種。枝如柳梢，開花繁艷，兵後流落人間。對花泫然承臉而賦。

館娃艷骨，見數枝雪裏，争開時節。底事化工，着意陽和暗偷泄。偏把紅膏染質，都點綴、枝頭如血。最好是、院落黄昏，壓欄照水清絶。　風韻自迥别。謾記省故家，玉手曾折。翠條裊娜，猶學宫妝舞殘月。腸斷江南倦客，歌未了、瓊壺敲缺〔二〕。更忍見，吹萬點、滿庭絳雪〔三〕。

校　注

〔一〕『西湖』句：《詩淵》此句僅有『千葉紅梅』四字。

〔二〕瓊壺：指唾壺。昔王敦嘗歌曹操『老驥伏櫪，志在千里』之句，以敲唾壺作爲節奏。這裏借用。

〔三〕絳雪：喻紅梅落花。

疏影

西湖社友賦紅梅分韻得『落』字

虬枝茜萼〔一〕，便輕盈態度〔二〕，香透簾幕。净洗鉛華，濃抹胭脂，風前伴我孤酌。詩翁瘦硬□□□〔三〕，斷不被、春風鎔鑠。有隴頭、折贈殷勤〔四〕，又恐暮笳吹落。　　寂寞孤山月夜，玉人萬里外，空想前約。雁足書沉，馬上弦哀，不盡寒陰砂漠〔五〕。昭君滴滴紅冰淚，但顧影、未忺梳掠〔六〕。等恁時、環佩歸來，却慰此兄蕭索〔七〕。

校注

〔一〕虬枝茜萼：盤曲的樹枝，紅色的花萼。

〔二〕便：孔校：原作『使』，據《詩淵》改。

〔三〕□□□：孔校：原缺，《全宋詞》據《詞律》補。按上下文詞意，缺字擬補爲『如冰鐵』。

〔四〕隴頭折贈：見前注。

〔五〕砂漠：『漠』原作『漢』，孔氏據《詩淵》改。

〔六〕忺：適意，高興。　梳掠：梳理髮髻。

〔七〕兄：孔校：《全宋詞》作『况』，《詩淵》作『兄』。按『此兄』，當是元量自指。

瑶　花[一]

天中樹木，高聳玲瓏，向濯纓亭曲[二]。繁枝綴玉，開朵朵、九出飛瓊環簇。唐昌曾見[三]，有玉女、來送春目。更月夜八仙相聚，素質粲然幽獨。江淮倦客再游，訪后土瓊英[四]，樹已傾覆。攀條掐幹，細嗅來、尚有微微清馥。却疑天上，列燕賞、催汝歸速。恐後時重謫人間，剩把鉛華妝束。

校注

〔一〕瑶花：當指瓊花。按《齊東野語》云：『揚州后土祠瓊花，天下無二本，絶類聚八仙，色微黄而有香。仁宗慶曆中，嘗分植禁苑，明年輒枯，遂復載還祠中，敷榮如故。淳熙中，壽皇亦嘗移植南内，逾年，憔悴無花，仍送還之。其後，宦者陳源命園丁取孫枝移接聚八仙根上，遂活，然其香色則大減矣，杭之褚家唐瓊花園是也。』

〔二〕濯纓亭：亭名，在揚州。《廣群芳譜》：『瓊花植於濯纓亭，永叔爲揚州，作無雙亭以賞之。』

〔三〕唐昌：唐代寺觀名，在長安。以玄宗女唐昌公主而名。觀中有玉蕊花，相傳爲公主手植。按瓊花一名玉蕊花。

〔四〕后土瓊英：后土祠瓊花。

孔編以爲《暗香》、《疏影》及《瑶花》三詞當作於至元二十六年（一二八九）南歸杭州後。

錦瑟清商引

玉窗夜静月流光。拂鴛弦，先奏清商。天外塞鴻飛，呼群夜渡瀟湘。風回處，戛玉鏗金，翩翻作新勢，聲聲字字，歷歷鏘鏘。忽低顰有恨，此意極凄凉。爐香簾櫳正清灑，轉調促柱成行。機籟雜然鳴素手〔一〕，擊碎琳琅。翠雲深、夢裏昭陽〔二〕。此心長。回顧窮陰絶漠，片影悠揚。那昭君更苦，香淚濕紅裳。

校注

〔一〕機籟：機巧的音響。

〔二〕昭陽：漢武帝後宮之一，成帝時趙飛燕居之。這裏泛指寵妃所居之宫。

此詞描寫一個能奏妙琴而不得寵倖的宫女的哀怨。孔編：據詞中『窮陰絶漠』云云，此詞當作於南歸後；據『渡瀟湘』云云，此詞或作於湘中，其時元量游於其地。

附録

附録説明

按《增訂湖山類稿》附録有四種。一爲序跋之屬，二爲傳記軼事之屬，三爲詩詞之屬，四爲汪元量事迹紀年。序跋已在前言中摘引，不再復列。略去傳記軼事之屬。詩詞之屬，則依原文全部録引。至於汪元量事迹紀年，删繁就簡，改稱汪元量行年簡譜。以詩詞之屬爲附録一，以行年簡譜爲附録二。

附録一　詩詞之屬

亡宋宫人詩（汪輯）

水雲留金臺一紀，琴書相與無虚日。秋風天際，束書告行，此懷愴然，空知夜夢先過黄河也。一時同人以『勸君更盡一杯酒，西出陽關無故人』分韻賦詩爲贈。他時海上相逢，當各説神仙人語，又豈以世間聲律爲拘拘耶！

『勸』字韻　王清惠

朔風獵獵割人面，萬里歸人淚如霰。江南江北路茫茫，粟酒千鍾爲君勸。

『君』字韻　陳真淑

天山雪子落紛紛，醉擁貂裘坐夜分。明日馬頭南地去，琴邊應是有文君。

『更』字韻　黄慧真

萬疊燕山冰雪勁，萬里長城風雨横。君衣雲錦勒花驄，此酒一杯何日更。

『盡』字韻　何鳳儀

十年燕客身如病，一曲剡溪心不競。憑君寄語愛梅仙，天理見時人事盡。

『一』字韻　周静真

燕山雪花大如席，馬上吟詩無紙筆。他時若遇隴頭人，折寄梅花須一一。

『杯』字韻　葉静慧

塞上砧聲響似雷，憐君騎馬望南回。今宵且向穹廬醉，後夜相思無此杯。

『酒』字韻　孔清真

瘦馬長吟蹇驢吼，坐聽三軍擊刁斗。歸人鞍馬不須忙，爲我更釃葡萄酒。

『西』字韻　鄭惠真

琵琶撥盡昭君泣，蘆葉吹殘蔡琰啼。歸見林逋煩説似，唐僧三藏入天西。

『出』字韻　方妙静

萬里秦城風淅淅，一望薊州雲幂幂。君今得旨歸故鄉，反鎖衡門勿輕出。

『陽』字韻　翁懿淑

金門夜醉紫霞觴，乞得黄冠還故鄉。一似陳摶歸華嶽，又如李泌過衡陽。

『關』字韻　章妙懿

一從騎馬逐鈴鑾，過了千山又萬山。君已歸裝向南去，不堪腸斷唱《陽關》。

『無』字韻　蔣懿順

十年牢落醉穹廬，不用歸榮駟馬車。他日儻思人在北，音書還寄雁來無。

『故』字韻　林順德

歸舟夜泊西興渡，坐看潮來又潮去。江草江花春復春，山青水緑原如故。

『人』字韻　袁正淑

抱琴歸去海東濱，莫逐成連覓子春。十里西湖明月在，孤山尋訪種梅人。

按孔氏對上十四詩，先校後釋。其辭云：『王清惠』原作『王惠清』，今從《知不足齋叢書》本《宋舊宫人詩詞》、鮑本附録。《西湖游覽志餘》『葉静慧』作『張瓊英』，詩句亦有不同處。又按底本原無『勸』字韻等等爲分題，今爲整齊格式，據序加分題。此十四詩，當經過後代好事者之加工。孔氏又於《汪元量事迹紀年》『至元二十五年』記載：本書附録有《亡宋宫人詩》，王國維《觀堂集林》認爲僞作。王氏舉《亡宋宫人詩》首爲王清惠(案即王昭儀)作,而清惠已於南歸前死去爲證。此乃事實。然不可即此一端謂全部作品皆僞作。今觀其内容,《亡宋宫人詩序》謂『水雲留金臺一紀』,一紀乃十二年,與事實完全相符。大凡作僞者往往於時間問題上破綻百出,而傳聞之詞,亦往往有顯著差異。此則非作僞者所能行。《亡宋宫人詩》附有王清惠所作《秋夜寄水月水雲二昆玉》(另録於後,可參閲),非作僞者所能作。王氏又謂亡宋舊宫人送汪元量詩『若出一手』,亦不爲僞作之據。此十四詩,格調固有相似處,然謂之『出一手』則不可。舊宫人雖能文詞,當屬略通文墨,撰詩時,彼此切磋當有之,在輾轉流通過程中,好事者加工當有之,《宋遺民録》與《西湖游覽志餘》所引宫人詩之文字有差異,即其例。所以宋舊宫人詩詞大體可靠。

上文所提王清惠所作《秋夜寄水月水雲二昆玉》、《李陵臺和水雲韻》、《搗衣詩呈水雲》並附録於次:

秋夜寄水月水雲二昆玉

王清惠

萬里倦行役,秋來瘦幾分。因看河北月,忽憶海東雲。

李陵臺和水雲韻　王清惠

李陵臺上望，答子五言詩。客路八千里，鄉心十二時。孟勞欣已稅，區脱未相離。忽報江南使，新來貢荔枝。

搗衣詩呈水雲　王清惠

妾命薄如葉，流離萬里行。黄塵燕塞外，愁坐聽衣聲。

孔按：《李陵臺和水雲韻》等三詩詩題，原在每詩之末，今爲整齊格式，改移如上。又，《李陵臺和水雲韻》等三詩前，低三字書『昭儀王清惠字冲華』八字，類似題目。亦爲整齊格式，删去此八字，特於此註明。

續琴操《哀江南》　四章（汪輯）　謝翺

宋季有以善鼓琴見上者，出入宫掖間，汪姓，忘其名。臨安不守，太后嬪御北，汪從之，留宿薊門數年，而文丞相被執在獄。汪上謁，且勉丞相：『必以忠孝白天下，予將歸死江南。』及歸，舊宫人會者十八人，釃酒城隅，與之别。援琴，鼓再行，涙雨下，悲不自勝。後竟不知所在。噫！汪蓋死矣。客有感之者，爲續琴操曰《哀江南》，凡四章。

我赴薊門　四之一

我赴薊門，我心何苦。我本南人，我行北土。視彼翼軫，客星光光。自陪輦轂，久涉戎行。靡歲不戰，何兵不潰。媮生有戚，就死無罪。莽莽黄沙，依依翠華。我皇何在，忍恤我家。

瞻彼江漢　四之二

瞻彼江漢，截淮及楚。起兵海隅，亡命無所。枕戈待旦，憤不顧身。我視王室，誰非國人。噫嘻昊天，使汝縲紲。姦黨心寒，健兒膽裂。黄河萬里，冰雪峨峨。爾死得所，我生謂何。

我操南音　四之三

我操南音，爰酳我酒。風摧我裳，冰裂我手。薄送於野，曷云同歸。自貽伊阻，不得奮飛。持此盈觴，化爲别淚。昔也姬姜，今焉憔悴。山高水遠，無相見時。各保玉體，將死爲期。

興言自古　四之四

興言自古，使我速老。麋鹿是游，姑蘇荒草。起秣我馬，徘徊舊鄉。江山不改，風景志亡。誰觸塵埃，不見日月。梨園雲散，羽林鳥没。吞聲躑躅，悲風四來。爾非遺民，胡獨不哀。

右《續琴操·哀江南》者四章，章四解，或傳粤人謝翱作。讀其辭甚悲，因其辭以推其心，則其所悲，又有甚於此辭者，謂非翱作不可也。當宋季年，元兵壓境，兩宫且以琴酒自娱。故老言：度宗在宫中，常以壺觴自隨，盡日不醉；權臣弄國，江上之師不暇一戰，反以捷聞。蓋必有以壅塞其耳目，蠱惑其心志而然歟！否則栗栗危懼之不恤，而又何樂於酒，藉令長江天塹，北軍不能飛渡，安能坐守東南數郡，爲一龜兹國哉！梁蕭繹時，江陵戒嚴，百官戎服聽講《老子》。中既輟講，諜者言，魏軍不出，四境帖然。又復開講一日，以至力屈就擒，身困緹幕，雖拔刀斫案不得悔。嘻，宋季然矣。夫人者乃能以善鼓琴見上，吾意其不爲鄒忌，必爲雍門周，縱不能一悟主聽，使之少有更張，亦能使之泣，若破國亡邑，至聞疾風飛鳥之聲，窮窮焉固無樂已。及大事已去，獨其心怏怏，奔走萬里，若不釋然者。嘻，亦晚矣。天寶盛時，歌者李龜年，恩遇無比。禄山亂，龜年流落江南，每歌數闋，四座莫不嘆息泣下，又况天地黯然，山河頓異，使夫人者尚在，庸不有以泣龜年者泣之乎！予謂《琴操》多出於憂愁窮苦之人而有所守者，翱之於辭適契焉，故録之。若曰南風不競，則自古見之矣，尚何言哉，尚何言哉！金華吴萊跋。

贈汪水雲（汪輯）

李吟山

青雲貴戚玉麟兒，曾逐鑾輿入紫闈。玉母窗前窺面日，太真膝上畫眉時。滄溟水闊龍何在，華表秋深鶴未歸。三尺焦桐千古意，黄金誰與鑄鍾期。

送汪水雲入湘（汪輯）　吴仁傑

碧水波翻海亦摧，奮身鰲背護蓬萊。忍隨天上紅雲散，却馭關中紫氣回。天道有常須變化，玄關無鑰任敲推。攜琴更拜蒼梧野，猶想南薰入調來。

題汪水雲詩卷（新輯）　開先長老

水流雲散海天涯，與子長游亦可嘉。歸馬迹漫燕嶠雪，啼鵑血染楚城花。乾坤浩蕩空雙眼，南北迢遥事一家。三疊琴心誰解意，蓬萊歸路躡青霞。

同上（新輯）　趙焱

山城柱笏意何如，孤鶴東來態度殊。天上陽春歸閬苑，人間貴客在仙都。當年化蝶非真夢，今日騎鯨即故吾。莫操錢塘懷古曲，遺黎有淚灑江湖。

按：『江湖』原作『江河』，誤，今正。

同上（新輯）　胡斗南

一琴一鶴一扁舟，南北東西更九州。一曲湖山真得計，半生交結盡清流。

翠柳摇摇訝客來，紅梅的的爲公開。管寧昔作遼東去，蘇武新從塞北回。

老來無意謁侯門，自愛梅花水月村。更擬孤山結茅屋，杖藜聊復信乾坤。

魁笑先生尚可癡，湖山日日有新詩。水光雲彩窗三尺，雨抹晴裝畫四時。

篋裏新詩意不傳，飄蓬白髮地行仙。江南江北都看了，更住西湖一百年。

越舞吴謳別幾春，御船坊下即迷津。年來依舊多游賞，半是南人半北人。

當年出塞幾紅娃，曾共氈房看雪花。今日湖亭霜月夜，夢中猶聽捻琵琶。

詩家冷淡作生涯，有客相過施煮茶。斫去梅花除去柳，繞堤只合種桑麻。

十里鶯花處處嬌，南新橋過北新橋。船來船去春風裏，何處佳人弄玉簫。

螺子江頭酒一壺，瑒花香處賦歸歟。西湖他日笙歌裏，還憶山中人姓胡。

同上（新輯）

劉師復

萬里歸來葺故園，闞湖新結小船軒。雙親八十喜康健，七子侍勞三十孫。

別港鶯嬌恰恰啼，蘇公堤過趙公堤。水西雲北春無賴，細柳新蒲緑未齊。

天造西湖錦綉堆，柳邊漁父小蓬開。能言景定年間事，公主鸞簫錦棹來。

此客清狂似季真，意行湖曲眺青春。櫓聲往往來來好，山色朝朝暮暮新。

杖藜引客入漁家，盡敞蓬窗作供茶。三面欄干詩思闊，湖光千頃浸荷花。

當年飛鳥亦難前，今日中堂起燒煙。丞相不嗔山色好，歌聲穩送裏河船。

小小船齋闞碧流，水仙招我下湖游。簫聲裊裊歌聲合，桂子香中十里秋。

詩翁老去尚兒嬉，撩撥歌鬟笑挽衣。草草杯盤隨處飲，西泠橋入斷橋歸。

北去南來無定居，水流雲在意何如。湖邊倘有西飛雁，只寄詩筒莫寄書。

澗邊爛醉桂花秋，明發攜琴不可留。遥想兩峰湖一曲，畫船何日許同游。

同上（新輯）

羅志仁

歌舞兒嬉度歲年，當時先見憶龍川。絶憐遺俗依然在，日日百花金勝船。

八盤九曲已荒凉，四聖三賢半在亡。乍見少年猶眼纈，只緣山色與湖光。

斜陽葛嶺少人行，一片荒山繫廢興。留得臨湖春雨觀，東風摇落木香棚。

靈隱泠泉圖畫開，奇峰西竺遠飛來。天然蒼翠都消滅，無奈滿山金碧堆。

緑幕紅簾没舵船，船頭日日撲花錢。笙歌水面盈盈去，過眼笙歌正可憐。

西子西湖只一般，翠雲珠髻恣君看。世間尤物移人處，高鼻虬鬚也被瞞。

銷盡黄金是此窩，高人欹枕看晴波。錢塘門裏九曲寺，得似先生一曲多。

曾住西湖畫幅間，楚鄉久客亦良難。先生道眼無分别，浙水江雲一樣看。

豐樂華樓已劫灰，涌金春色未塵埃。道人有道軒窗静，那處湖光不好來。

楊柳蘇堤欠補栽，誰能瀛嶼種添梅。去年我與西湖别，健在明年又會來。

同上（新輯）

孫　鼎

北游不羡築臺金，忽解儒冠雪滿簪。短劍空横無俠氣，破琴欲撫且悲吟。啼猿聲墮楚江碧，游鹿夢迷吴苑深。若見麻姑閒問訊，桃花千樹正陰陰。

同上（新輯）　彭淼

萬里歸來舊布衣，笳聲不斷轉桐絲。十年秋入肩吾鬢，四海人傳雲叟詩。窖裏雪氈魂些短，江南月砌夢歸遲。白頭惆悵相逢晚，况是人間落葉時。

同上（新輯）　蕭璥

孀娥靈藥被誰偷，碧海青天伴夜愁。歸郭令威空化鶴，度關老子偶乘牛。廣陵散在斜陽遠，梁父吟成昨雨收。我亦雲間舊鷄犬，與君相對擊茶甌。

同上（新輯）　蕭壥

遼鶴歸來世已殊，忽悲身晚及塘蒲。乾坤浩浩琴三尺，歲月堂堂酒一壺。剡曲只今書賀監，稽山在昔庾肩吾。行吟便是江南史，它日真堪付董狐。

同上（新輯）　劉囦

當時興廢事，説着意猶悲。自謂水不返，誰知雲解歸。十年麋鹿恨，一卷杜鵑詩。又入離騷國，清彈霜葉飛。

同上（新輯）　劉豐禄

海水奔騰朔風急，巨鰲震動坤軸折。茫茫水與雲相連，中有仙人渺獨立。槁梧三尺操南音，輕視功名等秋葉。調高韻古泣鬼神，氈帳輕彈燕薊月。錦囊萬里詩一篇，字字丹心瀝青血。回首銅仙舊夢寒，撫卷令人雙鬢雪。只今復作瀟湘游，擬續離騷吊忠魄。獨坐何心聞杜鵑，雲暗蒼梧正愁絶。

同上（新輯）　蕭璩

壁月歌殘鐵騎圍，銀濤風急鷁舟飛。海山運並隨鰲盡，城郭身今化鶴歸。琴怨詩愁春一雨，江南渭北淚雙扉。與君厭聽桑田語，一笑游絲罥落暉。

同上（新輯）　趙雲

江南江北馬如飛，曾看金門羽客衣。李泌暫游衡嶽去，陳摶已請華山歸。風雲萬里氣無敵，雨露兩朝恩有輝。偶爾江頭相解後，細聽流水十三徽。

同上（新輯）　羅綺

南越長淮北眺燕，三書上徹九重天。氈寒驢重幽州雪，劍曉龍吟易水煙。齊好無移竽尚在，秦酬有爽璧終全。知音向近西湖上，却不當初早理弦。

同上（新輯）　張弘道

風檣車馬不可羈，我亦回首薊北馳。爲我援琴作商聲，和以長吟商聲悲。遼鶴一去不復返，茫茫天海秋雁飛。黯然十操發金石，掩卷忍讀胡笳詩。相逢把臂不可別，白蘋洲渚菊花時。天涯地角聚復散，水雲雲水同襟期。

同上（新輯）　張時中

吴江潮落曉光微，萬里風沙撲面飛。帝化海濱精衛怒，仙吟華表令威歸。秋空愁斷銅仙遠，夜雨歌沉玉樹非。隨意黄冠方外去，雲臺何似首陽薇。

同上（新輯）　尹棐

平生寧用拙，方鑿不圓卿。風月少知己，江山多故情。北辰終夕仰，西雨幾時晴。水與雲無定，君當保令名。

同上（新輯）　蕭克翁

舊時彩箋結綺，晚歲銅仙渭城。三十年來家國，吾琴無虧無成。

同上（新輯）　祝從龍

竹杖芒鞋短後衣，抱琴何處覓鍾期。百年爛醉烏程酒，千首新吟晋宋詩。京洛風塵如昨日，湖山水月此何時。近來見説人心别，不看南枝看北枝。

同上（新輯）　夏天民

仰峰昨夜三尺雪，梅花吟老坐如橛。道人啄扉來摻别，茗碗冰膠不堪啜。袖中枝桐半皴裂，爲予載柎舒鬱結。誰裁古調多曲折，拍拍胡笳中音節。燕山孤累心石鐵，神物護持筆生舌。杜陵老翁代佛説，長歌自擊唾壺缺。萬古劍鋩倒流血，毛髮森森照關月。於乎，嵇康東市計仍拙，廣陵一散何嘗絶。

同上（新輯）　王祖弼

相逢解后不相期，又是江湖一段奇。我輩恨生南渡後，道人嘯出北征詩。百年歲月心難老，萬里江山夢已馳。細閲行程更相問，河清久説水漣漪。

同上（新輯）　劉師復

水流雲在意，政不限西東。山澤秋如瘦，江湖道亦窮。浙音惟我聽，冀眼獨居空。甚惜匆匆別，西風落葉中。

同上（新輯）　戴仁傑

水雲應世地行仙，手抱琴書直到燕。萬里滄江鷗浩蕩，千年城郭鶴翩躚。履霜中野元無怨，嚙雪陰山只自憐。今日相逢又相別，新詩滿橐不論錢。

同上（新輯）　曾順孫

道人東魯舊儒生，短褐翛然獨自行。禾黍離離悲故國，風沙漠漠度長城。琴音不忍移南操，詩卷猶能續北征。如此金臺君拂袖，水天雲闊去留輕。

同上（新輯）　劉震祖

高深妙語坐髯髾，花露茶煙夜雨燈。俗眼不知鵬化鷃，書癡何害墨成蠅。雲泥夢覺空陳迹，桑海吟殘嗅葛藤。劍吼洞庭朱頂急，歸來城郭問雲仍。

同上（新輯）　李嗣彭

禾黍興悲兩鬢皤，千年荆棘幾銅駝。義熙處士流風遠，天寶詩人舊恨多。雨露又新周草木，煙塵空想漢山河。庾郎漫有江南賦，得似先生醉後歌。

同上（新輯）　李嘉龍

江湖牢落嘆蘧年，説着乾淳淚泫然。折桂昔爲天上客，餐松今作洞中仙。南窗寄傲陶元亮，東海歸來魯仲連。紫鳳天吴顛倒褐，抱琴又泛楚江船。

同上（新輯）　兜率長老

窮發歸來脱孟勞，何嗟澹與泊相遭。瑶琴摘罷意猶在，石鼎聯成韻更高。世事可能書咄咄，人情只合醉陶陶。雁門弦斷無人續，輸子詩成奪錦袍。

同上（新輯）　虞谷

黄金臺上翰林官，曾奉天香坐站鞍。孔廟謁時花淚濺，宋陵過處柳眉酸。羊酥玉碗頻分賜，駝肉金盤屢割餐。半世功名槐夢醒，自騎白鶴上天壇。

同上（新輯）　熊仲允

輕輕漠漠暮雲低，枯木寒枝宿鳥稀。古殿荒涼殘日照，孤城寂寞故山圍。十年波浪家何在，萬里關河客未歸。惆悵西湖湖上路，梅草如舊世相違。

按：『梅草』似爲『梅花』之誤。

同上（新輯）　蕭炎丑

聽説西湖事，分明在眼前。逋梅籠水月，坡柳弄風煙。春夢須臾裹，舊游三十年。把君丙子集，讀罷淚潸然。

同上（新輯）　黄居仁

馬上琵琶不復琴，龍荒弔古獨遺音。西風金掌吹清淚，落日銅駝折寸心。杜子但傷鵑血化，蘇卿豈料雁書沉。當時痛哭無人哭，千載江流轉恨深。

同上（新輯）　永　秀

禾黍離離滿故都，君詩讀罷淚傾珠。立朝食禄千官富，爲國忘軀一事無。兵革已將臨北闕，笙歌猶自醉西湖。黄冠氅服今誰識，前宋遺賢有此儒。

同上（新輯）　楊學周

握手論心不記年，重逢仍似地行仙。琴彈碧玉時三弄，袖有驪珠近百篇。岳麓曉行雲外履，湘潭夜醉月中船。它時歸隱西湖畔，能把新詩寄一聯。

同上（新輯）　蕭　灼

朔風卷雨東南昏，銅仙灑淚辭吴門。間關萬里踏燕月，埃沙撲面愁人魂。攜琴早晚隨王母，不似瑶池舊歌舞。南冠岌岌操南音，此意此心千萬古。十年歸來兩鬢霜，袖有詩史繼草堂。西游蒼梧北太華，筆端傳入古錦囊。甫也再拜杜鵑血，穎乎冥人冰炭腸。一朝訪我茅屋下，朔風易水爲余寫。黄金好鑄鍾子期，知君不是黄冠師。

同上（新輯）　覺性

細讀燕雲吟，静聽流水琴。神游八極高而深，龍溪玉山猶谷響，燕歌吴詠轟雷音。人中龍，天外鶴。挾泰山，擘華嶽。醉吟不管天地窄，堯桀誰能分善惡。雲閣麟臺一笑間，招得赤松歸碧落。

同上（新輯）　楊學李

野鶴意倏然，心無世網牽。衣冠舊朝士，湖海老詩仙。横槊思公瑾，登樓憶仲宣。瀟湘風月好，何日理歸船。

同上（新輯）　葉福孫

今雨水雲來訪我，西窗剪燭話遼東。百千萬事擲天外，一十四年如夢中。琴到拙時方得趣，酒於愁處恰收功。明朝又掛孤帆去，江海茫茫正北風。

同上（新輯）　祖惟和

北去南來策蹇驢，偶然過我古玄都。雖無千樹桃花賦，却有三枝桂子圖。賀老掛冠方賜剡，張翰命駕已歸吴。酒邊説盡興亡事，空羨陶朱據五湖。

同上（新輯）　黄　圭

十日不得出，坐船窺古音。五言臣武淚，百詠阿雄心。對雪遂忘夜，看詩如聽琴。年時塵稿在，便擬石頭沉。

同上（新輯）　張嵩老

君不見伯牙流水心，不是子期誰知音。又不見潁師浮雲操，不是昌黎誰品藻。伯牙千古潁無人，此心此操誰重陳。折楊黄華笑啞啞，寥寥太古風無淳。錢塘君别二十載，江南江北情如海。吴霜半染鬢邊絲，朗吟浩蕩殊未艾。十年尊酒又逢君，行歌流水弦浮雲。在自大古□□□，雅澹飄逸思不群。能言名山大川壯麗可怪處，收拾胸中爲一部。歸來歷歷寫瑶琴，一種風氣傳千古。又言黄河泰華六合之内不勝游，何如九州之内更九州。抱琴飄飄風萬里，曾是天涯海角頭。當時此琴落落天西北，土音往往幾人還解得。怊悵悲憤恩怨昵昵多少情，盡寄胡笳十八拍。會心又見鍾子期，識操又遇韓昌黎。眼高已覺空四海，此水此雲不在他人知。

同上（新輯）　嚴日益

紫皇殿上紅雲低，春歸天上日欲西。瑶池催花撾羯鼓，姚魏天香分雨露。沉香亭北雉尾高，詩成先奪雲錦袍。縱横奏賦三千字，文采風流多意氣。佩聲楊柳鳳池頭，絲綸五色爛不收。巨鰲跳波海門黑，氈雪風沙墮陰域。翠華鞭鸞凌紫煙，天寒月照青冢邊。黄金不啼玉不收，桑嶺流沙馬飛急。孤臣淚結冰稜稜，兩宫祝髮傳佛燈。梵尊説法天龍拜，四大山河金色界。風飄天樂去不回，香圍粉陣成飛埃。南冠楚囚血化碧，恨入胡笳十八拍。穹廬帳暖融冷光，猶隨供奉聯鵷行。子房忽伴赤松去，華表今年令威語。商郊周甸禾黍悲，宫袍卸却披霞衣。青藜老仙選詩哭，仿佛東都夢華録。吴霜壓損長眉青，胸蟠耿耿何時平。讀書萬卷貧難救，天若知情天亦瘦。雲翻雨覆争奈何，榮枯得失哀恨多。相逢莫説夢中夢，琴寄南音時一弄。世間未必無子期，至音元不求人知。泠然七十二峰下，軒轅鼎邊退三舍。流水行雲萬里心，故家喬木春陰陰。

同上（新輯）　聶守真

汴堤楊柳摇春風，翠華南幸紫禁空。雕欄玉砌明月冷，羽人規作神仙宫。蘇堤楊柳飄晴雪，又見紫鸞催駕發。沉香亭北鶯亂啼，金殿又成諸佛刹。東南王氣一旦終，乾坤四海今會同。興亡人力自有數，不由人力由天公。二龍南翔一龍北，鳳隻鸞孤重鎩翮。南龍苦熱北龍寒，鸞鳳欲飛飛不得。周原禾黍秋離離，含光春色草萋萋。露盤應拆聲動地，金銅仙人空淚垂。來今往古知幾代，嬴顛劉蹶浮雲改。方平抵掌笑不言，會見桑田變滄海。

讀水雲丙子集（新輯）

聶守真

一夕緇塵蔽海東，潮頭無力障西風。汗沾鐵馬唐陵在，淚灑銅仙漢祚終。昨日又聞金盌出，他年誰信瓦棺空。中郎未抵支郎慘，地老天荒恨莫窮。

宇宙倉皇過一春，鶯花無主亦銷魂。冰霜不入狼頭帽，風雨偏凌犢鼻褌。擊楫當年無祖逖，聞鷄半夜有劉琨。五陵佳氣飄揚盡，誰識龍顔舊子孫。

別了金臺尺五天，歸來行槖夜光縣。劍横碧落琴收匣，雲住青山水到淵。錫宴屢陪蓬島客，唱酬休憶蕊宮仙。故家只在西湖上，好在晴光雨色邊。

汪水雲復索西湖一曲棹歌如諸公例十首走筆成此（新輯）

劉將孫

東橋西橋春水生，南高北高春日明。畫船四望遥指點，何日兩峰高處行。

朝見去棹波鱗鱗，暮見歸舫泊層層。斷橋橋邊初弦月，大佛頭裏一點燈。

第一橋東嫩柳黄，第四橋外煙微茫。舟中何處窈窕女，岸上誰家游冶郎。

柳堤點點照紅妝，畫樓歷歷盼倚窗。净慈寺前僧三五，涌金門外船幾雙。

當年兩度别西湖，湖固依然客自疏。歲歲城中出游賞，雁飛不帶上林書。

捩淚休窺葛嶺邊，停橈莫近裏湖前。當時眼見都如昨，一夢人間三十年。

清明時節下湖天，富貴中官百戲船。就裏最誇水爆仗，如今只有掌喧闐。

春燕弟子頭船楫，三李諸齋日日争。寶祐坊街無角伎，西湖書院有書生。

連雲偉觀想飛埃，豐樂樓基又劫灰。珍重書生數間屋，慈元曾架□梁來。

迍賤羈臣感舊游，蕭然樂叟出春愁。道人閲世心如鐵，受用西湖到白頭。

題汪水雲集後（新輯）　　黄建可

南音誰與調陽春，戀戀餘香舊舞茵。漢有銅仙空化淚，楚因寶劍不全身。美人粉黛塵俱幻，放客風騷恨轉新。一卷長留天地外，爲公歌此淚盈巾。

送錢唐琴士汪水雲（鮑有）　　陳　泰

三十年來喪耆舊，天下彈琴水雲叟。猶疑俠氣世間無，自説蹉跎晚何有。漢宫麗華陰貴人，臣忝近歲居宫門。東觀初令習書史，寶詔再直行綵綸。熙明殿中早朝罷，仗内玉輦扶皇君。昭容傳詔促侍燕，屏棄舊樂嫌繽紛。調弦始學鳳凰語，度曲便覺聲有神。銀山千片潮卷雪，天馬萬匹風驅雲。龍顔正色動一笑，錦幄勸醉葡萄春。今時富貴眼看盡，異域飄零心尚存。流傳弟子竟誰在，散落江湖嗟獨聞。人生底用誇長健，白首青衫淚如綫。尊前指法鬥呼韓，玉腕香餘夢中見。

讀汪水雲詩集（汪有）

迺賢

水雲汪元量，字大有，錢唐人。以善琴受知宋主。國亡，奉三宫留燕甚久。世祖皇帝嘗命奏琴，因賜爲黄冠師南歸。時幼主瀛國公、福王平原郡公趙與芮、駙馬右丞楊鎮、故相吴堅、留夢炎、參政家鉉翁、文及翁、提刑陳傑、青陽夢炎與宫人王昭儀清惠以下廿有九人，分韻賦詩，以餞其行。水雲之詩，多紀其亡國時事，與文丞相獄中唱和之作，文丞相又與馬丞相廷鸞、章丞相鑒、鄧禮部光薦、謝國史枋得、劉太博辰翁序其詩集。劉公又爲批點。余聞危太史言曰：『水雲長身玉立，修髯廣顙，而音若洪鐘。北歸，數往來匡廬、彭蠡之間，若飄風行雲，世莫能測其去留之迹，江右之人以爲神仙，多畫其像以祠之，像至今有存者。其諸公所賦墨迹，嘗見於臨川僧舍』云。及予至京師，因徐君敏道得《水雲集》，讀而哀之，偶成二律，以識其後。

三日錢唐海不波，子嬰繫組納山河。兵臨魯國猶弦誦，客過殷墟獨嘯歌。鐵馬渡江功赫奕，銅人辭漢淚滂沱。知章喜得黄冠賜，野水閒雲一釣蓑。

一曲絲桐奏未休，蕭蕭笳鼓禁宫秋。湖山有意風雲變，江水無情日夜流。供奉自歌南渡曲，拾遺能賦北征愁。仙人一去無消息，滄海桑田空白頭。

題吕仲善所藏汪水雲草蟲卷子并序(鮑有)

陳　謨

卷中百蟲，各極情態，而終以大小數雁，豈所謂『江南破，百雁來』者乎？水雲寓黍離之感於畫圖，觀者凄斷。

瑶琴理罷松風長，懶上湖船看歌舞。行雲流水有心期，野草閒花各天趣。紛紛蟲羽恣飛揚，散入毫端無遁處。尋香逐艷何從來，含睇凝情如欲語。黄荃崔白稱好手，研吮朱鉛眩童竪。不肥不瘦潤有餘，墨暈生春獨清楚。春蘭倚然如處女，短不出叢秀眉嫵。夏芷仙人白紵袍，長身玉立風生宇。何當石根容我步，烏紗笻竹從容賦。漆園蒙莊知道者，夢裏化爲蝴蝶去。蘧蘧栩栩情態多，什什伍伍花間住。顛魂無定抑無歸，粉翅織紋何用許。象房守宫半夜走，玉帳佳人成白首。絡緯蕭條蟋蟀寒，山河已落他人手。籬根燁燁牽牛花，瓜蔓藤枝亦何有。西湖清淺緑荷凋，畫橋依約春風柳。海潮不至天目傾，七寶金鞭從北狩。雙雙朔雁俱南翔，莓苔菰米連瀟湘。飛鳴宿食各自得，豈有矰繳仍須防。道人蒿目難爲傷，銅仙淚盡天亦荒。琴歌既斷賦無續，畫圖仿佛存興亡。平川吕氏好古者，不鄙謂予題此畫。忽憶秦皇漢武年，萬事輪雲如走馬。

汪水雲草蟲畫卷（新輯）

李本仁

吾鄉進士江湖老，一曲冰弦愴懷抱。夜月難招望帝魂，春風猶剩傷心稿。脂粉蕭疏墨氣涼，寫生妙手擅徐黄。飛來紙上皆秋意，開到人間盡古香。當日彈琴曾供奉，倚雲承露推仙種。翡翠珠簾法曲宣，鳳凰彩仗慈雲擁。此時春色滿臨安，鶯燕東風畫裏看。母后黄金催寫照，婕妤紫袖倩題紈。皋亭山下鶯鼙發，卷地黄塵慘明月。丞相高眠蟋蟀墳，王孫已拜芙蓉闕。西風吹落上陽花，寂寂宫槐噪晚鴉。太息河山成蟻潰，可憐將士盡蟲沙。灑淚倉皇走降表，六宫飄泊燕山道。斷曲如聞蜀國鵑，哀弦空吊明妃草。琴師憔悴走幽州，野草哀蟲處處愁。繁華夢裏紅羊刦，故國霜前白雁秋。琴上悲風聲變徵，黄冠蕭瑟生旋里。蛾翠千山恨有餘，蠶絲萬疊愁難理。舊時宫嬪離筵柳，□日紅顔今白首。塵夢難尋蛺蝶裙，悲歌且醉葡萄酒。歸來身世感滄桑，絡緯西風總斷腸。寫取南朝金粉淚，園林花草滿斜陽。

宋舊宫人贈汪水雲南還詞（新輯）

望江南

金德淑

春睡起，積雪滿燕山。萬里長城横玉（案底本、鮑本附録此詞，『玉』作『縞』）帶，六街燈火已闌珊。人立薊樓（案底本、鮑本作『在玉樓』）間。

空懊惱，獨客此時還。轡壓馬頭金錯落，鞍籠駝背錦斕斑。腸斷唱門（《全宋詞》編者案：『門』字疑誤，應是『陽』字）關。

孔氏案：《全宋詞》編者謂『此首亦見《宋舊宫人詩詞》，作單調（無下半首）』。又鮑本此詞之後，附録明初楊儀所撰金德淑軼事，文有訛誤處。兹自《借月山房稿鈔》本《金姬傳别記》節録其文於下，題作《（李）嘉謨孫遇宋宫人》。文云：『嘉謨孫，失其名。以鄉役部發歲運至元都。嘗夜對月獨歌曰：「萬里倦行役，秋來瘦幾分。因看河北月，忽憶海東雲。」夜静聞鄰婦有倚樓而泣者。明日訪其家，則宋舊宫人金德淑也。因過叩之。德淑曰：「客非昨暮悲歌人乎？」李答曰：「昨所歌詩，實非己作。有同舟人自杭來，每吟此句，故能記之耳。」德淑泫然泣曰：「此亡宋昭儀王惠清所作寄汪水雲詩。我亦宋宫人也。昭儀舊同供奉，極相親愛，今各流落異鄉，彼且爲泉下人矣。夜聞君歌其詩，令人不勝悽感。當時吾輩數人，皆有贈水雲。」因自舉其所調《望江南》詞曰：「春睡起，積雪滿燕山。萬里長城横縞帶，六街燈火已闌珊。人立玉樓間。」歌畢，又相對泣下。』（下略）查嘉謨乃北宋末南宋初人，見楊儀所撰《金姬傳》。

又

連妙淑

寒料峭，獨立望長城。木落蕭蕭天遠大，□聲羌管遏雲行。歸客若爲情。樽酒盡，勒馬問歸程。漸近蘆溝橋畔路，野檣荒驛夕陽明。長短幾郵亭。

又　黄静淑

君去也，曉出薊門西。魯酒千杯人不醉，臂鷹健卒馬如飛。回首隔天涯。　雲黯黯，萬里雪霏霏。料得江南人到早，水邊籬落忽橫枝。清興少人知。

又　陶明淑

秋夜永，月影上闌干。客枕夢回燕塞冷，角聲吹徹五更寒。無語翠眉攢。　天漸晚，把酒淚先彈。塞北江南千萬里，別君容易見君難。何處是長安。

又　柳華淑

何處笛，覺妾夢難諧。春色惱人眠不得，卷簾移步下香階。呵凍卜金釵。　人去也，畢竟信音乖。翠鎖雙娥空宛轉，雁行箏柱强安排。終是没情懷。

又　楊慧淑

江北路，一望雪皚皚。萬里打圍鷹隼急，六軍刁斗去還來。歸客別金臺。　江北酒，一飲動千杯。客有黄金如糞土，薄情不肯贖奴回。揮淚灑黄埃。

又　華清淑

燕塞雪，片片大如拳。薊上酒樓喧鼓吹，帝城車馬走駢闐。羈館獨凄然。燕塞月，缺了又還圓。萬里妾心愁更苦，十春和淚看嬋娟。何日是歸年。

又　梅順淑

風漸軟，暖氣滿天涯。莫道窮陰春不透，今朝樓上見桃花。花外碾香車。圍步帳，羯鼓雜琵琶。壓酒燕姬騎細馬，秋千高掛彩繩斜。知是阿誰家。

又　吴昭淑

今夜永，説劍引杯長。坐擁地爐生石炭，燈前細雨好燒香。呵手理絲簧。君且住，爛醉又何妨。别後相思天萬里，江南江北永相忘。真個斷人腸。

又　周容淑

春去也，白雪尚飄零。萬里歸人騎快馬，到家時節藕花馨。那更憶長城。妾薄命，兩鬢漸星星。忍唱乾淳供奉曲，斷腸人聽斷腸聲。腸斷淚如傾。

霜天曉角　吴淑真

塞門桂月，蔡琰琴心切。彈到笳聲悲處，千萬恨、不能雪。　愁絶，淚還北。更與胡兒別。一片關山懷抱，如何對、別人説。

右聽水雲彈《胡笳十八拍》，因而有作。《全宋詞》

亡宋舊宫人詞（汪有）

水雲歸吴寄聲《長相思》　章麗真

吴山秋，越山秋，吴越兩山相對愁。長江不盡流。　風颼颼，雨颼颼，萬里歸人空白頭。南冠泣楚囚。

同　上　袁正真

南高峰，北高峰，南北高峰雲淡濃。湖山圖畫中。　采芙蓉，賞芙蓉，小小紅船西復東。相思無路通。

摸魚兒

送汪水雲之湘（汪有）　王學文

記當年、舞衫零亂，霖鈴忍按新闋。杜鵑枝上東風晚，點點淚痕凝血。芳信歇。念初試琵琶，曾識關山月。怨弦易絶。奈笑罷顰生，曲終愁在，誰解寸腸結。　浮雲事，又作南柯夢徹。一簪聊寄華髮。乾坤桑海無窮事，纔歷昆明初劫。誰共説。都付與焦桐，寫入梅花疊。黄花送客，休更問湘魂，獨醒何在，沉醉浩歌發。

附録二

汪元量行年簡譜

元量乃宋宫琴士，未有年譜流傳。兹編根據王獻唐氏之《汪水雲事輯》及《增訂湖山類稿》中孔凡禮氏所作之《汪元量事迹紀年》，删繁就簡，稱爲《汪元量行年簡譜》。

宋理宗淳祐元年辛丑（一二四一） 一歲

按元量生年本無可考。孔凡禮氏引元量友人李嘉龍《題汪水雲詩卷》首句『江湖牢落嘆蘧年』，又按蘧年出自《論語》所云『蘧伯玉行年五十而知四十九年之非』一語，推定至元二十七年元量爲五十歲，由此逆推元量生於淳祐元年。但王獻唐氏所作《汪水雲事輯》未有考證。汪元量，字大有，號水雲，别號楚狂，自稱江南倦客。錢唐人。長身玉立，修髯廣顙，而音若洪鐘。善詩，同時代人以『詩史』相譽，比以杜甫。其詩之風格，或謂之『快逸奔放』，或謂之『幽憂沉痛』，或謂之『清麗』。善詞，才華横溢，人以作《清平調》之李白相比。善畫。善琴。屢以儒、書生自命，人亦以儒目之。元量蓋爲儒而琴者。

淳祐七年丁未（一二四七） 七歲

這一年曾入宫廷，隨即出宫。據李吟山《贈汪水雲詩》云『青雲貴戚玉麟兒，曾逐鑾輿入紫闈。玉母窗前窺面日，太真膝上畫眉時』。（據孔氏推斷：玉麟兒爲元量，青雲貴戚指皇家戚屬，貴妃指宫中妃嬪。）

景定元年庚申（一二六〇）　二十歲

就在這一年前後，元量入宫給事。據陳泰《送錢唐琴士汪水雲》詩云：『漢宫麗華陰貴人，臣忝近歲居宫門。』（據孔氏認爲此陰貴人指謝后。）詩又云：『東觀初令習書史。』這裏應指謝后令元量在宫中學習書史。

景定五年甲子（一二六四）　二十四歲

是年元量有詩入集。據馬廷鸞《書汪水雲詩後》云：『展卷甲子初作，微有汗出。』此時元量寫詩已能反映現實，接觸時政。

宋度宗咸淳二年丙寅（一二六六）　二十六歲

是年四月初八，謝后六十生辰。元量作《太常引》詞祝壽。從此元量即爲宫廷間寫詞章。據劉將孫《湖山隱處記》云：『盛年以詞章給事宫掖，如沉香亭北李白。』

咸淳三年丁卯（一二六七）　二十七歲

據劉辰翁《湖山類稿序》：『侍禁時，爲太皇（謝后）、王昭儀（清惠）鼓琴奉卮酒。』陳泰《送錢唐琴士汪水雲》詩云：『熙明殿中早朝罷，仗内玉輦扶皇君。昭容傳詔促侍燕，屏棄舊樂嫌繽紛。調弦始學鳳凰語，度曲便覺聲有神。』

咸淳五年己巳（一二六九）　二十九歲

與柴望游會稽越王臺，當爲此歲前後事。元量《柴秋堂越上寄詩就韻柬奚秋崖》：『越王臺上我同游，越女樓中君獨留。』元量會稽所作詞有：《琴調相思引》（越上賞花）、《長相思》（越上寄雪江）。雪江即徐宇。是年重九，當與友人登高爲會。元量《燕山九日》詩，作於至元十六年（一二七九）。此詩回憶十年前重九之會，有『龍山高會亦塵埃』、『十年舊夢風吹過』之句。

咸淳九年癸酉（一二七三）　三十三歲

是年正月乙丑，元兵破樊城。二月庚戌，吕文煥以襄陽府降元。按襄陽爲南宋屏障，襄陽一失，南宋大勢即去。元量詩中屢及此事。據《宋史·賈似道傳》，對襄陽守將一再求援，賈置之不理。元量《醉歌》其一『望斷援兵無信息，聲聲駡殺賈平章』，乃寫此時之實。又按《宋史·度宗紀》：自咸淳四年元兵築白河城始圍襄陽，至是首尾凡六年，城中至『食子爨骸』。而權姦賈似道方怙權妒賢，沉湎酒色，論功周召，粉飾太平。

咸淳十年甲戌（一二七四）　三十四歲

是年趙文以京庠補太學生，稱上舍。元量以同舍稱趙文，當亦入太學。其入太學，當爲自此以上數年間事。是年七月癸未，度宗卒，趙㬎即位，是爲恭帝，年六歲。元量《越州歌》第十三首即寫度宗之死。

宋恭帝德祐元年乙亥(一二七五)　三十五歲

是年正月丁亥，賈似道出師建督。二月，賈似道兵敗魯港，單舸逃揚州，十三萬軍一時潰散。四月，青陽夢炎以京西湖北提刑降元。六月，昝萬壽以嘉定安撫使降元。據《宋史》，似道魯港敗後，予祠官，罷平章、都督。七月徙婺州，又徙建寧府，謫高州團練副使、循州安置，籍其家。九月丙戌，會稽縣尉鄭虎臣部送賈似道至漳州木綿庵，拉殺之。元量有詩及木綿庵事。

德祐二年、元世祖至元十三年丙子(一二七六)　三十六歲

正月甲申(十八日)，元兵至臯亭山。宋遣監察御史楊應奎上傳國璽。宋左丞相吴堅、右丞相賈餘慶、樞密使謝堂、參知政事家鉉翁、同知樞密院事劉岊五人，奉表北庭，號祈請使。二月初八日，賈、謝、家、劉四人登舟赴燕，翌日，吴亦啓行。元量有《二月初八日左丞相吴堅右丞相賈餘慶樞密使謝堂參政密》詩，詩題與詩中文字均有殘缺。其詩所指，當爲此事。二月庚申(二十四日)，元命宋群臣入朝。元量有《送琴師毛敏仲北行》詩。又有《佚題》詩一首，前半已缺，最後爲『兵前草木挾風寒。計窮但覺歸降易，事定方知進退難。獻地乞爲祈請使，酣歌食肉愧田單。』辭意憤激，即指五人北行事。同時，元量又作《醉歌》十首。劉辰翁批云：『此十歌真江南野史。』實際上此十詩以親身經歷寫宋室投降、元兵入城事實，應作於德祐二年二三月間。是年三月丁丑，宋恭帝趙㬎、全太后、福王趙與芮、隆國夫人王昭儀離杭赴大都。三宫僚庶從行，元量亦在籍中。(一説太皇太后謝氏因病暫留，不久又奉召赴燕京，元量隨謝后同行。

此一疑問，一直未能查清，姑置勿論。）根據元量詩篇所叙，三宫肩輿出北關門，係由水道行。元量作《湖州歌》九十八首，記叙沿路情况。根據《宋季三朝政要》説是年閏三月廿四日，少主、全太后、福王趙與芮及隆國夫人王昭儀等抵燕京，四月十五日赴上都，五月丙申，見元主於上都行宫。帝㬎降封開府儀同三司瀛國公，福王降封平原郡公。宋太皇太后謝氏旋亦離杭赴大都，元量隨行。元量行前，有詩别楊鎮。鎮爲駙馬，後亦赴大都，《湖州歌》其九十七及之。是年五月，宋臣陳宜中等立度宗之子趙昰於福州，改元景炎，是爲端宗。

元世祖至元十四年丁丑（一二七七）　三十七歲

游黄金臺，有和吴實堂韻。登薊門，有和家鉉翁韻。是年七月癸未，度宗逝世紀念日，齋醮於長春宫。元量有《玉樓春》詞。

至元十五年戊寅（一二七八）　三十八歲

是年四月，宋端宗趙昰卒。弟衛王昺即位，改元祥興，以陸秀夫爲左丞相。是年秋日，與王昭儀（清惠）有唱酬，詩名《秋日酬王昭儀》。

至元十六年己卯（一二七九）　三十九歲

是年二月，張弘範攻崖山，宋兵大潰，陸秀夫負宋帝蹈海死，張世傑自溺死，宋亡。十月初一日，文天祥被逮至燕，越五日，入獄。

至元十七年庚辰(一二八〇)　四十歲

正月旦早朝,有詩《庚辰正月旦早朝呈留忠齋》。按元量曾任元翰林供奉。中秋日,慰訪文天祥於囚所。十月,復慰訪文天祥於獄。作《妾薄命》,勉天祥以忠貞大節。又出《行吟》一卷,天祥爲之作跋。

至元十九年壬午(一二八二)　四十二歲

十二月初九日,宋丞相文天祥就義。元量作《浮丘道人招魂歌》以挽。同日,元遣瀛國公趙㬎、翰林直學士趙與票居上都。平原郡公趙與芮、全太后疑亦在遣中。(按孔氏謂遣上都實乃遷内地之先聲,遷内地實乃遣上都之繼續。又謂其地苦寒,在今内蒙古正藍旗東閃電河北岸。)遷内地從行者有王昭儀及元量。元量有《出居庸關》、《長城外》、《寰州道中》、《李陵臺》、《蘇武洲氈房夜坐》等詩。

至元二十一年甲申(一二八四)　四十四歲

是年二月,元又遷故宋宗室及其大臣之仕者於内地,即上都以西極遠地方。趙㬎與元量等再作西行。元量有《居延》及《天山觀雪王昭儀相邀割駝肉》詩。

至元二十二年乙酉(一二八五)　四十五歲

元量與王昭儀、趙與票回大都。疑趙㬎亦回大都。元量等回大都具體時間無考。元量有《萬安殿夜直》詩,詩當作於自内地歸來之後。

至元二十三年丙戌（一二八六）　四十六歲

正月壬午，遣使代祀嶽瀆東海，元量被命爲使者。行前，元世祖嘗召見。方回《題汪水雲詩卷》：『黄金臺上翰林官，曾奉天香坐站鞍。』元量此次所祀，有北嶽恒山、西嶽華山、中嶽嵩山、南嶽衡山、東嶽泰山及青城山、濟瀆、孔子廟等，行程一萬五千里。元量有《降香回燕》詩。宋太皇太后謝氏卒，元量有挽章。王昭儀卒於幽州，元量有《女道士王昭儀仙游詞》，可見昭儀自内地回大都後即爲女道士。

至元二十四年丁亥（一二八七）　四十七歲

宋故福王與芮卒，元量有挽章《平原郡公趙福王挽章》。

至元二十五年戊子（一二八八）　四十八歲

是年十月，元主命瀛國公趙㬎往吐蕃學佛法。元量有《瀛國公入西域爲僧號木波講師》詩。同年全太后爲尼於正智寺。元量有《全太后爲尼》詩。是年元量三次上書，得以黄冠南歸。元量友人羅綺《題汪水雲詩卷》有『南越長淮北眺燕，三書上徹九重天』二句，具體説明元量係經過三次請求，纔得以黄冠南歸。元量别大都時，宋舊宫人及燕趙諸公子爲之餞别。元量有《幽州會餞》及《余將南歸燕趙諸公子攜妓把酒餞别醉中作把酒聽歌行》詩。

至元二十六年己丑（一二八九）　四十九歲

是年春，由江西經衢州、釣臺回錢塘。元量有《三衢官舍和王府教》、《釣臺》及《錢唐》等詩。元量歸錢唐後，訪友徐宇、林昉、周方、李珏等，並有詩。又結詩社。冬，作《南歸對客》詩。

至元二十七年庚寅（一二九〇）　五十歲

春，重訪馬廷鸞於樂平。往分寧，别章鑒。鑒嘗爲元量詩作序，序不傳。應曾子良之招，往訪於其家鄉金溪山中。訪陳傑於東湖。訪李珏於文江。疑亦訪劉辰翁、趙文於廬陵。劉辰翁爲《湖山類稿》作序，趙文爲元量詩集作跋，或爲本年之事。秋，元量赴湘。吴仁傑有送行詩，王學文有送行詞。

至元二十八年辛卯（一二九一）　五十一歲

元量在湘，有《唐律寄呈父鳳山提舉》。衡山道中，有詩寄趙淇宣慰。秋，離湘赴蜀。

至元二十九年壬辰（一二九二）　五十二歲

是年在蜀。孔氏謂『元量在蜀中凡二載。《忠武侯廟》寫夔門正月初七日傾城踏磧，《藥市》詩自注成都正月五日「家家列藥於市，以爲盛事」。是爲二載之證』。

至元三十年癸巳（一二九三）　五十三歲

是年秋，出夔門，回杭州。

至元三十一年甲午（一二九四）　五十四歲

是年於豐樂橋外作小樓五間，以爲湖山隱處，劉將孫作《湖山隱處記》。元量作《西湖舊夢》十首。

元成宗大德四年庚子（一三〇〇）　六十歲

是年有詩寄李珏（鶴田）。

大德十年丙午（一三〇六）　六十六歲

與陳泰（志同）晤，至遲爲今年事。按孔氏所據陳泰《所安遺集·送錢塘琴士汪水雲》詩首二句云：『三十年來喪者舊，天下彈琴水雲叟。』此『三十年』從何年計算起，詩無明文，《所安遺集》無旁證。但可以肯定，其最早界限，不可能超過德祐二年。或略晚於此年。

元武宗至大四年辛亥（一三一一）　七十一歲

是年四月，張驢以太子少保爲江浙平章。元量或往謁。有《張平章席上》詩，有『興來今日謁公侯』之句。

元仁宗延祐四年丁巳（一三一七）　七十七歲

危素見元量，或爲此前後數年間事。元量卒年，亦當在此後不久。按孔氏據迺賢《讀汪水雲詩集·序》謂嘗『問聞』危素之言，謂元量『長身玉立，修髯廣額而音若洪鐘』；又謂『江右之人』以元量『爲神仙，多畫其像以祠之，像至今有存者』。江右泛指今江西，危素乃江西金溪人。元量與江西故舊往來密切，危素當及見元量。然危素與元量當亦無直接交往，如有交往，危素當告迺賢，迺賢亦當叙入序中。危素見元量，當爲少年時事。其具體時間，當爲十五歲前後數年間事。

校注後記

經過數年學習及體會，對汪元量之志節、遭遇與著作已有較爲深入之理解。如前言所云，對其詩詞之風格，有謂之爲『快逸奔放』，或謂之爲『幽憂沉痛』，而亦有謂之爲『清麗』者。讀《增訂湖山類稿》已逾三遍。全集有詩四百八十首，詞五十二首。除少數酬唱和作爲抒情叙事之外，絶無歡欣愉樂之篇章，而均以憂痛出之。憂則憂國、憂民與憂君，痛則痛國土之淪胥、生民之涂炭。竊以爲『幽憂沉痛』四字最爲切當。

前人論詩詞，以思想性與藝術性並重。元量之作，如以藝術性爲言，則學有淵源，格律嚴謹，絶無失粘失對、五忌五戒以及浮泛無聊之辭句；如以思想性爲言，則以愛國、憂君、恤民、斥姦及反戰之類，爲寫作之中心。至於風花雪月、流連光景之詞，雖偶有一二點綴其間，亦爲吟詠所常有。而其所作明白曉暢，易爲人所接受而愛好欣賞。詩詞中偶有偏僻典故，但無佶屈聱牙，或以艱深文淺陋之弊。昌黎有言：『夫和平之音澹薄，而愁思之聲要妙。歡愉之辭難工，而窮苦之言易好。』豈元量傷時憂事之作，亦爲是耶！不佞深佩其爲人，亦愛讀其著作，不禁反復言之如上。

前歲春閒，曾選出其各體詩二百二十首，爲《汪水雲詩選注》。旋承友朋之慫恿及鼓勵，又承館方督促，改爲校注全部詩詞，命名爲《汪元量集校注》。承命以來，逾時十月，始成初稿。在校注中，從中發現有同一詞語用於數處而意義不盡相同或相反者，更有用反語斥責權姦者，現分别列出，並作解釋，雖未必能全合原作之用意，對於初學，或能有啓發之作用。

詩中用『花仙』有三處。一爲《歌樓感事》之『昔年同輩載花仙，今日登樓籍妓員』。此花當指往時如花如仙之内廷供奉歌女，如今國破家亡，淪落爲在籍之樂妓，不免感慨繫之。二爲《昌州海棠》之『夜夢花仙索我詩，他鄉别種世間稀』。按昌州海棠，色美味香，元量爲之詠詩三首。此花仙當指花神。三爲《錦城秋暮海棠》之『草堂無詩花無德，竊號花仙寧不恥』。在昌州盛贊海棠有香，今詩中亦云『蜀鄉海棠根本别，有色有香成二美』。何以前後褒貶不同？實際上海棠還是一樣，而當時成都之豪家富室，假借欣賞海棠，竟然『有酒如池肉如林，賓客喧嘩間朱紫，銀燭千條照羅綺。蕭娘十八青絲髮，未把金鍾歌皓齒。神仙艷骨世所無，歌聲直入青雲裏』，如此過分賞花，窮奢極欲，元量自稱江南倦客，慘然不樂，更引起回憶故都淪胥，干戈滿地，浪蕊浮花居然欣欣自得，於是以『草堂無詩花無德，竊號花仙寧不恥』作爲譴責。

詩中用『十二樓』三處。按類書所載，以十二樓爲仙人所居。《漢書・郊祀志》有云：『方士言黄帝時爲五城十二樓，以候神人。』應劭注云：『崑崙玄圃，五城十二樓，仙人所居。』以後亦引伸移用於宫廷及貴家豪族之崇樓。一爲《除夕同舍集飲》：『却憐半夜朝天去，霜瓦差差十二樓。』此必爲宫廷朝謁之殿。二爲《聽徐雪江琴》：『海上神峰削幽翠，十二樓前玉妃墜。』

此詩隱晦難解，見注釋原文。既然稱爲『玉妃』，則此樓當爲宮廷或豪家之高樓。三爲《平原郡公夜宴侍瀛國公歸寓府》之『瀛州歸去琅玕長，月朗風熏十二樓。』此樓必然是元主賜予幼主之寓樓。

詩中用『玉妃』有四處。按玉妃原指楊貴妃，後人亦以喻白雪或白花。一爲《越州歌》其十七，有『鰲山燈火照人嬉，宣德門前萬玉妃』。宋代帝王慶賞元宵，搭成鰲山，宮娥彩女畢集。此玉妃當爲宮廷之女。二爲《湖州歌》其四十三：『江樓吹笛三更後，細雨燈前醉玉妃。』吹笛宋人常作吟詩講。從詩意推測，當爲北徙途中若干宮女或元量亦參加之船中飲酒吟詩。三爲《明相公送錦被》之『玉妃如霜姑射仙，金刀剪破雲霞纈』。此玉妃當爲美貌如仙之縫紉工人。四爲《聽徐雪江琴》之『十二樓前玉妃墜』。此玉妃所指爲何，詳見此詩注釋。

詩中有用『三十六宮』二處。三十六宮應指宮殿之多。一爲《越州歌》其二云：『三十六宮隨輦去，不堪回首望吴雲。』此當指三十六宮中之人，而非宮殿。二爲《雲安聞鵑》之『却憶群姬左右趨，三十六宮醉花月』。此應是指斥蜀主孟昶荒淫佚樂。宮就是宮殿，有花蕊夫人《宮詞》可證。詞云：『三十六宮連内苑，太平天子住崑山。』

詩中有三用『差差』者。按差差，不整齊貌。一爲《除夕同舍集飲》之『却憐半夜朝天去，霜瓦差差十二樓』。同舍生指國破日被元兵所虜、以後在元任職之輩。據《西湖游覽志》所載：『三宮北行，行省俘三學生一百從行。至北闕，諸生趑趄不前，被捶登舟。餒甚，拾河邊蚌殼，手持麥粥而啖之，道亡者多，身膏草野，至燕者僅十七八人。』此處差差當指凝霜之瓦高低不平。二爲《舊内曲水池》之『回首支郎新棟宇，浮屠千尺白差差』。按此指番僧楊璉真伽於故宫拆除三殿改建成佛寺之後，復發掘南宋六陵，拾取葬物，於報國寺前建一白塔，高二百丈，其形如瓶，堊飾如雪，故名白塔。千尺浮屠，色澤必有深淺，所以亦稱差差。三爲《光相寺》之『雪山萬點白差差，初日照之光毿毿』。雪山萬點，遠望積雪，亦不能深淺一致，所以亦稱差差。

詩中有二用『浪蕊浮花』者。浪蕊猶言飄蕩無定之蕊，浮花當指浮游水上之花。以喻舞女歌妓。一爲《歌妓許冬冬攜酒郊外小集》之『山炰野饌荒山裏，浪蕊浮花野寺中』。此當指歌妓許冬冬。從結聯『偶爾流連借餘景，出門一笑夕陽紅』來看，元量客游益州，歌妓相邀，偶爾流連而已。二爲《錦城秋暮海棠》之『遥憐花國化青蕪，浪蕊浮花敢欣喜』。此浪蕊浮花當指『蕭娘十八青絲髮』之蕭娘。自來以蕭娘爲佐酒之歌姬舞女。蜀本天府之國，人物富庶，昝萬壽原任宋成都安撫使，德祐元年加保康節度使，南都危急時，以嘉定、三龜、九頂、紫雲諸城率先降元。後陞任都元帥及參知政事。雖然咸淳中期，元軍攻佔四川東南，而成都未遭兵燹，依然繁華靡麗。當地豪家富户，借欣賞海棠而窮奢極欲，元量對此，慘然不樂，在『花仙』節已評言之。

詩中《越州歌》二十首，有六首涉及賈似道。誠以賈似道實爲南宋淪亡之罪魁禍首，作者輒以揄揶嘲弄之反語，予以痛斥。如云：『木綿庵下無依鬼，合策麒麟第一功！』按麒麟閣爲漢閣名，漢宣帝甘露三年，畫功臣霍光、張安世、趙充國等十一人圖像於閣，以欽功臣。又如『集芳園裏建奇功，丞相南行面發紅』。集芳園本爲御園，後賜賈似道。内有假石山洞，通出湖濱，風景絶勝，似道日坐園中，與姬妾淫樂，且鬥蟋蟀，國家大事，托付廖瑩中等小人，日抱公牘至園請示。當時杭諺有云：『朝中無宰相，湖上有平章。』似道所爲如此，誤國欺君，罪大惡極，豈有分寸之功！所謂南行面發紅，指被謫戍循州，由福建而行。似道擅權斷送南宋，死有餘辜，在被押南行中，或者天良有分毫發現而自覺滿面羞愧耳。

書第五卷有詞五十二首。其中『失調名』一首，雙詞，前片十句，四十五字，一、三、七、十句押韻；後片亦十句，四十七字，一、三、七、十句用韻。依句數、字數、用韻詳查《欽定詞譜》，其中有宋人盧祖皋所作《四犯剪梅花》，其句數、字數、用韻與此詞完全相同，因定『失調名』爲《四犯剪梅花》。

詞中又有《鶯啼序》『重過金陵』一詞。共四片，一、二片寫眼前金陵景象，依然是黍離之感；三片叙六朝覆亡，用意相似；四片叙王濬滅吴、周瑜破曹，又寫晋代清談誤國，新亭對泣。『揮羽扇，障西風，便好角巾私第』似指周瑜、陸遜聯蜀破曹後，又奪荆州各地，謂宜功成身退。『角巾』句，用羊祜事。按《晋書·羊祜傳》載：『祜上從弟書云：「既定邊事，當角巾東路，還故里。」』又按羊祜與陸抗（陸遜子）隔江對峙多年，祜輕裘緩帶，身不披甲，與陸抗互通使節。旋舉杜預自代，遂有王濬樓船東下之舉。這首詞懷古情殷，多方用典，並化用前人成句，由三國蜀到六朝，不僅感嘆六朝興亡，亦寓有南宋淪亡之感。

作者吟詠，用字遣詞，極有分寸。例如《平原郡公夜宴侍瀛國公歸寓府》一詩，寓府自非王宮，既由元主賜居高樓，稱之爲寓府，自屬恰當。又如《瀛國公入西域爲僧號木波講師》之『木老西天去，袈裟説梵文』。幼主入元，由瀛國公轉爲僧侣，稱謂極難。由於宋人喜用『老』或『叟』以自稱並稱人，稱之爲木老，亦屬適當。又如《平原郡公趙福王挽章》一詩，趙與芮在宋原係福王，入元降封平原郡公，所以先稱平原郡公，再稱舊封福王，如此，亦屬得體。自來琴士多爲王門之客，如徐雪江爲楊纘之客可證。但朝代已更，與芮封公，作者本身亦仕於元，所以只能自稱爲『舊客』。作者吟詠，嚴守格律，詩中並無失粘、失對以及前人所謂之八病、五戒等，已如前述，兹再舉一例以明之。古人稱人死爲『不起』，沿用千年，未嘗或變。此詩首句爲『大王無起日』，已將『不起』改爲『無起』。由於這句詩如果沿用『不起』，則此句僅有一個平聲字，詩家稱爲『孤平』，作爲禁忌。作者把『不起』改成『無起』，意義相同而避免詩家禁忌。即此一端，可概其餘。

詩中有難解者兩首，注釋中已言其梗概，現不憚繁瑣再談之。一爲《聽徐雪江琴》。詩一開始，寫寒夜，接着就是『十二樓前玉妃墜』。邊裏不能作爲白花或飛雪解，應該是人。根據下文，可能是宮禁中人或豪家貴族之女。是否琴曲中有此種情節或故事，因素未習琴，不敢妄斷。有人以爲指石崇歌妓緑珠，亦不當。另一首爲《舊内曲水池》。孔氏在編年中對之幾經推斷研究，迄未得出結論。後讀《西湖游覽志》及陳世崇《隨隱漫録》，合而參之，始初得端倪，作爲解釋，但管窺蠡測，恐未盡當。

元量南歸後出訪各地，並非隨意漫游而各有其深心。其『數往來於匡廬彭蠡之間』，蓋爲訪晤舊游故友，爲馬廷鸞、章鑒、曾子良、陳傑、周方及李珏等江西人。意者除談叙北行景況，並説明元人假意優待三宫以及三宫之最後悲傷收場。其赴湘入蜀，時逾兩年，親見元宫之酷虐，人民之流離逃亡。讀《利州》、《興元府》、《隆州》各詩，可見其概況。正如其《杭州雜詩和林石田》有云『從兹更革後，寧復太平期』。宋季政治，原本腐敗，想不到元人統一華夏後，政治殘酷，乃變本而加厲，爲之感慨不已。至於《湖州歌》其八十，有『一人不殺謝天恩』一語，這是在元軍嚴密監視之下，始作此無可奈何之恕語。其後列叙十筵款待，天恩優渥，元量寫之，其情可原，其心實悲！按《元史》所載，元主命伯顏南下，面諭有當如曹彬下江南、不殺一人之語。在臨安時，君臣上下全體出降，豈有殺害降人之理。《宋史紀事本末》有云：『伯顏攻常州，守臣堅守，不能下。伯顏迫城外居民支土爲壘，土至，並人以築之。且殺民煎取油以作砲。及城破，命盡屠其民。』邱濬書云：『一城生聚，何啻萬千，斬艾之餘，僅有七人伏於橋坎獲免。常州非江南耶！夷狄殘忍，一至於此。而中國之秉史筆者，乃亦曲爲之諱，可悲殊甚！』

後人有謂元量出游各處，曾結志士，進行抗元鬥争。元量審時度勢，似不爲此，且亦無可據之資料，此説不可靠。又元量出游，若飄風行雲，世莫測其去留之迹，江右之人以爲神仙，多畫其像以祠之。但元量著作中絶無出世之語，或者贛人景慕其爲人，而托爲神仙以尊祠之歟？

前人有注釋難之説。新中國成立前嘗作《滄浪詩話箋注》、《詩體釋例》及《民族詩選注》三書。幸有夏承燾先生爲比鄰同事，頗蒙啓迪，獲益良多。以後經歷坎坷垂三十年。一九八九年春，始出重理舊業，先後作《方干詩選》、《新安山水詩選》及《李建州全集校釋》等書，尚未見有大誤。今者校注《汪元量集》，文獻不足，亦少藉手之處，雖殫精竭力而闕失猶多。平居暇日，以爲數千年優秀文化應予繼承，而前人著作如林，未校注者甚多，往往非今日之高中以上程度者所能理解，願以有生餘年盡其綿薄，從事鉛槧，或於後學有所裨益。無如年逾九旬，學殖荒落，徒懷此志而恐力有未逮耳。

公元一九九五年一月　胡才甫識於浙江省文史研究館時年九十有三